D'AMOUR ET D'EXIL

DU MÊME AUTEUR

Les Nonnes, Gallimard, 1970.
Eux ou la Prise du pouvoir, Gallimard, 1971.
Holocaustum ou le Borgne, Gallimard, 1972.
L'Autre Don Juan, Gallimard, 1974.
Madras, la nuit où..., Gallimard, 1975.
Lady Strass, pièce en trois volets, Avant-Scène, 1977.
La Mauresque, Gallimard, 1982.
Zone interdite, Gallimard, 1984.
Un balcon sur les Andes ; Mendoza en Argentine ; Ma'
    Déa, Gallimard, 1985.
Histoire de Maheu le boucher, Actes-Sud — « Papiers »,
    1986.
L'Île du lézard vert, Flammarion, 1992.
Habanera, Flammarion, 1994.
Monsieur Lovestar et son voisin de palier, Actes-Sud,
    1995.
Rhapsodie cubaine, Grasset, 1996 ; LGF, 1998.
Viva Verdi, Actes-Sud, 1998.

EDUARDO MANET

D'AMOUR ET D'EXIL

roman

BERNARD GRASSET
PARIS

SAINT-SÉBASTIEN

Novembre 1998

« Ne laisse jamais personne te raconter des histoires sur l'exil », me répétait Antton le Basque quand j'étais petit, comme s'il avait peur que j'oublie ses conseils. « Jamás. » Et il insistait sur le mot, jamais, en accentuant rageusement le son rude de la jota espagnole. *Inoiz.* Tout de suite après il reprenait le mot en basque, et cet inoiz résonnait à mes oreilles comme un coup de gong. Antton le lançait en l'air d'un geste violent de la main droite. Si je me souviens bien, ce mot avait alors pour moi la puissance dévastatrice d'une grenade. Inoiz ! « Ne laisse jamais personne t'en conter sur l'exil, Leonardo. Les gens disent n'importe quoi, ils essaient toujours de minimiser ce qui dérange leur confort quotidien. Crois-moi, certains mots font peur. Exil ! Voilà l'exemple typique d'un mot qu'on banalise pour mieux le vider de son douloureux contenu. Je sais de quoi je parle, Leonardo. Par sa seule présence, l'exilé provoque un étrange malaise, un pénible vague à l'âme. L'exilé est la fausse note d'une partition qui se voudrait harmonieuse, mais rien n'est plus désagréable qu'une fausse note, elle blesse la sensibilité, elle agresse le cerveau, elle grince à l'oreille, la fausse note. On aimerait, partout dans le monde, que l'exilé couvre sous un voile son regard angoissé. Une manière comme une autre de faire que tout rentre à nouveau dans l'ordre. Un concert de violons bien accordés, un crescendo mélodieux. Combien de fois l'ai-je entendue cette petite musique, Leonardo, combien de fois ai-je entendu dire, oui, bien sûr, il est exilé mais il s'est si bien adapté ! Personne, jamais, tu m'entends ? Jamais, inoiz, INOIZ ! personne sauf un abruti de naissance ne peut se résigner à ce triste état de fait. Car si l'exilé ne se plaint pas, s'il se tait, c'est pour mieux se protéger, mon fils. »

Leonardo Esteban traverse la chambre et fait coulisser les grandes baies vitrées qui donnent sur le balcon. Il avait bien spécifié à la réservation « une chambre au dernier étage, avec vue sur la mer ». Pouvoir contempler du haut du mont Igueldo la baie de la Concha dont Antton le Basque lui avait tant de fois parlé, il y tenait beaucoup. Il entendait encore sa voix rauque qui donnait un accent tragique même à ses phrases les plus banales, comme si Antton ouvrait son cœur à chaque instant, pour ne dire que la vérité.

« Dieu a créé la Concha, Leonardo ! Du haut du mont Igueldo on aperçoit l'île Sainte-Claire en plein milieu de la baie, une perle dans sa coquille, un vrai coin de paradis ! Placer là cet îlot, relais entre la côte et le large, quelle idée géniale du Créateur ! A tes pieds s'étale ce morceau de côte basque entre l'Espagne et la France noyé dans le bleu atlantique du ciel et de la mer. Les jours de grand vent, la lumière vive et tranchante découpe les contreforts des Pyrénées avec netteté à des kilomètres. Sais-tu au moins comment on dit Saint-Sébastien en basque ? *Donostia !* Quand j'étais gosse, je croyais que ce mot voulait dire "le don de l'hostie". Je rêvais qu'une fois devenu célèbre et puissant, j'imposerais à tous le vrai nom de ma ville, Donostia ! Notre dieu ! C'est d'une évidence radieuse. »

Leonardo fixe à leur anneau de fer les rideaux, et la nuit bleu foncé avec son firmament d'étoiles entre dans la chambre.

Assise sur le lit, le dos appuyé à deux confortables oreillers, nue et lascive, une coupe de champagne à la main, Berta Maria Diaz regarde son amant.

Leonardo sort de la douche, il a finalement enfilé ce pyjama de soie qu'il s'était pourtant juré de ne jamais porter.

Berta Maria sourit, le visage illuminé, et murmure pour elle-même :

« Onze ans déjà ! »

Onze ans qu'ils se connaissent et qu'ils font l'amour quand leurs activités respectives le leur permettent. Onze ans de fidélité à ces rituels dérisoires et charmants d'amants clandestins, et leur enthousiasme n'a pas pris une ride, à chaque rencontre un petit cadeau bizarre ou amusant, inutile mais nécessaire, à chaque fois la location d'une chambre dans un hôtel luxueux, leur amour vaut bien ça, il était exceptionnel, épisodique et de ce fait rare, une chambre digne d'accueillir leurs ébats des heures et des jours entiers, comme cette fois-ci, à Donostia.

« J'ai retenu la chambre pour trois jours », avait annoncé Leonardo.

Berta Maria Diaz sourit. Elle repense aux nombreux voyages que l'un ou l'autre, mais jamais les deux ensemble, avaient faits pour le compte du ministère du Commerce extérieur cubain.

Des voyages en alternance. Quand c'était au tour de Berta de partir, elle ne manquait jamais de rapporter à Leonardo un pyjama, mais pas n'importe lequel. Elle choisissait généralement les modèles les plus kitsch, des pyjamas de soie avec un dragon brodé au fil d'or au dos de la chemise, par exemple, ou des nénuphars roses sur un fond bleu pâle. Du temps où l'Union soviétique existait encore, Berta Maria, elle s'en souvient, avait sauté de joie en dénichant dans un marché de Leningrad un pyjama de grosse cotonnade grise à rayures noires. La pièce maîtresse de sa collection, un pyjama du goulag.

Mais le pyjama que Leonardo porte ce soir bat tous les records. Il est aussi inattendu et bizarre que ce voyage improvisé. Car pour la première fois depuis onze ans, Berta Maria Diaz et Leonardo Esteban, cadres supérieurs du ministère du Commerce extérieur, se rencontrent en dehors de Cuba.

Plusieurs fois déjà Leonardo Esteban avait accompli des missions en France. Il devait signer des accords, négocier des contrats, étudier des possibilités de développement avec des entreprises de ce pays, du côté de Bayonne et de Bordeaux. Une mission qui cette fois-ci ne devait durer qu'une quinzaine de jours mais qu'il n'avait eu de cesse de prolonger. Trois fois il avait expliqué avec sa précision et son sérieux habituels les motifs qui le retenaient en France. Et trois fois ses explications avaient été entendues à La Havane.

Et puis, plus rien, plus aucune raison professionnelle ne le retenait loin de chez lui. Le silence, ou quelque chose qui y ressemblait. Leonardo s'était contenté de dire qu'il se voyait contraint de rester en

France pour un temps indéterminé, invoquant « des raisons personnelles ».

Cette situation ne manqua pas de déclencher une guerre des nerfs entre l'ambassade cubaine de Paris et le ministère de l'Intérieur cubain. La question que se posaient les services secrets cubains était simple. Leonardo Esteban, membre émérite du Parti communiste cubain, cadre au-dessus de tout soupçon, expert en commerce extérieur au dossier exemplaire, avait-il l'intention de déserter ?

Au début, les autorités de La Havane préférèrent observer un profil bas. Elles commencèrent par sonder leurs amis français et entreprirent une discrète enquête. A Bayonne, à Bordeaux, les services cubains ne manquaient pas de contacts sûrs. Quelques-uns travaillaient en étroite collaboration avec Leonardo Esteban et leur réponse avait été sans ambiguïté, rien dans le comportement de ce dernier ne laissait présager la moindre tension ni ne permettait de supposer qu'il abandonnerait son poste.

C'est alors que La Havane décida de se manifester de manière plus « officielle ». On délégua à Bayonne un fonctionnaire de l'ambassade cubaine pour essayer de dénouer les fils de son curieux comportement. L'entrevue qui se déroula dans un bon restaurant de poissons de Bayonne fut cordiale. Esteban et le fonctionnaire de l'ambassade qui se connaissaient bien passèrent un agréable moment. Leonardo remit à l'homme un document détaillé sur l'état de ses négociations, des accords, précisa-t-il, très positifs pour Cuba. Il se dit prêt à poursuivre son travail d'intermédiaire entre Cuba et les Français si le ministère le souhaitait et demanda, en outre, qu'on lui accorde un congé sans solde « pour des raisons personnelles ».

Ils avaient quitté le restaurant et s'étaient rendus dans un bar de la vieille ville, ils avaient bien mangé et bien bu et le fonctionnaire de l'ambassade semblait apprécier particulièrement le vieil armagnac qu'Esteban avait commandé. Le fonctionnaire de l'ambassade contempla son verre à moitié vide et laissa planer un long silence. L'homme semblait réfléchir. Il se tourna enfin vers Leonardo et le regarda bien en face.

« Si j'en crois les journaux occidentaux que j'ai pu lire ici, en Europe la guerre froide est finie, mais entre Cuba et les Etats-Unis la situation est différente, tu le sais aussi bien que moi. Une guerre est toujours possible entre nos deux pays. Que des avions venus de Miami survolent d'un peu trop près le ciel cubain, et on tire dessus sans hésiter. Cuba se sent toujours menacé par les Etats-Unis, et un pays menacé considère ses fonctionnaires en voyage à l'étranger un peu comme... comme des soldats en permission.

— Je ne suis pas un soldat. J'ai toujours fait mon travail du mieux que j'ai pu. Jusqu'à maintenant, du moins.

— Maintenant... parlons-en... Je vais transmettre à La Havane ta demande... Sais-tu ce que j'aimerais écrire dans mon rapport ?

— Non.

— Leonardo Esteban travaille. Il souhaite prolonger son séjour en France parce qu'il est tombé amoureux d'une petite Française aux yeux doux. Pour un Cubain, révolutionnaire ou pas, une histoire de cul n'est jamais un péché capital, juste un accident de parcours. »

Puis le fonctionnaire s'excusa et disparut aux toilettes.

Un client au fond de la salle venait de mettre au juke-box un vieux succès américain, qui réveilla chez Leonardo Esteban de drôles de souvenirs. *Stormy Weather*, la chanson préférée d'Hilda Reyes, sa première femme, la lumineuse danseuse qui aurait pu devenir prima ballerina du Ballet national cubain, l'élève ambitieuse d'Alicia Alonso. Des siècles, pensa-t-il, que je n'ai pas dansé avec Hilda sur ce *Stormy Weather* qu'elle aimait tant ! Notre première rencontre, mon premier slow alors que, jeune révolutionnaire, je rejetais systématiquement tout ce qui venait des Etats-Unis. Je ne sais pas danser, lui avais-je dit. Viens dans mes bras, idiot, avait-elle répondu. Elle m'avait pris dans ses bras et, miracle d'amour, je m'étais mis à danser.

« La garce !

— Plaît-il ? » demanda un homme assis à la gauche du Cubain croyant qu'il lui avait parlé. Au même moment le fonctionnaire d'ambassade refit surface.

« Non, ce n'est pas une histoire de cul, reprit Leonardo là où leur conversation avait été interrompue et sans attendre que l'autre se fût rassis sur son tabouret. Je suis à la recherche de mon passé, ou si tu préfères, de mon identité. Est-ce que ces mots te disent quelque chose ? »

Le fonctionnaire se pencha sur lui et plongea ses yeux dans les siens.

« Il ne s'agit pas de ce que je pense. Toi et moi on se connaît bien, Leonardo. Il s'agit de savoir ce qu'ils en penseront à La Havane, et ce qu'ils décideront. Je te conseille de rentrer à Cuba et de leur expliquer sur place.

— Je sens dans tes propos une vague menace. Sommes-nous revenus à l'époque où l'on essayait de

13

séquestrer un fonctionnaire cubain à l'étranger, comme c'est arrivé à Madrid ?

— Non Leonardo, ce n'est pas une menace... tu as toujours été très estimé dans ton ministère. On a encore confiance en toi, alors, conseil d'ami... rentre au pays. »

Cette discussion avait laissé chez Leonardo Esteban un goût amer. Il s'attendait à une nouvelle initiative des autorités cubaines, mais ignorait par où elle arriverait et quelle forme elle prendrait.

De son côté le fonctionnaire, en bon professionnel, n'avait pas omis d'enregistrer la conversation entre Leonardo et lui sur le minimagnétophone ultrasensible qu'il portait dans la poche intérieure de son veston. L'ambiance du restaurant, et plus tard, celle du bar y étaient restituées à la perfection. Tout y était, *Stormy Weather* en fond sonore, les bruits de fourchettes, plus vrais que nature, les conversations autour, et même ce stupide « la garce » qu'il avait laissé échapper.

« Je n'y peux rien... »

Berta Maria Diaz avait eu droit à l'écoute de cet enregistrement.

Mais ses inquiétudes à elle étaient autres. Elles prenaient la force d'un orage tropical. Ses terminaisons nerveuses s'étaient mises en état d'alerte quand, une première fois, Leonardo lui avait dit au téléphone : « Je prolonge mon voyage en France. »

Le lendemain, elle avait couru chez son frère, colonel et haut fonctionnaire du ministère de l'Intérieur.

« Je veux rejoindre Leonardo en France. Trouve une excuse pour m'envoyer en mission ! »

La réponse de son frère avait été ferme et définitive.

14

« Niet !
— Je t'en supplie ! C'est au frère que je le demande !
— Le frère en a par-dessus la tête de tes secrets d'alcôve : tu prétends ne pas vouloir divorcer de ton époux, si patient et compréhensif, pour protéger tes enfants. Je sais, moi, que c'est Leonardo qui te manipule, c'est lui qui a juré de ne plus jamais épouser personne après son désastreux mariage avec la Reyes. Alors, allez-y, continuez à jouer au couple maudit ! Ton amant, sache-le, fout la merde au Commerce extérieur, et comme d'habitude l'affaire retombe sur nos services de renseignement. Maintenant on nous dit "vous auriez dû le prévoir"... Prévoir quoi ? Leonardo a un dossier béton. Messager-agent de liaison à quatorze ans entre le M26 et les communistes au plus fort de la répression de Batista ! Travailleur volontaire aux beaux jours de la Révolution. Etudiant remportant tous les prix et toutes les distinctions, membre dévoué du Parti, expert en commerce extérieur et habile négociateur à l'étranger... qui dit mieux ? Et pour couronner le tout, amant de ma sœur qui, bien sûr, jamais ne coucherait avec un contre-révolutionnaire. Prévoir quoi ? Tu peux me le dire ? C'est toi qui couches avec lui, c'est toi qui devrais savoir s'il va trahir ou pas. Je n'ai jamais filmé ni enregistré vos ébats !
— Bravo pour ton sens de l'humour, mon cher frère, mais cette histoire ne me fait vraiment pas rire. Je t'en supplie ! Envoie-moi en France tout de suite !
— Jamais ! Tu m'entends, jamais ! Tu peux remuer ciel et terre, j'irai jusqu'à ordonner qu'on te retire ton passeport. »
Le colonel Diaz a tenu parole. Berta Maria trouva fermées toutes les portes qui jusqu'alors s'étaient ouvertes à ses demandes. Elle alla jusqu'à s'humilier

15

auprès de son époux membre du Comité central. Ce mari qui l'adorait, ce mari qui acceptait tous ses caprices, s'avoua impuissant.

« Je n'y peux rien, Berta, crois-moi, cela ne dépend pas de moi. En haut lieu on préfère voir venir. Reste en dehors de cette histoire. »

En attendant, Berta Maria Diaz et Leonardo Esteban se parlaient tous les soirs au téléphone, conscients l'un et l'autre que leur conversation était enregistrée. Aussi se limitaient-ils à la version officielle : Leonardo devait prolonger son séjour pour négocier des accords commerciaux entre Cuba et le Pays Basque français.

Un soir au téléphone, il finit par lâcher quelques mots à Berta Maria au sujet de ce mystérieux « problème personnel ».

« Tu te souviens de mon parrain, Antonio Altuna, le Basque, dont je t'ai parlé un jour ? Je lui ai promis sur son lit de mort de retrouver, si j'en avais un jour l'occasion, des papiers de famille laissés en Pays Basque français. Puisque je suis ici et que je dois attendre... j'ai décidé de m'en occuper. »

Mais à mesure que les jours passaient, l'inquiétude de Berta Maria Diaz augmentait. Elle se mettait à douter de lui, de sa sincérité. Un soir, plus énervée que d'habitude et dévorée de jalousie, elle se déchaîna au bout du fil, déversant sur lui une cascade d'injures d'une telle obscénité que Leonardo, tout retourné, la supplia de se taire.

« Imagine qu'on nous écoute... tu sais bien comment ça se passe...

— Dis-moi plutôt d'arrêter parce que tu bandes et que tu mouilles ton froc, mon amour ! J'emmerde ceux qui enregistrent ! » hurla-t-elle.

Quelques jours plus tard, à sa grande surprise, son

frère le colonel la convoqua au ministère de l'Intérieur.

« Tu pars en France. Ordre supérieur. »

Et pour qu'elle sache à quoi s'en tenir, il lui fit écouter la conversation enregistrée par le fonctionnaire d'ambassade à Bayonne. Berta Maria sourit en entendant Leonardo lui expliquer qu'il ne s'agissait nullement d'une histoire de cul mais de la recherche de son identité.

Au son de sa voix, Berta Maria avait compris que son amant traversait une crise, une vraie crise morale. Il venait d'avoir cinquante-quatre ans. L'approche de la soixantaine fait peur aux hommes, comme celle de la quarantaine aux femmes, elle le savait pour l'avoir senti dans sa propre chair, elle qui dans un mois à peine aurait trente-huit ans. Pourtant, ce « la garce » jeté d'une voix forte lui laissait un goût amer. A qui pensait-il ? A elle ? Aux moments de plaisir si intense qu'elle procurait à son amant ? Elle adorait l'entendre la traiter de garce lorsque, au paroxysme du plaisir, il s'enfonçait en elle avec fougue.

Mais cette fois-ci ça n'était pas pareil, il y avait ce *Stormy Weather* en fond sonore, et cette façon désespérée qu'il avait eu de le dire lui faisait craindre le pire. Etait-elle devenue une garce à mépriser, une garce haïssable, et pour quelle raison ?

Berta Maria sentit le regard de son frère se poser sur elle, un regard froid, perçant, ce genre de regard capable de détecter les pensées les plus secrètes. Depuis qu'elle était gamine, elle avait appris à supporter ce regard de justicier implacable dont son frère était si fier. Et depuis cette époque, elle avait su naviguer pour trouver la faille, briser l'armure et obtenir de son frère une attitude plus souple ou un sourire complice.

17

Leur mère avait résumé en une phrase les relations du frère et de la sœur. « Le frère et la sœur... chacun connaît le point faible de l'autre, vous lutterez toujours à armes égales. »

« Et nous voilà, pensa Berta Maria, soutenant le regard de son frère, tu sais que je meurs d'envie de retrouver Leonardo, et je sais ce que te coûte ce renversement de situation.

— Quelle est ma mission, mon Colonel ? » demanda-t-elle, essayant sans succès de rajouter un trait d'humour au pathétique de la situation.

« "Qui n'est pas avec moi est contre moi, et qui ne rassemble pas avec moi disperse." Qui a dit ça ?

— C'est une autre version du slogan de Fidel : "Avec la Révolution tout, contre la Révolution rien."

— Non. C'est une citation de l'évangile selon Luc. Mais... venons-en au but de ta mission : ramener à Cuba la brebis égarée. C'est la seule façon de s'assurer que Leonardo Esteban ne joue pas contre nous.

— Et si j'échoue ? Et s'il refuse ? »

Ils étaient debout face à face, presque au garde-à-vous, s'observant comme deux chats prêts à bondir l'un sur l'autre. Leurs visages prirent la raideur d'un masque. Cette tension se prolongea jusqu'à ce que Berta Maria surprenne dans les yeux de son frère la petite flamme d'ironie qui précédait toujours son sourire.

« A quinze ans, tu rêvais de trouver l'homme qui te rendrait folle de lui et que tu rendrais fou de toi. L'amour parfait, tu disais. Et comme tu étais crâneuse et orgueilleuse, tu ajoutais :

— Un homme qui fera tout ce que je voudrai.

— Cela nous ramène à ta mission. Te sens-tu aujourd'hui capable de tenir ce pari. Oui ou non ?

— Avec l'aide de Yemaya, comme dirait notre mère, oui ! Je reviendrai avec Leonardo.
— Laisse Yemaya tranquille, et reviens avec Esteban. C'est un ordre. »
Le visage du frère avait repris la dureté du bronze.

En débarquant à Roissy Berta Maria se dit qu'il fallait qu'elle trouve dans les boutiques de l'aéroport un pyjama à offrir à Leonardo. Le temps pressait, son vol pour Bordeaux ne lui laissait qu'une quinzaine de minutes, elle se mit à courir comme une folle dans la galerie commerciale, entrant dans les boutiques et accostant les vendeuses sans préambule : « Des pyjamas ? Vous vendez des pyjamas ? » Jetant un coup d'œil à sa montre, Berta Maria désespérait d'en trouver et s'apprêtait à rejoindre la zone d'embarquement lorsqu'elle tomba en arrêt devant un pyjama de soie rouge, une de ces parures made in Hong Kong qui semblait n'attendre qu'elle, pliée sur une étagère. Et grâce aux dollars que le ministère de l'Intérieur lui avait octroyés, elle n'hésita pas un seul instant.

Puis en attendant que l'on convie les passagers à monter dans l'avion, serrant son pyjama enveloppé dans un papier cadeau, elle commença à lui parler.

« Tu es d'un rouge insolent et grossier, le symbole de notre époque cynique et désinvolte. Tu me rappelles feu le drapeau communiste, c'est pourquoi je te baptise Rouge Désespoir. »

Parler aux objets, aux fruits, aux fleurs et aux animaux, elle tenait cette habitude de sa mère la Santera qui ne se gênait pas pour dire à qui voulait l'entendre : « Je suis noire, prêtresse de Santa Barbara, marxiste-léniniste, animiste, et alors ? »

19

Sa mère était aussi une des meilleures sages-femmes de La Havane, disait-on, elle avait mis au monde la moitié des enfants de son quartier.

Berta Maria était fière de sa mère et ne le cachait pas, cette mère courageuse et hautaine qui avait su tenir tête aux sbires de Batista et, plus tard, affronter les colères de son fils aîné Antonio Maceo Diaz, colonel de l'armée et cadre supérieur au service de contre-espionnage cubain.

« J'en ai rien à foutre de tes galons de colonel, Antonio ! Je suis présidente du comité de défense de la Révolution de mon quartier et prêtresse vaudou et j'en suis fière, et par la même occasion j'emmerde ton athéisme tatillon et borné ! »

Cette mère généreuse passait de longs moments à parler d'un ton familier aux fruits qu'elle déposait en offrande à l'autel de la Vierge. Berta Maria avait hérité d'elle cette habitude. Voilà pourquoi elle embrassa avec dévotion le paquet qu'elle tenait dans les bras, sans se soucier du regard des autres.

« Tu seras mon drapeau d'amour pour Leonardo ! »

Puis elle pensa qu'une fois arrivée à Bordeaux, comme d'habitude, elle respecterait le rituel, déposant le cadeau bien en vue sur leur lit.

Mais ce jour-là rien ne se déroula comme prévu. A la sortie de l'avion, Leonardo l'entraîna vers une Mercedes de location en déclarant : « Nous filons vers Saint-Sébastien, Bert. »

Au téléphone il n'avait pas mentionné ce projet. Elle accepta sans protester ni poser de question. Ce tête-à-tête de trois jours avec son amant dans un hôtel du mont Igueldo n'était pas pour lui déplaire.

Supportant mal le décalage horaire et fatiguée par son voyage et la tension de ces dernières semaines, Berta Maria s'endormit à peine la tête posée sur le dossier de son siège, le confort de la voiture et le doux ronronnement du moteur y aidant.

Un coup de frein brusque la réveilla.

« Où sommes-nous ? demanda-t-elle en sursautant.

— Nous passons la frontière entre Hendaye et Irun. Mais qu'est-ce que tu fais ?

— Je sors mon passeport.

— Pas besoin de passeport, Berta, c'est l'Europe, maintenant on passe sans formalités de la France à l'Espagne.

— Dommage... moi qui aimais tant les tricornes de la Guardia civil... en voyant leurs gueules de brutes et leurs regards butés, je ne cessais de penser à Federico Garcia Lorca !

— Tu pourras aussi bien penser à Lorca devant des tapas, une assiette de churros ou une tasse de chocolat espagnol. »

Non loin de la frontière ils firent halte dans un bistrot fréquenté par les routiers. L'atmosphère était chaleureuse et bruyante. On y parlait le basque, le castillan, l'italien, le portugais.

Et devant les churros tièdes et un onctueux chocolat, brûlante d'impatience, Berta Maria ne put s'empêcher de déposer son paquet sur les genoux de son amant.

« Qu'est-ce que c'est ?

— Ouvre-le !

— Bert, je crois deviner ce que c'est. Je t'ai mille fois répété que je détestais les pyjamas autant que les pantoufles, je ne mets jamais de pyjama, tu sais bien !

— Sauf quand tu es avec moi, papacito ! Moi ça m'excite de te voir en pyjama, ça me fait fantasmer, je nous imagine dans la peau d'un couple marié et établi.

21

— Tu as des enfants, tu as même un mari, notre histoire est différente, voilà pourquoi elle dure.

— Fais-moi plaisir et ouvre donc ce putain de paquet ! »

Comme chaque fois qu'elle se fâchait, Berta Maria perdait le sens des convenances. Le ton de saine vulgarité avec lequel elle avait lancé : « *¡Abre ese paquete, cabrón !* » avait allumé l'œil de quelques chauffeurs de poids lourds qui s'étaient retournés et regardaient en se marrant l'homme aux cheveux poivre et sel à la tête d'intello se faire traiter sans ménagements de *cabrón* par une superbe et pulpeuse métisse.

Leonardo s'exécuta et ouvrit le paquet, il n'y avait pas moyen d'y échapper. Et devant le rouge flambant du pyjama, il déclara, l'enfouissant au fond de son sac : « Je ne mettrai jamais ce truc ! »

Berta Maria l'observa, un sourire aux lèvres.

« Qui vivra verra », dit-elle.

Une fois arrivés à l'hôtel, comme chaque fois depuis onze ans, ils s'étaient déshabillés en hâte, s'étaient jetés sur le grand lit, exultants, brûlants de désir, et avaient fait l'amour avec la même frénésie, le même appétit, la même rage, le même don de soi que la première fois. Et comme chaque fois, ils étaient ressortis de ces longs ébats hébétés, repus et heureux.

Ensuite Leonardo avait pris une douche, puis était entré dans la chambre vêtu du pyjama vermillon. Il avait tourné sur lui-même comme un mannequin de défilé, et Berta Maria avait applaudi.

« Il te va à merveille, Leo ! Viens, mon flambeau palpitant, mon crépuscule radieux, mon drapeau d'espoir », avait-elle roucoulé de sa voix la plus sensuelle.

C'est alors que Leonardo Esteban l'avait regardée

d'un air absent, immobile au milieu de la pièce. Il s'était mis à lui parler de son parrain basque, un personnage dont elle connaissait vaguement l'existence. Antonio Altuna était mort à La Havane quand Leonardo avait vingt ans, cela, elle le savait, mais ce qu'elle découvrit ce jour-là dans une chambre d'hôtel, à Saint-Sébastien, c'est l'influence que le Basque semblait avoir exercée sur son neveu au moment de son adolescence.

Il avait parlé sans interruption, les mains enfoncées dans les poches de sa veste de pyjama rouge, appuyé à la porte-fenêtre grande ouverte. Il avait parlé, dos à la pièce et tourné vers le dehors comme s'il voulait se concentrer sur la nuit, la mer, la promenade de la Concha, l'île Sainte-Claire au milieu de la baie. Puis il s'était tu. Un long silence qui n'en finissait pas durant lequel Berta Maria avait vidé les dernières gouttes de champagne, le goulot de la bouteille contre ses lèvres, puis elle avait allumé une cigarette égyptienne avant de lâcher :

« Je donne une peseta pour savoir à quoi tu penses, Leonardo. »

Il ne l'entend pas, ou plutôt il fait comme s'il n'entendait pas car une autre voix s'impose à lui. Le regard d'Antton le Basque est aussi présent qu'hier, un regard aigu, ce genre de regard qui vous oblige à être attentif. Malgré son jeune âge Leonardo sait que le Basque n'est pas en train de lui faire la leçon mais qu'il lui parle comme à un adulte qu'il estime. Cependant l'enfant de onze ans ne pouvait pas prévoir ni savoir que, quarante ans plus tard, il se souviendrait mot pour mot de tout ce que lui avait dit son parrain, des intonations de sa voix, des nuances, comme si c'était hier.

A présent Leonardo voudrait bien faire comprendre à sa maîtresse cet étrange retour du passé, qui a pris possession de lui comme par envoûtement. Lui qui mettait son intelligence et son énergie à envisager l'avenir avec lucidité, lui qui avait toujours eu horreur du passé, horreur d'évoquer la mort, ce dont le temps vient à bout, voici que tout lui revenait en bloc, lui tombait dessus de façon imprévisible : le souvenir de sa mère, son histoire d'amour avec Hilda Reyes, la présence obsédante de son parrain...

— Garde tes pesetas, Bert. Nous sommes dans un pays capitaliste, ici, même les rêves coûtent de l'argent. D'ailleurs, je vais faire un acte gratuit en hommage à notre amour, je vais tout te dire sans qu'il t'en coûte rien. Par exemple, je vais te répéter ce qu'Antton le Basque m'a dit et qui me touche encore aujourd'hui, va savoir pourquoi...

« Le pays d'où je viens... entend-on souvent dire les exilés, et derrière comme sous-entendu, le mal du pays, ce pays absent qui me fait mal... Un voile. Un manteau. Un rideau. Une couverture pour adoucir les aspérités, effacer la douleur. L'exil rend pudiques les plus éhontés. Le pays d'où je viens... Seigneur ! Les voix se font timides, des voix blanches, tâtonnantes, malhabiles, un murmure à peine suggéré... Le pays d'où je viens... comme s'il s'agissait d'un aveu monstrueux, de la disparition d'un être cher qu'on ose à peine évoquer, d'une formule pour parler d'une maladie contagieuse. Parce que je sais, Leonardo, je sais que tout exilé, qu'il le veuille ou non, a eu un jour ou l'autre honte d'avoir abandonné son pays d'origine. Même et surtout s'il a dû partir poussé par les événements, pour sauver sa peau, éviter la prison — le qualificatif d'exilé a toujours un relent malsain.

« Regarde moi, par exemple. Antonio Altuna, alias Antton le Basque, condamné à mort par les sbires de Franco, cette saloperie de vache galicienne déguisée en Généralissime de toutes les Espagnes, Gipuzcoa comprise, moi qui ne devrais pas avoir à rougir, il me prend d'avoir honte de ma situation. Dieu sait pourtant si j'aurais préféré rester chez moi ! Mes camarades m'ont poussé à embarquer dans ce rafiot qui faisait route vers les Caraïbes. Tu seras plus utile de l'autre côté de l'Atlantique, tu seras plus utile vivant que mort, m'ont-ils dit. Plus utile ! Je fais ce que je peux, mais... rien à faire, il y a des jours où la honte me submerge malgré moi, *seme*. »

J'étais trop jeune à l'époque, j'avais, voyons... onze, douze ans. Les discours enragés d'Antton m'impressionnaient et me passaient par-dessus la tête. Je n'étais pas capable d'en mesurer le poids. C'est seulement bien plus tard que j'ai fait le rapprochement entre *seme*, le mot basque, et *semen*, le mot espagnol. Dans d'autres langues, en français, en espagnol, en anglais, en italien, que sais-je ? le mot fils, hijo, son, figlio prend un sens spirituel, il évoque le lien sacré du Fils de Dieu. Mais en basque, langue rude et terrienne entre toutes, le fils devient le produit du sperme, seme-semen, c'est d'une simplicité évidente. En devenant mon parrain, Antton le Basque m'avait adopté dans son cœur, grâce à la magie d'un mot j'étais son fils pour de bon. Je ne l'ai compris que bien plus tard.

« Le bateau approchait du port de La Havane. Quand j'ai vu se découper la silhouette légendaire de la forteresse d'El Morro, j'ai eu envie de monter sur le pont pour crier aux Cubains qui allaient m'accueillir, "je ne viens pas ici bouffer de votre pain, j'essaierai de me rendre utile, je m'inclinerai sur la tombe de vos héros, je chanterai vos hymnes nationaux, j'embrasserai votre drapeau, je ne baiserai pas vos vierges ni vos épouses, je n'égorgerai pas vos enfants..." Dieu que les hommes peuvent être bêtes, Leonardo ! Moi qui me croyais brave, intelligent, sincère, alors que les côtes cubaines se rapprochaient, je ressentis le besoin de m'excuser de crimes que je n'avais pas commis. J'étais mal dans ma peau, fébrile, avide de connaître les règles du jeu de la société cubaine, les règles qui me permettraient de me transformer en passe-muraille, ni vu ni connu, quelqu'un de bien, un quidam qui respecte les lois. J'attendais ce jour où l'on me dirait : "Tu es des nôtres, Antton."

Imagine-toi quel con j'étais, Leonardo ! Au début de mon séjour à La Havane, j'ai dépensé tout ce que je possédais pour m'acheter une superbe guayabera de coton, des souliers bicolores, un pantalon de toile, un panama. L'uniforme de tout Cubain qui se respecte, à la fin des années 30. Je me suis forcé à fumer le cigare, moi qui avais un vrai dégoût pour le tabac. J'ai fait tout mon possible pour venir à bout une fois pour toutes de cet accent de Basque espagnol qui me collait comme une seconde peau. Je me donnais un mal de chien pour acquérir ce parler tropical qui m'était étranger, un accent mou où les *esses* disparaissent, où la jota s'amollit. Lâcheté du cœur humain ! J'ai revêtu cet uniforme tout au long de cette putain d'année 1940, quand l'ex-sergent Batista, devenu colonel puis général en un temps record sans avoir jamais combattu le moindre ennemi, fut élu président par la grâce de Dieu. Tout Cubain sensé que je rencontrais dans les rues avait voté contre lui, et pourtant il était là, président élu.

Tu n'étais pas encore né, seme. Si tu m'avais croisé à l'époque tu ne m'aurais pas reconnu, entièrement vêtu de blanc, coiffé d'un panama, un cigare à la bouche, Sainte Vierge ! La honte, mon fils ! »

Je me demande pourquoi les paroles d'Antton me sont revenues comme s'il était présent. Et puis ça y est, je me souviens, un flash, une étincelle. Le jour de mon anniversaire. Le 3 août 1956. Une sale année doublée d'un sale mois. La chaleur était infernale. Nous avions trouvé refuge, Antton et moi, dans le minuscule bureau qu'il occupait au premier étage de l'imprimerie qu'il possédait, dans le quartier de La Vieille Havane. Un ventilateur ronronnait au plafond, faisant plus de bruit que de vent. Pour fêter mes douze ans, ma mère n'avait rien trouvé de mieux que de m'acheter un pantalon long, une chemise à manches longues, une belle cravate bariolée. Antton qui avait retrouvé son esprit nationaliste ne portait plus à présent que des costumes noirs, une chemise au col boutonné et arborait son béret basque comme un étendard victorieux. Nous attendions ma mère qui s'était éclipsée pour faire des emplettes chez les Juifs et les Maures, comme elle disait, dans ce souk permanent qu'étaient les rues Murallas, Obrapia et Obispo. Mon parrain et moi, nous étions inquiets car l'insécurité régnait dans les rues de La Havane. L'armée et la police, en uniforme et en civil, étaient sur les nerfs. Fidel Castro, l'avocat, Raúl, son frère, et un groupe de leurs amis purgeaient une peine de prison au Mexique où ils avaient trouvé refuge, après l'attaque ratée de la Moncada à Santiago de Cuba en 1953. Ils ne tarderaient pas à être libérés, disait-on. La rumeur que l'armée mexicaine avait surpris les compagnons de Fidel en train de s'entraîner dans une ferme isolée se répandait dans l'île. Les journaux mexicains publiaient des photos montrant les armes utilisées par les révolutionnaires cubains pour leur entraînement. On entendait partout qu'ils se préparaient à débarquer à Cuba. Par mois de grande chaleur, la rumeur donne aux gens des tropiques de quoi alimenter leur imagination... les plus folles suppositions couraient, passaient de bouche en bouche, d'oreille à oreille, du matin au soir, des campagnes aux villes. Certains soutenaient que les Mexicains avaient achevé Castro à coups de marteau, d'autres que les rebelles s'apprêtaient à prendre l'île d'assaut, en cinq points de la côte, et que des bombes allaient exploser de toutes parts dans La Havane. La tension était à son comble.

Antton et moi étions en nage et aussi peu rassurés l'un que l'autre en ne voyant pas ma mère venir. Elle était toujours en retard à ses rendez-vous, nous le savions. Mais, en ce jour de fête, notre programme était chargé. Nous avions décidé d'aller au cinéma, voir deux films d'affilée, et prévu de dîner ensuite au Centre basque de La Havane, bien sûr. Antton y tenait. Est-ce pour échapper à son angoisse et faire passer le temps qu'Antton s'est alors lancé dans un monologue ininterrompu ? Il voulait m'expliquer, disait-il, les subtiles différences entre le mot émigré et celui d'exilé.

« C'est simple, Leonardo. Un jour un homme se réveille et prend conscience d'être un citoyen de seconde zone dans son propre pays. Ouvrier, paysan, employé, père de famille, peu importe. Il ne demande qu'une chose, vivre mieux, travailler pour nourrir sa famille. Il n'a que sa santé et sa force de travail, mais partout on le rejette sans ménagements. Il n'a aucune chance d'améliorer son sort, aucun espoir. Un chien. Alors un matin, il prend une décision, il va partir, se tirer, émigrer, foutre le camp, aller voir ailleurs... forcément quelque part sur la terre, il y a bien un endroit pour lui !

Regarde autour de toi, Leonardo, ici même, au cœur de La Vieille Havane, ce que ta mère appelle les Maures, ce sont en réalité des Turcs, des Syriens, des Libanais, des Marocains... ces Juifs dont elle parle viennent d'Europe centrale, de Hongrie, de Pologne, de Crimée, de Berlin... les autres de tous les coins d'Espagne, mon fils. Et on les appelle tous des *gallegos*, sans la moindre nuance. Putain de merde ! Tes compatriotes sont bien paresseux ! Certes, il y a une importante communauté de Galiciens, mais pas seulement... ils sont tous là, mon fils, les Andalous, ceux des îles Canaries et des îles Baléares... des Aragonais et des Asturiens, en pagaille... sans parler des Catalans qui sont légion. Et puis il y a nous, les Basques. Tout l'Euskal Herria, au moins du côté espagnol, est représenté ici. Ces hommes et ces femmes ont un jour quitté leur pays de leur propre volonté. Ils sont allés au Mexique, au Canada, en Argentine, en Amérique, attirés par le Nouveau Monde, avec une seule idée en tête, devenir riches. Ensuite peut-être, si le destin tournait du bon côté ils retourneraient chez eux, les poches pleines et leur dignité retrouvée.

L'exilé, Leonardo... il est un peu comme les esclaves noirs. Eux aussi ont été transplantés par un impératif brutal. L'esclave enchaîné dans la cale du bateau, on connaît le tableau. L'exilé, lui, est enchaîné à sa nostalgie, à sa rage impuissante. »

Leonardo Esteban referme la fenêtre et se tourne vers la chambre. Berta Maria, impassible, assise

29

contre les oreillers, la poitrine nue, un bras au-dessus de la tête, l'écoute. Il lui sourit.

« Voyez ce regard lubrique, Leonardo Esteban !

— La Maja Desnuda, dit-il. Voilà à quoi tu me fais penser.

— Faux. Tu me regardes avec les yeux de l'amour. Grâce au ciel, tu ne vois pas comme j'ai changé.

— Changé ?

— Oui. J'aurai bientôt quarante ans, Leo. Onze ans que cela dure mais ton regard, lui, est resté jeune.

— Le fruit tropical à sa pleine maturité, Bert. Le moment où il est le plus savoureux. Une mangue, par exemple, fruit exquis entre tous. Quel fou se délecterait d'une mangue pas assez mûre ?

— Mûre à point, la belle image ! Tropicale, comme ton fruit. Le problème, vois-tu, c'est que j'étais déjà une mangue mûre à l'âge de quatorze ans. Il ne te reste plus beaucoup de temps pour me goûter au plus fort de ma plénitude, mon ami. Mangue mûre ne dure qu'un instant... Je ne parle pas de nos brèves mais durables rencontres, je parle du temps, le vrai, le temps long, les mois, les années qui passent. Pour combien de temps encore vas-tu m'aimer, Leonardo ? Deux ans ? Dix ? M'aimeras-tu jamais comme tu m'as aimée au début de notre *affaire* ? »

Elle a dit *affaire* en français. Le français, la langue de l'amour, ils le réservaient à leurs moments de tendresse, en distillaient quelques mots précieux comme du bon vin.

T'aimerai-je comme avant ? Et puisqu'il s'agit d'amour, à quel moment exactement ai-je commencé à t'aimer, moi à qui le mot amour laissait un goût amer ? La première fois, disons plutôt la première nuit, tu dois t'en souvenir aussi bien que moi. Tu es entrée dans ma vie comme un ouragan, Bert, un tremblement de terre, une irruption volcanique. Et pourtant... « ne me parle pas d'amour, n'attends rien de moi », t'ai-je dit ce premier soir pour te mettre en garde. Ça t'a fait bien rire, tu t'es mise à chanter à tue-tête *Parlez-moi d'amour* en français. Tu riais et tu chantais, dans cette chambre louée pour la nuit, notre première chambre d'hôtel. 1987. Nous nous étions rencontrés le jour même. De mon côté, je te voyais pour la première fois. Le mur de Berlin avait encore toutes ses pierres mais à Cuba déjà nous avions le sentiment que les choses en Union soviétique étaient en train de bouger. Nous, les fonctionnaires de l'État, nous les cadres du Parti. Toi et moi, Bert. Moi surtout. Mon inquiétude était immense, ma curiosité insatiable. Pendant mes voyages, j'essayais de m'informer par tous les moyens, je dévorais la presse du monde capitaliste, je suivais les actualités sur toutes les chaînes de télévision, je zappais comme ils disent à l'Ouest, même quand je ne comprenais pas la langue, comme en Allemagne ou en Suède. Les images parlent d'elles-mêmes, pas besoin de traduction ni de commentaires. J'essayais de me faire une idée, de deviner ce qui se passait à Moscou en général et dans la tête de Gorbatchev en particulier. Je savais que le changement ne pouvait venir que de l'Union soviétique. Comme au début de la révolution bolchevique, l'étincelle partirait de là et le feu se répandrait partout ailleurs. C'est du moins ce dont j'étais persuadé, cette idée m'obsédait, et ce besoin de saisir ce qui était en train de se tramer chez nos frères soviétiques me poussa à modifier mes habitudes. Je me faisais un devoir d'assister aux cocktails mondains. En ne manquant pas une réception offerte par les pays satellites aux Cubains je surpris mon entourage. Mes collaborateurs s'étonnaient de mon ardeur, moi qui avais toujours détesté enchaîner un cocktail à un dîner, un dîner à une soirée ou une représentation officielle. Mais je ne dévoilais mon « secret » à personne. Je savais d'expérience que c'est au cours d'un dîner interminable ou dans un cocktail formel que les gens, par la force de l'inertie et pour tromper l'ennui, boivent et se gavent, et qu'une fois noyé leur cafard, ils se mettent à parler de choses qu'ils n'oseraient pas dire en temps normal. Surtout si celui qui l'écoute est un membre d'un pays frère, un apparatchik comme eux, un nanti de la Nomenklatura bien conscient qu'il peut tout perdre du jour au lendemain si le vent venait à tourner.

Ce jour-là j'avais accepté l'invitation d'une délégation bulgare de passage à Cuba. Cinq hommes et deux femmes. Trois d'entre eux parlaient espagnol, les deux autres l'anglais. Tous s'exprimaient avec aisance en russe. Du point de vue linguistique j'étais sauvé. Je pouvais passer aisément d'une langue à l'autre, comprendre tout ce qui se disait. J'épiais qui dans ce groupe d'apparatchiks bornés aurait ce coup de blues le premier, à quel moment béni entre tous l'alcool le rendrait sentimental, à quel moment, s'apitoyant sur lui-même et devenant pitoyable, il se laisserait aller aux souvenirs et raconterait ses soucis quotidiens, faisant craquer le vernis de sociabilité et la langue de bois officielle d'individus prisonniers de leur rôle. Je guettais l'instant où je pourrais passer sans transition de l'anglais au russe, la langue marraine, sonder les reins et les cœurs. Comment ressentaient-ils les changements qui s'annonçaient ? Et si quelqu'un pouvait avoir des informations de première main, être détenteur de certains secrets, c'était bien ce type haut placé dans la hiérarchie du Parti et de son ministère qui voyageait souvent en Union soviétique et fréquentait assidûment ses confrères russes. Mais l'attente se fit longue. J'avais en face de moi un groupe solide, parfaits automates d'une bureaucratie stratifiée et buveurs coriaces. Il faudrait bien à celui-là trois ou quatre gallons de vodka ou de rhum avant de passer aux confidences et se laisser aller à un peu d'humanité. Je sentais que je perdais mon temps, j'enrageais, je commençais même à déprimer. Le cocktail se tenait dans le hall de réception de l'ambassade bulgare, tout n'y était que grisaille, à l'image du reste. Des murs gris perle, des rideaux gris métallique, deux longues tables collées l'une à l'autre où, disposés sans grâce sur des plats en inox, s'alignaient les produits bulgares traditionnels : saucisses et saucissons, corned-beef, poivrons et choux en saumure, crabes et feuilles de vigne en boîtes made in Bulgarie. Il y avait aussi du vin local, du cognac et, comble de l'horreur, du champagne bulgare !

Le carton d'invitation annonçait que les membres de la délégation du Commerce extérieur bulgare recevaient leurs collègues du ministère du Commerce extérieur cubain. Mais pas un de nous ne manquait à l'appel. Bien sûr, la nourriture sortait de boîtes et de bocaux, mais un crabe reste un crabe et du cognac, même bulgare, ne se refuse pas. Par bonheur, un Cubain avait eu la bonne idée d'apporter des bouteilles de rhum Havana Club et de la menthe fraîche, et la préparation des mojitos réussit à mettre un brin d'ambiance. Les Bulgares qui n'étaient pas habitués au rhum cubain baissèrent un peu la garde, allant parfois jusqu'à sourire.

Il n'y avait dans la salle de réception ni tabouret

ni chaise, ni canapé, pas un endroit où se poser, tout le monde était donc debout et la chaleur du mois de juillet était insoutenable. Et pour ne pas déroger au climat de paranoïa cher aux pays socialistes, un fonctionnaire pointilleux avait pris soin de tirer les affreux rideaux gris devant les fenêtres.

J'en étais à mon cinquième mojito, convaincu qu'une de ces têtes à claques vulgaires pourrait enfin me parler sous l'effet de l'alcool d'une manière cohérente, intelligente ou tout simplement honnête de ce qui se passait à Moscou, et je me dis que la meilleure façon de les entraîner était de me saouler moi-même.

A peine m'étais-je fait cette réflexion que tu es apparue, Bert.

Ce ne fut ni l'éblouissement ni le coup de foudre, pour être franc, je ne t'avais même pas vue. J'étais en train d'échanger quelque platitude de courtoisie avec l'un de ces types lorsqu'il s'est arrêté net au milieu de la conversation, bouche bée, les yeux écarquillés, comme s'il voyait le fantôme de Staline surgir de sa tombe. Mais il n'était pas le seul, les cinq mâles de la délégation étaient tous au bord de l'infarctus tandis que les deux grosses femelles qui les accompagnaient — épouses ou maîtresses ? — affichaient des signes extérieurs de dépit. Je me suis alors retourné, je t'ai vue, et j'ai compris.

Pour la première fois de leur chienne de vie sans doute, ces hommes et ces femmes du pays du yaourt se trouvaient face à une mulâtresse cubaine en pleine campagne de séduction, rayonnante d'énergie et de santé, un de ces spécimens uniques que seule notre île peut produire.

Plus tard j'appris à connaître les ficelles de ta stratégie. Comme Elizabeth Taylor, Marilyn Monroe et d'autres vedettes de cinéma que tu admires, tu sais que pour mieux se faire remarquer il faut toujours arriver en retard. Il faut aussi choisir le bon moment, ni trop tôt ni trop tard. Ce jour-là, ton timing était parfait. Nous avions déjà pas mal bu, il n'y avait pas un souffle d'air, les hommes avaient desserré les nœuds de leurs cravates, déboutonné leurs cols, le visage des femmes s'était marbré de plaques rouges. La fatigue, la chaleur et l'alcool avaient décomposé les figures les plus avenantes. Et voilà que tu entres telle une brise fraîche, comme sortie d'un bain mousseux et parfumé, maquillée avec grâce, ondulant des hanches, mobile et légère dans une tenue qui épousait tes formes sans complexes.

Une pensée a traversé mon cerveau embué. Je me suis dit, voilà une jeune mulâtresse — tu n'avais alors pas plus de vingt-cinq ans — très consciente de ses atouts, et qui en joue de main de maître. Taille moyenne, proportions parfaites, seins lourds et fermes, chute de reins exceptionnelle, croupe qui pourrait devenir imposante avec le temps, charme inégalable de la femme cubaine ! Ces malheureux descendus de leurs austères régions balkaniques n'ont jamais vu ouragan féminin si prompt à éveiller tous les fantasmes sexuels et les désirs d'un homme.

Cette anecdote me fait penser à une conversation lors d'une autre réunion du ministère du Commerce extérieur où nous nous demandions comment obtenir des devises fortes avec nos produits nationaux. Je m'étais alors permis une boutade en suggérant que Cuba devrait exporter massivement ses Noires et ses mulâtresses car elles étaient notre plus sûre et notre plus grande richesse ! C'était aussi « une occasion, avais-je ajouté, de contribuer à une œuvre de métissage salutaire pour le reste de l'humanité et en particulier les populations blanches des pays du Grand Nord. » Je plaisantais, bien sûr, mais j'avais émis cette idée d'une façon tellement solennelle que tous m'avaient pris au sérieux. Ce sont des interventions de ce genre qui alimentent ma mauvaise réputation auprès de certains de mes camarades. Mon humour pince-sans-rire, comme ils disent, pas toujours accessible. Pourtant cette fois-ci, j'y croyais ferme à ma théorie du métissage.

Ce premier soir où je te vis, Bert, tu en étais la preuve éclatante. Ton irruption dans cette salle de cocktail sinistre jeta comme de l'électricité dans l'air. D'où sort-elle ? me demandai-je. Que fait-elle dans cette réunion ? Est-elle journaliste, économiste, la femme d'un collègue cubain ?

Je t'observai d'un œil critique, me tenant à distance. Qu'a-t-elle donc de si spécial pour mettre cette assemblée d'hommes en transe, des hommes qui, soit dit en passant, n'avaient pas attendu pour se rapprocher de toi.

Des cheveux noirs bouclés tirés dans une stricte queue de cheval, un petit haut à bretelles qui ressemblait davantage à une pièce de lingerie fine découvrait des épaules cuivrées et laissait entrevoir la naissance des seins, car bien sûr tu avais retiré la veste de ton tailleur en entrant. Tu étais plus mince à cette époque, une gazelle. Tu portais des talons aiguilles et j'admirai l'aisance et la mobilité avec laquelle tu te déplaçais, le galbe de tes jambes. Ce qui me frappa le plus c'est ton visage, un visage volontaire qui contrastait singulièrement avec ce corps d'hétaïre promis à l'amour. Pommettes hautes, yeux immenses et à peine bridés où brillait une lumière intense, regard concentré, vif, d'une exceptionnelle intelligence. Un regard auquel je n'avais pas encore eu l'occasion de me confronter.

Je m'en souviens maintenant, mon esprit se mit à divaguer, une fleur des tropiques bien de chez nous, pensais-je — et j'en retirai une certaine fierté —, un métissage réunissant pour le meilleur les qualités de l'Afrique et celles de l'Asie, le mystère et l'énergie, la subtilité et la vaillance, une sensualité à fleur de peau...

Mais une autre chose arrêta mon attention, un je ne sais quoi que je n'arrivais pas à définir, lorsque soudain je compris. Le style ! Voilà ce qui te différenciait des autres, tu avais du style !

C'était incroyable de rencontrer à Cuba, en 1987, dans un obscur cocktail d'ambassade d'un des plus archaïques pays de l'Est, une mulâtresse de chez nous, eye-liner Max Factor et lipstick Elizabeth Arden, tissu léger moulant le corps, longue jupe fendue à mi-cuisse, se comportant avec l'aisance et la sophistication d'une star américaine des années 30 et 40. Rita Hayworth dans *Gilda* !

Perchée sur tes hauts talons d'importation, une coupe à la main et une longue cigarette à bout filtre dans l'autre, tu imposais ton style avec une insolence qui nous subjugua tous. Tu faisais du charme aux Bulgares, les messieurs et leurs dames indifféremment, et il y avait dans ton port hautain et dans ton regard comme un avertissement : « Ne vous y trompez pas, je ne suis pas du genre à entrer dans vos familiarités, je saurai vous remettre à votre place ! »

Je me souviens encore d'Antton le Basque, mon parrain, me parlant de ces belles inconnues des années 50 qui buvaient des daïquiris et fumaient des égyptiennes à filtres dorés dans les cocktails. Mais trente ans plus tard, alors que la Révolution avait balayé tous les clichés, voilà que tu rejouais le scénario. Quel culot ! Etait-ce par goût de la provocation ou la marque d'une personnalité exceptionnelle ?

Une chose est sûre, c'est que tu avais réussi à éveiller ma curiosité.

C'est alors que j'ai traversé le salon pour aller consulter Alvaro Pérez, mon adjoint et mon ami de longue date. Personne mieux que lui ne connaissait les ragots du ministère du Commerce extérieur ni ne se délectait des secrets et des intrigues qui agitaient le petit monde qui nous entourait. Je lui ai marmonné à l'oreille :

« Qui est ce phénomène déguisé en Rita Hayworth, Alvarito ? »

Alvaro conversait avec une femme de l'ambassade d'Allemagne de l'Est, récemment nommée à Cuba, une Viking de presque deux mètres de haut, yeux d'azur et tresses d'or, joues aussi rouges et lustrées que des pommes de Californie. Elle semblait fascinée par le Noir le plus noir de La Havane qui s'entretenait avec elle. Alvaro avait l'élégance d'une palme royale, il avait aussi pour lui une magnifique voix de basse dont il jouait comme un acteur pour cacher, quand les circonstances l'exigeaient, une homosexualité offensive.

Quelques semaines plus tôt Alvaro Pérez s'était permis de dire à un journaliste américain : « I'm black, I'm gay, and even so I work for the cuban government. »

C'était vrai, et pourtant, parce que noir et homosexuel, il savait que jamais il ne graviraient les échelons ni au gouvernement, ni dans le Parti. Il se consolait en me disant : « Je suis un produit d'exportation, Leonardo. Un nègre pédé même s'il exerce une fonction subalterne et sait se faire discret dans la négociation sert d'image-mirage à la Révolution cubaine. Qui sait ? Qui sait ? Peut-être un jour le camarade Fidel se rendra-t-il compte que le meilleur ami du mâle n'est ni la femelle, ni le chien, ni le cheval, mais un homo brillant, dévoué et loyal. Ce jour-là peut-être aurai-je une chance d'accéder aux postes que je mérite. »

Avec moi Alvaro Pérez ne se cachait pas, il n'avait pas peur de dire ce qu'il pensait et je savais qu'il était un des rares à répondre avec franchise à mes questions.

« Vise ce phénomène Alvaro !

— Pas touche, mon frère. La poupée est tabou. Pose tes regards lubriques sur d'autres culs bien tournés, le mien par exemple, mais ne t'approche pas de cette femme.

— Qu'est-ce que tu racontes, quel tabou ? Tu régresses vers de vieilles croyances afro-tribales, mon frère ! »

Alvaro Pérez s'excusa dans un allemand parfait et congédia la belle Teutonne qui faillit s'évanouir lorsqu'il s'inclina devant elle en déposant un baiser sur sa main. Mais Alvaro ne rigolait pas, la question était sérieuse car il crut nécessaire de me prendre à part dans un coin du salon.

« Berta Maria Diaz, c'est son nom. Mariée et mère de famille. De jumeaux de dix mois, si tu veux des précisions.

— Et alors ? Depuis quand une jeune femme, épouse et jeune mère de famille, est-elle considérée comme tabou dans l'île de tous les désirs, Alvaro Pérez ?

— Tu comprendras mon message fraternel quand tu sauras que cette déesse vient d'être nommée dans notre ministère. Voilà pourquoi tu n'as pas encore eu l'occasion de la rencontrer. Son dossier révolutionnaire est cent pour cent casher, mon frère. "La patrie ou la mort !" l'a nourrie au biberon. And last but not least, c'est la sœur d'une grosse pointure du ministère de l'Intérieur, si tu vois ce que je veux dire.

Si le frère est membre du contre-espionnage, la sœur est-elle seulement une fonctionnaire du Commerce extérieur ? Tu connais la blague de Paquito et Pepito, non ? Moi, je connais tes idées politiques parfois peu orthodoxes. Ça reste entre nous. Mais fais rentrer le ver dans la pomme et tu auras des histoires à coup sûr. Encore une fois, j'ai envie de te parler comme les nègres dans les films de Tarzan : pose ailleurs tes regards lubriques, *bwana*, cette femme est tabou. Ciel ! »

Alvaro Pérez avait posé devant sa bouche sa main aux doigts interminables et ne quittait pas des yeux un jeune blond, vêtu avec recherche.

« C'est mon Hongrois, Leonardo ! Il m'a juré qu'il ne viendrait pas, et le voilà ! Regarde-le... il ressemble au Jean Marais de *L'Eternel Retour !* Mais pour revenir à tes affaires, Leo, écoute mes conseils ! »

Alvaro Pérez me donnait des conseils de prudence et se précipitait sur le nouvel arrivant dont on disait dans les milieux diplomatiques qu'il n'était pas un adepte des charmes féminins.

Je pensais aux mises en garde d'Alvaro, à notre langage codé pour nous dire, entre nous, ce que deux fonctionnaires ne peuvent pas se dire publiquement sans courir de risques pour leurs carrières. Son message était clair. Comme tout le monde à Cuba, je connaissais la blague de Paquito et Pepito : « J'ai deux boulots, dit Paquito à Pepito, devine quel est le vrai et quel est le faux ? » Pour dire qu'à Cuba on peut être médecin, chauffeur de taxi, traducteur, plombier, et membre des services secrets. Ou, au contraire, membre des services secrets et en même temps chauffeur de taxi, médecin, traducteur ou plombier.

Ce soir, je me sentais dans la peau de Pepito, il

me fallait deviner si tu étais un membre du ministère du Commerce extérieur exerçant son boulot parallèle de flic, ou un flic qui exerçait ses compétences au Commerce extérieur.

Une intouchable, une femme tabou, celle par qui la paranoïa arrive.

« *Mírame y no me toques, Pepito.* » Regarde-moi mais ne t'approche pas, Pepito. Trop tard. Mieux aurait valu me transformer en statue de sel. En arbre fruitier. En feuille de tabac. N'importe quoi plutôt que d'avoir posé les yeux sur toi. Trop tard, je me suis dit. La tentation était trop forte, j'ai senti l'urgence et le besoin de me rapprocher, je voulais te voir, pis, je voulais te sentir, oui, comme un mâle respire une femelle. Puis je me suis dit, hypocrite, c'est la curiosité qui te pousse, une pulsion perverse. Te regarder, respirer l'odeur de ton parfum, trouver la faille au-delà de l'image lisse et brillante que tu t'étais construite, une métisse sophistiquée qui buvait des daïquiris, fumait des égyptiennes, marchait sur des talons aiguilles, et tout ça à La Havane, en 1987. Je supposais que tu te parfumais avec L'Air du Temps, comme Hilda, ma traîtresse d'épouse lorsqu'elle allait voir son amant, et que, prétendant se rendre à une réunion, elle me disait : « Le parfum, tu le sais, me remonte le moral. »

Avec des ruses de Sioux, je me suis approché de toi par-derrière, puis mine de rien, je me suis incliné légèrement vers ton cou, sur le côté gauche.

L'Air du Temps. Mon intuition était bonne, le parfum d'Hilda lorsqu'elle me trompait, tu sentais L'Air du Temps !

Sortais-tu d'un rendez-vous amoureux ? Ou t'étais-tu faite belle rien que pour rencontrer ce troupeau de bœufs des pays de l'Est ? Certainement non, cela ne correspondait pas à l'image que tu dégageais, étudiée avec soin. Tu étais visiblement en chasse. Mais qui chassais-tu ? Et quoi ? Je ne tarderais pas à le savoir.

J'avais pris mes précautions et personne n'avait remarqué mon manège. Je m'étais arrangé pour parler à quelqu'un qui se trouvait à côté de toi, un collègue de travail, je ne me souviens même pas de son nom, et nous étions légèrement de dos. A un moment j'ai pivoté vers toi.

Tu as pivoté à ton tour. Nos yeux se sont croisés. Ton expérience et ton sixième sens de Mata Hari tropicale t'avaient-ils mise en alerte ? Tu m'as souri, ce sourire éclatant dont tu t'enorgueillis. Le sourire du ventre, comme tu dis. « Je souris ou je ne souris pas, mais si je souris, mon sourire fait des ravages », c'était ton credo.

« Ravie de vous rencontrer, compañero Leonardo Esteban. »

Tu m'as regardé droit dans les yeux, tu m'as souri et cela a suffi.

Nous avons fait en sorte de quitter le cocktail ensemble.

Plus tard lorsque nous sommes arrivés chez toi — les jumeaux étaient chez ta mère et ton mari en voyage — tu m'as fait un aveu que j'ai trouvé émouvant.

« La première fois que je t'ai vu, Leonardo Esteban, c'était à la télévision, une de ces horribles tables rondes capable d'assommer les plus vaillants. Il fallait que je suive cette émission parce que j'avais pris à l'université une option en commerce extérieur et que je caressais l'espoir d'entrer au ministère une fois mes études terminées. Et en même temps j'hésitais à continuer mes études. J'étais enceinte de deux mois et je savais qu'un poste au COMEX me ferait voyager, ce qui n'était pas raisonnable pour une future mère. Cette discussion oiseuse sur les relations économiques et les partenariats entre Cuba et les pays de l'Est n'en finissait pas et je commençais à avoir sommeil. J'étais dans la cuisine en train de me préparer un café pour tenir le coup jusqu'au bout. La langue de bois triomphait, les pions du ministère donnaient le *la* à toute l'équipe quand tout à coup une voix attira mon attention, et cette voix tenait des propos concrets et pleins de bons sens qui sonnaient vrai. Je suis revenue au salon et me suis postée devant l'écran pour mettre un visage sur ces mots. Et je t'ai vu. Une tête d'honnête homme. Rien de spectaculaire, sinon que ce visage dégageait une sensation de force sereine. Tu avais un air réfléchi et sans prétention. Tu étais assis à côté du ministre et la caméra ne cessait d'aller de l'un à l'autre, établissant une sorte de contrepoint frappant, comme si le cameraman l'avait fait exprès. Il cadrait serré sur toi puis passait à un plan général où l'on voyait le ministre qui paraissait surpris, nerveux, parfois même franchement irrité. Il y avait de quoi. Sans aller jusqu'à la dénonciation à peine voilée de l'Union soviétique par le Che Guevara en 1965, tu laissais entendre que les pays frères ne l'étaient pas autant que ça. La discussion était rude, les accords économiques, expliquais-tu, étaient mal ficelés, les produits qu'ils nous envoyaient, camions, machines industrielles, pièces détachées étaient pour la plupart défectueux, les denrées alimentaires périmées et de qualité inférieure. Cuba était le dépotoir des Caraïbes, pouvait-on lire entre tes mots. Puis le ministre te coupa la parole et la discussion se remit à ronronner, la langue de bois reprit ses droits jusqu'au cynisme, soucieuse avant de tout de sécuriser les auditeurs. Le cameraman ou le monteur de l'émission, va savoir, resta quelques secondes sur un plan serré de ton visage, neutre et calme, un regard intense, soutenu et direct.

Enfin un type courageux qui détonnait dans l'ambiance de médiocrité et de mensonge général, un type qui se plaçait au-delà de la vanité du monde. Une tête humaine, un homme à qui l'on pouvait faire confiance, un homme à aimer. Tu es folle, me suis-je dit.

J'ai posé mes deux mains sur mon ventre qui ne s'était pas encore arrondi et pendant un quart de seconde j'ai pensé que j'aurais envie d'avorter. Ma mère est témoin, elle pourra te le dire, je me suis confiée à elle le lendemain matin tellement j'étais troublée.

Ce n'était pas que le mariage m'intéressait : je voulais un père pour mes enfants et j'avais choisi le plus convenable, un garçon jeune et qui présentait bien. "Je me suis trompée de géniteur, maman. Hier soir, j'ai vu un type à la télévision, pas si jeune, pas si beau, est-il même intelligent ? Je n'en sais rien, mais sa présence m'a bouleversée. Comment faire, maman, conseille-moi, toi qui es juste et généreuse, toi qui parles d'égale à égale avec Changó et Yemaya, dis-moi ce que je dois faire. — Oublie cet homme, a dit ma mère. Eloigne-toi de lui comme de la peste."

Elle avait raison, je le savais et pourtant je n'en fis rien. Au contraire. Je décidai que je mettrais tous mes talents à me faire engager au ministère du Commerce extérieur où tu travaillais. Commença alors une recherche obsessionnelle sur tout ce qui pouvait te concerner : ta famille, tes études, ta vie privée. Tu avais quarante ans et tu venais de divorcer, le champ était libre, me suis-je dit. Je délirais, j'attribuais cette passion soudaine au fait que j'étais enceinte, les femmes enceintes ont des envies, n'est-ce pas ? C'est bien connu, il faut satisfaire leurs caprices. Cette lubie me passera, me disais-je. Puis les jumeaux sont arrivés. J'ai obtenu mon diplôme. Mes chances d'entrer au ministère se sont faites plus concrètes. Je t'ai revu en chair et en os, une première fois au ministère du Commerce extérieur, de loin dans un couloir, une autre fois au théâtre, trois rangs d'orchestre nous séparaient, puis sur une photo au retour d'un de tes voyages à l'étranger, une photo de la taille d'une vignette que j'avais découpée dans la presse. Un jour j'ai reçu cette invitation à l'ambassade de Bulgarie. Je n'avais pas l'intention de m'y rendre, mais j'ai appris par un heureux hasard que tu y serais. Tout en choisissant ma tenue avec soin, en me parfumant comme pour un grand jour, j'ai pensé, tentons le destin, c'est l'occasion ou jamais. S'il m'approche, je suis prête à courir tous les risques, je suis folle de lui. S'il ne me remarque pas, ce sera le signe que les dieux ne sont pas avec nous, je me soumettrai à leur verdict.

Dès que je suis entrée dans la salle de réception je t'ai vu. Toi tu ne me voyais pas, j'étais transparente, je n'existais pas, sauf pour les Bulgares à qui je n'avais pas l'air de déplaire. Tu parlais avec Alvarito, ton adjoint, ce pédé sympathique que j'avais déjà discrètement interrogé à ton sujet. D'un air détaché, j'avais réussi à lui extorquer quelques renseignements sur ta vie privée, sur ton ex-femme, cette ballerine éthérée, délicate comme un narcisse aux premiers jours de printemps. Je m'apprêtais à m'éclipser avec diplomatie car la chaleur était insupportable, et les Bulgares plutôt échauffés et transpirants me déshabillaient des yeux, leur vulgarité me donnait la nausée. Mon instinct m'a mise sur le qui-vive. Soudain j'ai senti tout mon corps parcouru

45

d'un agréable frisson. J'ai immédiatement pensé il me cherche, et je me suis retournée. Tu étais derrière moi, très proche. "Je te reniflais", m'as-tu dit plus tard lorsque nous avons fait l'amour. Yemaya, Obatalá soyez bénis, et Fidel aussi. Car où serions-nous sans la Révolution ? Qui serions-nous ? Moi, simple mulâtresse du quartier de la Vibora, sans avenir, sans diplôme, sans moyens, et toi...»

Tu avais une longueur d'avance sur moi, Berta Maria, tu me connaissais avant même que notre relation commence. Tandis que moi aujourd'hui encore je ne sais de toi que ce que tu veux bien m'en dire. Il est temps que nous mettions nos pendules à l'heure.

Ce « Ravie de vous rencontrer, compañero Leonardo Esteban » avec lequel tu m'avais abordé, la façon dont tu l'as déclaré en imitant la voix de Barbara Stanwyck, tout dans ton comportement aurait dû me mettre la puce à l'oreille. Sans compter les mises en garde fraternelles de mon ami Alvaro Pérez. Mais il y avait tes yeux, ton sourire et cette incorrigible et malsaine curiosité qui me poussait à vouloir mieux te cerner. Qui étais-tu, femme insolente tout droit sortie d'un magazine hollywoodien passé de mode, quelle vérité se cachait derrière le masque, ou de quelle vérité ce masque était-il le reflet fidèle ? Onze ans, et je n'ai toujours pas fait le tour de la question, ton énigme reste entière. A Donostia, Gipuzcoa, Saint-Sébastien au corps traversé de flèches, tu es nue, un peu ivre, toujours prête à faire et refaire l'amour, quand cela s'arrêtera-t-il ?

« Combien de temps encore vas-tu m'aimer, Leonardo ? M'aimeras-tu encore comme tu m'as aimée au début de notre *affaire*, en français, s'il vous plaît, la langue de l'amour ? »

Je ne réponds pas. Immobile, les mains dans les poches de mon pyjama de soie rouge, je la regarde. « Tu rêves, Leo ? A quoi penses-tu avec ce regard si lointain ?

— *Votre style me plaît, madame, cela vous suffit-il ?*

— Oui, vous l'avez bien prouvé, Monsieur, cette longue après-midi en est témoin. J'ai le meilleur amant du monde, el mejor amante, the best ! Amour, love, tchin ! Je hurlerai cette vérité dans toutes les langues du monde, j'en inventerai d'autres pour que le monde sache l'homme que tu es ! »

Elle rit à gorge déployée, tire sur les dernières bouffées de sa cigarette, vide d'un trait les gouttes de champagne, puis elle lance sa coupe qui se brise contre le mur.

« J'ai lu quelque part que Pola Negri au cours de ses folles nuits avec Rudolph Valentino cassait les coupes dans lesquelles elle buvait. A la polonaise. Pour que personne d'autre ne pose ses lèvres sur ces verres, témoins de leur amour ! Tu crois que cette histoire est vraie ?

— Je ne voudrais pas te décevoir, mais je la trouve peu crédible. Pola Negri avait la réputation d'être avare, je la vois mal sacrifiant des dizaines de coupes en cristal de Baccarat. Quant à Valentino, une biographie récente affirme qu'il était bisexuel, davantage attiré par l'énigmatique beauté de l'acteur japonais Sessue Hayakawa que par les innombrables femmes qui lui tournaient autour.

— Nom de Dieu, quelle triste époque ! Et quel malin plaisir trouve-t-on à détruire les mythes qui nous font rêver ! Blanche-Neige nymphomane, s'envoyant les sept nains à tour de rôle, Valentino à moi-

47

tié pédé, le Père Noël pédophile, et puis quoi encore ? Où allons-nous, mon amour ? »

Berta Maria ouvre les bras à son amant qui vient se blottir contre sa poitrine.

« A nous d'inventer d'autres mythes, intimes et secrets que personne ne pourra désacraliser, dont nous seuls inventerons les règles.

— Toi et moi, notre amour... ?

— Ta mère, déesse noire et révolutionnaire volcanique, par exemple.

— Antton le Basque, ton parrain.

— Oui. Certainement. Peut-être... »

Leonardo Esteban caresse la peau lisse et le ventre légèrement bombé de sa maîtresse, traversé d'une cicatrice, les traces d'une césarienne que les crèmes et les soins n'ont pas réussi à effacer.

« Si je n'avais pas cette cicatrice, j'aurais le ventre de la déesse Shiva. Un léger embonpoint qui résiste à toutes les gymnastiques, ce léger embonpoint qui d'après les poètes et les philosophes indiens est le signe d'une femme destinée aux plus hautes expériences érotiques.

— Est-ce que je t'ai déjà parlé d'Antton le Basque, Bert ?

— Ici et là, tu t'es laissé aller à quelques confidences. Je sais que ce Basque communiste et catholique était aussi l'amant de ta mère. Mais tu semblais n'avoir de lui que de vagues souvenirs...

— J'avoue, à ma plus grande honte, que je l'avais presque oublié, mais aujourd'hui... »

Il s'arrête. Bert Maria prend la main de son amant et la pose sur ses seins fermes et ronds. Elle a passé son autre bras autour de son épaule et l'enlace dans un geste protecteur et apaisant. Elle ferme les yeux.

« Aujourd'hui je vois Antton partout, je l'entends. Ce n'est pas seulement le fait que nous soyons dans la ville qui l'a vu naître, non, c'est autre chose. J'ai l'impression d'avoir une dette envers lui.

— Une dette ? Caresse-moi... raconte, et caresse-moi, j'entends mieux quand je sens tes mains sur mon corps, je sais si peu de chose de ta vie, je te connais si peu...

— Tu connais ma vie par cœur, tu as compulsé les archives, fouillé dans les tiroirs, interrogé les gens.

— Ça y est ! Toujours les mêmes reproches, onze ans que tu me tiens le même discours ! J'avais fait mon enquête, j'ai tout fait pour te séduire, pour te piéger, L'Air du Temps, mes talons aiguilles ! d'accord, mais je me suis battue, j'ai forcé la chance, non ? Les dossiers sont froids, précis, ils se limitent à consigner les faits et actes qui émaillent la vie d'un homme. Mais la personne intime, les secrets de son cœur sont ailleurs, et les dossiers n'en parlent pas. Ce que je sais de toi ne me renseigne sur rien. Père inconnu, mère célibataire. Né à Santiago de Cuba en 1944. Militant précoce à quatorze ans, engagé dans la lutte révolutionnaire clandestine, ton travail de messager entre le vieux Parti socialiste cubain et le Mouvement du 26 juillet de Fidel Castro t'ouvrira toutes les portes au triomphe de la Révolution. Et après ? Oui, tes nombreuses heures de travail volontaire sont consignées sur des fiches et des registres, tes heures de garde à la milice aussi. Tu entres au Parti, ça n'est un secret pour personne. Tu hésites, seras-tu professeur ou fonctionnaire au ministère des Affaires étrangères ? Diverses possibilités s'offrent à toi. Tu flirtes avec l'idée de devenir écrivain car, comme ton héros le Che, tu dévores la littérature et tout ce qui te tombe sous la main. Puis la période de doute s'efface. Tu te mets à étudier le droit et les sciences économiques, tu entres au

Commerce extérieur, ça te va comme un gant. Tu franchis sans peine le barrage des intrigues de sérail car tu ne vises pas les plus hautes responsabilités, un poste clé mais néanmoins secondaire et discret semble te convenir. Tu te gagnes le respect de tes camarades et la reconnaissance de ton ministre. Tu ne feras de l'ombre à personne, l'excellente stratégie, tu te rends indispensable, ton pouvoir est occulte. Voilà ce que je sais de toi, je te l'ai toujours dit.

— J'étais fier de l'intérêt que tu me portais. Mais tu ne t'es pas arrêtée là, ne l'oublie pas. Tu t'es aussi penchée sur un autre dossier.

— Celui de ta femme ? Oui, j'en conviens. Pour mieux approcher l'homme, je voulais tout savoir sur la pute qu'il avait épousée.

— Bert !

— Une salope, tu ne diras pas le contraire. C'est bien elle qui t'a fait cocu ?

— Tu ne te gênes pas pour tromper ton mari, que je sache ?

— La différence entre elle et moi, c'est que ton Hilda Reyes est une ordure parce qu'elle t'a menti, alors que moi j'assume mes choix en toute conscience, c'est une différence de style qu'aucun homme, pas même toi Leonardo Esteban et malgré toute l'admiration que je te porte, ne sera jamais capable de comprendre. Mais, parlons de choses sérieuses. Partout dans ce monde, nous sommes tous fliqués en permanence, que nous le sachions ou non. Regarde les fichiers dont disposent les autorités européennes. Les citoyens des soi-disant pays démocratiques semblent ignorer naïvement ce détail capital. Quant aux Etats-Unis, ce sont les champions. De ta naissance à ton dernier soupir, tous tes faits et gestes sont enregistrés. A Cuba, c'est autre chose. Chacun sait que le sport favori du Cubain, homme ou femme, est de surveiller tout ce qui bouge autour de lui, les gens, les poules, les cochons, les plantes vertes, les membres du Parti et les contre-révolutionnaires en herbe... tout le monde est suspecté d'être autre chose que ce qu'il est. Une petite tasse de café, une réunion chaleureuse, et les ragots vont bon train. Voilà ce qui rend heureux nos compatriotes, ce qui fait leur quotidien. Tous, sauf toi, Leonardo, tu es différent. Peut-être est-ce à mettre sur le compte de tes ascendances basques, de cet Antton, ton père spirituel. Si j'en juge par les visages taillés à la serpe des hommes d'ici, ils ne sont pas le genre enclins aux confidences, ici en Pays Basque, on ne parle pas à la légère, on ne rigole pas, n'est-ce pas ? »

Elle se redresse. A présent ils sont assis côte à côte, tendus.

« Un dossier, Leo, qu'est-ce que c'est ? Du vide. Un squelette sans chair, sans émotion. Une constatation, un relevé, une confirmation de certains événements répertoriables. Nous sommes, toi et moi, ce que l'on pourrait appeler de vieux amants. Et aujourd'hui seulement tu daignes me parler de ce qui te tient à cœur. Je le répète, je ne sais pas grand-chose de toi, quatre fois rien, comme disait le chinetoque à la Française dans ce film que tu m'as emmenée voir le lendemain de notre premier coït !

— *Hiroshima mon amour.* »

Berta Maria le regarde, stupéfaite, puis elle éclate de rire et tombe sur le lit, l'entraînant avec elle.

« Parle-moi de ton Basque, je t'écoute, ou je m'endors, on verra bien... De toute façon, tu seras toujours un sphinx, Leonardo Esteban. Le plus transparent des hommes et le plus énigmatique et troublant, c'est sans doute le secret de ton charme. Je t'écoute, dis-moi tout mon cherrrrrri... »

Elle serre Leonardo contre elle, ferme les yeux et se mord les lèvres.

C'est elle qui avait guidé les mains de l'homme la première nuit de leur rencontre. « Je suis un instrument qui se révèle sous tes caresses, qui vibre parce que tu le touches, qui serait sans vie sous les doigts d'un autre interprète », lui avait-elle dit d'un air grave, laissant pour une fois de côté cet humour qu'elle considérait comme son masque le plus sûr. « Je ne donne à mon mari que mon corps, à toi je donne le reste, Leo, ce qu'il y a en moi de plus vrai et de plus profond, je me donne, m'abandonne, mes nerfs, mon cerveau d'où irradient les sensations les plus intenses, le point même où se love le plaisir. Caresse-moi, Leo, au-delà de moi-même, fais de moi ce que tu voudras. »

Elle arrête les mains brûlantes de son amant, les porte à ses lèvres, l'embrasse.

« Soyons sages, monsieur, sinon je n'en saurai jamais plus sur ton ami le Basque.

— Tout a commencé ailleurs, par la naissance d'un bâtard à Santiago de Cuba. Ou mieux encore, tout a commencé avant. Dans une propriété qui à l'époque appartenait à des Américains, une propriété au milieu de vastes champs de canne à sucre. A Bayamo.

— Bayamo, mon amour... »

BAYONNE

Fin septembre 1998

« J'espère que notre ami cubain est d'accord avec notre proposition », déclare d'une voix forte Ambroise D. Gómez Pérez.

Assis à l'autre bout de la longue table en bois verni, Leonardo Esteban se sent soudain pris en faute comme un élève distrait. Le dos appuyé au dossier en cuir de son fauteuil Louis XIII, les bras posés sur la table, un stylo à la main et un cahier de notes devant lui, le représentant du ministère du Commerce extérieur cubain, regard alerte derrière ses lunettes, donne l'apparence d'un homme attentif, prêt à rebondir et à intervenir dans la discussion pour défendre les intérêts de son pays. C'est aussi un homme qui a su gagner avec le temps le respect et l'amitié de ce groupe d'entrepreneurs français, et tout particulièrement celui de leur chef de file, Ambroise D. Gómez Pérez.

« Entre le patron et le Cubain, le courant passe », aime à dire le secrétaire de Gómez Pérez aux autres membres de l'équipe.

Curieuse amitié que celle de deux hommes qu'apparemment tout semble séparer, la position sociale, la famille, les études, leurs appartenances et leurs goûts politiques, et jusqu'à leur physique. Massif et imposant, Gómez Pérez a la soixantaine bien sonnée, un crâne presque chauve, un visage rond, un nez important retombant sur une bouche charnue et bien dessinée qui donne une note de féminité à ce visage doué d'une solidité rassurante. Les journalistes qui le côtoient ne manquent pas une occasion d'évoquer la ressemblance entre l'homme d'affaires bayonnais et le chancelier Kohl, une comparaison que ce premier n'apprécie pas. Toute une branche de la famille dont descend la mère de Gómez Pérez a été exterminée dans les camps de la mort nazis. Etre comparé à un Allemand, aussi illustre soit-il, ne lui plaît pas particulièrement.

Voir déambuler côte à côte le colosse, lent, maladroit, et le Cubain à la démarche souple, au visage austère et à la chevelure drue fait sourire leur entourage. Au point que Jacinthe Madeleine Gómez Pérez, aussi grande et lourde que son mari, s'est amusée à faire des photos du couple pendant une de leurs promenades, parce que, dit-elle, ils lui font penser à Laurel et Hardy.

L'amitié de Leonardo Esteban et Ambroise D. Gómez Pérez remonte à quelques années. Ils s'étaient rencontrés la première fois à Paris en 1990. Le mur de Berlin venait de tomber, l'Empire soviétique tremblait sur ses fondements et « des sources bien informées » annonçaient la chute prochaine de Fidel Castro. L'idée de la mort imminente du socialisme et l'émergence d'un néocapitalisme dans les anciens pays frères du Cuba de Castro avaient soulevé une grande effervescence dans les milieux de l'exil cubain qui commençaient à s'agiter et à voyager, de Prague à Varsovie, de Budapest à Moscou. C'était l'époque où des hommes d'affaires et des personnalités politiques françaises organisaient des contacts discrets avec les représentants officiels de Cuba pour « prendre le pouls » de la situation dans l'île où l'on commençait à sentir poindre quelques changements notables. Les touristes qui jusque-là se recrutaient parmi les travailleurs émérites des pays de l'Est abandonnaient leurs datchas et leurs chambres d'hôtel à Varadero alors que le gouvernement cubain ouvrait l'île à un tourisme de masse en direction des Occidentaux. Pour la classe moyenne de ces pays, Cuba devenait le dernier endroit à la mode, accessible et pas cher. Nombre de magazines et catalogues de voyage vantaient sa mer, son climat et ses cocotiers, son rhum, ses cigares. Le métissage, la beauté de ses femmes, la liberté sexuelle et la musique faisaient de l'endroit un paradis. On redécouvrait soudainement son architecture coloniale. Les vieilles américaines, Buick, Chevrolet et Ford, le décor qui semblait s'être figé dans les années 50 et l'imagerie révolutionnaire y ajoutaient encore un zeste d'exotisme.

C'est dans ce contexte que des hommes politiques de la droite française traditionnelle découvrirent avec un frémissement de plaisir des fonctionnaires cubains d'un troisième type.

A Paris et à Londres, à Madrid et à Berlin on vit débarquer de jeunes émissaires de Fidel Castro, sympathiques et ouverts à la discussion. Un style très nouveau. L'un d'eux, un dénommé Robertico, se fit remarquer pour son allure de yuppie américain, à la Steve Jobs, le père du Macintosh. Ses façons informelles étonnaient, ses jeans, ses baskets, ses sweat-shirts et chemises sans cravates aussi. Dans les dîners parisiens les plus huppés on en trouvait toujours un pour se vanter de son amitié avec Robertico le Cubain, ou pour évoquer son admiration pour lui. Ambroise D. Gómez Pérez ne faisait pas partie de ceux-là. Pourtant il était en relation d'affaires fréquentes avec les fonctionnaires cubains de passage en Europe. Sa société d'import-export dont le siège se trouvait à Bayonne avait des filiales dans plusieurs pays d'Amérique latine. C'est pourquoi la « nouvelle ouverture économique » dont on parlait beaucoup à propos de Cuba sans que personne en connaisse la véritable teneur l'intéressait. Contrairement à ses collègues, Ambroise D. Gómez Pérez n'avait pas été impressionné par la performance de Robertico. Par contre les interventions d'un type vêtu d'un costume sombre, d'une chemise à la blancheur impeccable et d'une cravate classique aux couleurs passées avaient retenu toute son attention. L'homme était sobre et discret, il s'effaçait volontiers pour laisser les autres briller au premier plan. Aux yeux des entrepreneurs français, ce Leonardo Esteban apparaissait comme un apparatchik compétent mais trop réservé, aussi ils eurent vite fait de le reléguer au rang de figurant intelligent mais sans pouvoir réel. On ne s'occupait guère de lui. Avec son flair habituel, Ambroise D. Gómez Pérez découvrit ce que ses collègues français ne voyaient pas, c'est que Leonardo Esteban se trouvait derrière toutes les propositions intéressantes et tous les projets d'envergure que présentait l'équipe cubaine. Il eut très vite l'intuition que pour se faire une idée claire de la réalité cubaine si complexe du début des années 90, Leonardo Esteban était l'homme de la situation. C'est ainsi que le pachyderme et l'antilope, comme les avait surnommés Jacinthe, sa femme, étaient devenus de bons amis.

Gómez Pérez parlait un espagnol parfait, il avait aussi une connaissance aiguë et fine de l'Amérique latine, de sa géographie, sa culture et son histoire. Il envisageait d'investir à Cuba, mais il ne voulait pas se cantonner à de simples accords commerciaux, comme il disait.

Leonardo Esteban, qui avait jusque-là observé une distance prudente, avait finalement accepté l'invitation d'Ambroise D. Gómez Pérez au restaurant parisien Le Drouant.

Le Cubain choisit pour commencer une salade fraîcheur, puis il enchaîna avec un faisandeau poêlé au vinaigre de poire, tandis que le Bayonnais se décidait, après moult hésitations, pour un saumon froid à la parisienne et un filet mignon au beurre bordelais.

« Il faut que vous veniez manger chez nous, Leonardo. Ma femme est un redoutable cordon-bleu, en partie responsable de mon embonpoint ! Voilà pourquoi lorsque je voyage je m'astreins à une certaine sobriété. Côté nourriture, entendons-nous bien. »

A la suite de quoi Gómez Pérez avait entamé avec le sommelier une savante conversation, énumérant sur un ton quasi religieux les mérites comparés d'un saint-pourçain, un montagny premier cru, un château beau-site, un saint-estèphe ou un crozes-hermitage domaine de Thalabert.

Leonardo se désintéressa de cette longue messe basse, il se fichait pas mal des crus et millésimes auxquels il ne connaissait rien, en revanche il se demandait pourquoi cet homme d'affaires si influent s'intéressait à lui, à lui en particulier, un humble fonctionnaire du ministère du Commerce extérieur au pouvoir limité. Mais ses pensées légèrement paranoïaques se dissipèrent aussitôt absorbées les premières gorgées de vin, un vin aux saveurs subtiles, comme il n'en avait jamais goûté. Puis le franc-parler du Bayonnais acheva de le mettre à l'aise.

« J'ai dépassé ce besoin de m'enrichir toujours plus, ce virus qui ronge les hommes d'affaires et fait d'eux des ogres, des vampires assoiffés de sang. Mes entreprises tournent bien. Mes enfants sont aujourd'hui des adultes indépendants et prospères. Mon patrimoine est solide. Je n'ai pas l'intention d'aller à Cuba le couteau entre les dents. Je ne suis ni mécène ni vautour, ma devise est la suivante : je prends à un pays ce qu'il a à me donner, à condition de pouvoir lui apporter quelque chose en échange. C'est pourquoi, par principe et pour l'instant, je n'ai jamais investi dans un pays de l'Est. Tous mes intérêts en dehors de la France se trouvent en Amérique latine. Cuba fait partie de ce continent. Pas besoin d'être sorcier pour deviner que votre pays aura du mal à survivre à l'ère de la postperestroïka. Il vous faut des partenaires dans le monde capitaliste et occidental. Vous connaissez suffisamment la France pour savoir que les citoyens de ce pays, les gaullistes entre autres, ne se sont jamais laissé impressionner par les Américains, qu'ils aiment assez les contrarier. Je voudrais étudier avec vous la possibilité d'un investissement qui soit à la fois intéressant pour votre pays et pour le mien. Mais je connais mal votre île, aussi je compte sur vous pour m'éclairer un peu. »

La semaine qui suivit cette conversation, Leonardo Esteban et Ambroise D. Gómez Pérez se rencontrèrent à plusieurs reprises. Le Cubain ne lui cacha pas la fragilité économique de son pays et émit quelques critiques discrètes sur la bureaucratie frileuse et l'immobilisme que provoquait la nouvelle situation dans les pays de l'Est.

« Nos ex-camarades de l'Est se sont embarqués en aveugles dans l'économie de marché et le capitalisme sauvage. La question est de savoir comment ils vont pouvoir tenir la route, par quels moyens ? Bicyclettes ? Patins à roulettes ? Avions supersoniques ? Pendant ce temps à Cuba nous sommes en train de revenir à l'ère de la charrue et nous importons des vélos chinois. Mais... que vous dire de plus... le mieux serait que vous veniez vous rendre compte par vous-même », avait dit Leonardo Esteban à son ami Gómez Pérez.

Quelques mois plus tard Ambroise D. Gómez Pérez se rendait à Cuba pour la première fois. Esteban se mit à la disposition du Français et sillonna l'île avec lui. Il lui fit découvrir ce qu'il voulait découvrir et rencontrer les personnes qu'il souhaitait rencontrer, dont un dissident célèbre que l'homme d'affaires insista pour connaître. Esteban s'arrangea même pour que le Français soit invité à un dîner offert par Fidel Castro à un groupe d'hommes d'affaires européens. En raccompagnant son ami à l'hôtel Nacional où il était logé, il lui demanda :

« Qu'avez-vous pensé du Comandante, cher ami ? »

A présent ils se donnaient du « cher ami », c'était devenu un petit signe de ralliement. « C'est la première formule de politesse que j'ai apprise à l'Alliance française de La Havane », lui avait confié Esteban.

« Cher ami, répondit le Français, je ne vais pas vous servir la tarte à la crème habituelle : que Fidel est *simpático*, charismatique, éblouissant, ou son contraire, du genre *L'Automne du Patriarche*. Non. En vérité, au cours de ce dîner qui s'est prolongé bien tard, je suis passé par différents états. Je vous avouerai qu'au début je me suis senti très mal à l'aise. Pas de chance, on m'avait placé à côté d'Allemands, des entrepreneurs de Hambourg, Francfort, Munich. Et savez-vous ce qui m'irrita le plus ? C'est d'entendre ces Allemands s'adresser à Fidel avec les mêmes trémolos dans la voix qu'avaient sans doute leurs parents ou grands-parents en parlant du Führer. Quand nous avons quitté la table dressée sur la terrasse et que nous sommes passés à l'intérieur de cette superbe demeure ayant appartenu à un Cubain aujourd'hui exilé, soit dit en passant et ce dont personne ne se souciait, le Comandante était entouré d'une véritable cour. J'ai observé son jeu de loin. Je dis "jeu" à bon escient, car votre Fidel est un excellent acteur. Il déploie devant ses admirateurs charme, intelligence et courtoisie, et il a un sens inné de la manipulation. J'ai observé tous ces Allemands et ces Anglais, plutôt des hommes de droite, ils étaient là, admiratifs, ils buvaient ses paroles... des groupies devant leur idole ne se seraient pas conduits autrement. J'en ai eu la nausée. Peut-être avais-je un peu poussé sur le rhum et les cigares, mais je ne rêvais que d'une chose, vous voir apparaître pour quitter au plus vite ce vaudeville euro-tropical lorsqu'un des gardes du corps du président Castro s'est approché de moi : "Le Comandante voudrait vous dire un mot", m'a-t-il dit simplement. Et voici qu'à mon tour mon cœur s'est mis à battre la chamade et qu'une petite voix intérieure, flatteuse, me disait, bien sûr, Fidel t'a remarqué au milieu de ce tas de médiocres. Le Comandante, quant à lui, ne s'embarrassa pas de présentations et me posa de but en blanc la question qui l'intéressait : "Vous qui l'avez côtoyé, dites-moi donc comment était de Gaulle dans la vie privée ?"

J'ai failli avoir un infarctus. Je ne m'intéresse pas à la politique, je ne respecte que l'histoire avec un grand H. "J'ai surtout fréquenté le Général juste quelques mois avant sa mort, lui dis-je, peu de gens sont au courant de cette période de ma vie. Bravo à vos services secrets..."

Certes, qu'il soit si bien informé sur ma vie me laissa perplexe, toujours est-il que cette petite enquête qu'on avait faite à mon sujet me donna l'occasion d'avoir avec Castro la plus surréaliste et la plus inattendue des conversations. Je m'aperçus qu'il n'était friand que de détails qui, pour d'autres, auraient été sans importance. "De Gaulle... souffrait-il d'insomnie ? Que lisait-il dans les derniers mois de sa vie ? Des ouvrages historiques ? Des livres scientifiques, des essais politiques ? Parlait-il souvent du passé ? Comment le Général avait-il pris son échec au référendum qui l'avait chassé du pouvoir ?" Avais-je entendu de Gaulle parler de lui, Fidel ? Puis le Comandante partit dans un grand rire en évoquant le bon mot du Général en Mai 68. "'Chienlit ! Chienlit !' répéta-t-il, quelle inspiration !..." ce mot qui avait suffi à clore le bec à tous, aux étudiants, aux anarchistes, aux trotskistes et intellos de tous bords !

Quant à moi, je n'en croyais pas mes yeux ni mes oreilles ! J'étais à mille lieues d'imaginer que Fidel Castro admirait de Gaulle autant que moi ! Si pour ma part j'admirais le grand homme, je reconnaissais ses faiblesses, ses failles. Tandis que pour Castro il me sembla que le Général était une statue de marbre. »

Depuis leur rencontre à Paris, presque une année auparavant, une solide amitié s'était nouée entre le Cubain et l'homme d'affaires bayonnais. Ils se comprenaient à demi-mot et, au cours de son voyage à Cuba, Gómez Pérez fit preuve de beaucoup de tact sur tout ce qui se rapportait à la situation politique. Il ne tenait pas à mettre Leonardo Esteban dans une situation délicate. Ainsi, Ambroise D. Gómez Pérez avait souhaité rencontrer un célèbre dissident cubain à l'ambassade pour tenir Leonardo à l'abri de cette rencontre. Il fut surpris d'apprendre que non seulement Esteban demandait à servir d'intermédiaire entre lui et le dissident, mais qu'il proposait même de l'accompagner.

Le Cubain prit le temps d'expliquer à Gómez Pérez sa démarche.

« Cher ami, vous êtes pour moi un cas exceptionnel. Vous êtes capable à la fois de développer des relations commerciales entre la France et Cuba, et d'apporter une aide culturelle et humanitaire à notre pays qui vit, hélas, une situation très difficile ; vous êtes curieux de connaître aussi bien la pensée officielle que les positions de la dissidence. Je ne suis qu'un fonctionnaire sans poids politique, mais j'ai une amie, Berta Maria Diaz, dont le frère est bien introduit dans les hautes instances politiques du pays. Il partage mon point de vue réaliste et un peu cynique : vous pourrez dire que vous vous êtes promené librement à Cuba, que vous avez eu des contacts avec l'opposition et rencontré Fidel Castro ; et de notre côté, nous sommes à peu près sûrs que cela ne changera rien à la situation ici. Vous êtes assez fin pour le comprendre, cher ami. Nous ne faisons qu'un geste symbolique. Mais de symbole en symbole... qui sait ? Peut-être les choses finiront-elles un jour par changer ? »

Ambroise D. Gómez Pérez insista pour inviter à dîner « la dame » qui avait tant aidé à faire aboutir la rencontre avec le dissident cubain. C'est alors que Leonardo Esteban se crut obligé d'évoquer devant son ami le lien particulier qui l'unissait à Berta Maria.

« Elle tient beaucoup à ses deux enfants et son

mari refuse de divorcer. Nous avons décidé de maintenir ce statu quo pour le moment... notre relation ressemble à la "période spéciale" que connaît l'île : notre liaison dure depuis sept ans, et la période spéciale est, elle aussi, partie pour durer. Nous vivons en osmose avec le pays. Est-ce que je vous choque ?

— Pensez-vous, répondit l'homme d'affaires. Je suis basque et français, juif converti marié à une fervente catholique. Ma pensée politique penche plus à droite qu'à gauche, ce qui ne m'empêche pas d'accepter l'expérience socialiste chez nous, en France, et chez les autres. Docteur en sciences physiques par vocation, je préside un puissant holding par devoir familial. Monogame de conviction, j'ai parfois des fantasmes puérils, comme celui de posséder un harem, par exemple. Alors pourquoi voulez-vous que votre situation hautement civilisée me choque ? Au contraire, j'ai encore plus envie de rencontrer la femme dont vous me parlez. »

Leonardo Esteban avait réservé une table discrète au restaurant de l'hôtel Havana Riviera. Au moment de son divorce il avait renoncé à demander un appartement de fonction. Il voyageait beaucoup et avait passé un accord avec la direction de l'hôtel où il avait toujours une chambre lorsqu'il se retrouvait à La Havane. En tant que client permanent, il bénéficiait de certains avantages, par exemple celui de pouvoir réserver une bonne table pour honorer un hôte de passage.

Les deux hommes avaient déjà commandé leur deuxième Martini et dévoré une coupelle d'olives. Berta Maria avait presque une demi-heure de retard. Leonardo en profita pour développer le portrait de son amie.

« Il faut que vous sachiez, cher ami, que Berta Maria vient d'un milieu très pauvre. Son père était docker, sa mère réussit à devenir sage-femme. Pendant toute sa jeunesse elle s'est occupée de nourrir et d'élever une famille de trois garçons et une fille, une petite dernière, née une année après le triomphe de la Révolution. Son frère aîné est mort jeune, au cours des combats de la baie des Cochons. Un autre frère, jeune instituteur, a été assassiné dans la montagne de l'Escambray par des contre-révolutionnaires. Le troisième est à présent colonel de l'armée et Berta, elle, a fini par faire des études brillantes qui lui ont permis d'obtenir un poste au ministère où je travaille. Vous me connaissez. Je suis loyal envers la Révolution mais j'aimerais que notre pays s'ouvre davantage à la démocratie. Pour Berta, la Révolution aura toujours le dernier mot.

— Je vois... je vois... murmura Gómez Pérez en prenant la dernière olive. Votre amie n'a peut-être pas très envie de rencontrer un capitaliste français ? »

Leonardo Esteban haussa les épaules dans un mouvement de résignation.

« Surtout un capitaliste français qui demande à rencontrer des membres de l'opposition. Comment vous expliquer ? Berta et moi ne nous voyons que lorsque nos activités nous le permettent. Des occasions rares où, par un accord tacite, nous ne nous occupons que de nous. Nous fermons la porte d'une chambre d'hôtel et nous laissons dehors le monde, ses luttes et ses angoisses. Quand j'ai demandé à Berta d'intercéder en votre faveur auprès de son frère pour vous permettre de rencontrer qui vous vouliez, elle s'y est d'abord opposée. Puis elle a accepté en espérant que son frère refuserait de coopérer. Et quand le colonel Diaz a donné son accord, ce qui l'a rendue le plus furieuse c'est de savoir que je vous accompagnais. Puis elle a réfléchi.

Elle a un caractère entier et coléreux, mais c'est aussi une professionnelle très consciente de ses devoirs. Elle a compris ce que vous pourriez représenter pour Cuba. En plus, je lui ai tant parlé de vous qu'elle est très curieuse de faire votre connaissance. Elle a promis de venir... »

Tout en parlant Leonardo essuyait les verres de ses lunettes. Ambroise D. Gómez Pérez reconnaissait ce geste de son ami cubain : chaque fois qu'il était contrarié ou énervé ou qu'une question le gênait, il retirait ses lunettes, sortait de sa poche une peau de chamois et nettoyait les verres.

Leonardo plissa les yeux en regardant vers l'entrée du restaurant et remit rapidement ses lunettes, pour confirmer ce que sa myopie lui avait annoncé.

« La voilà ! » dit-il, se levant d'un bond.

Ambroise D. Gómez Pérez suivit le mouvement et se leva. Il vit s'approcher une femme d'une trentaine d'années, heureux métissage de Blanche, de Chinoise et de Noire. Outre la grâce de son corps et la beauté de son regard, elle portait en elle quelque chose d'indéfinissable, comme un air d'une autre époque. Au cours du dîner, il réalisa que sa robe lui rappelait des vieux films américains qu'il avait découverts en France après la guerre. Puis il pensa que l'accent de la maîtresse de Leonardo Esteban avait les mêmes intonations que celui de Maria Félix, l'actrice mexicaine qu'il avait tant aimée dans *French Cancan* de Jean Renoir.

Berta Maria se montra exquise tout au long du dîner, mais il nota qu'à certains moments le couple semblait l'oublier, leurs mains se cherchaient sous la table et ils ne se quittaient pas des yeux.

Diplomate et fin connaisseur du cœur humain, Ambroise D. Gómez Pérez leur demanda la permission de se retirer. « A mon âge, s'excusa-t-il, le décalage horaire est perturbant, et mes nuits doivent être aussi longues que mes jours. »

Leonardo Esteban accompagna son ami jusqu'à la sortie où une voiture de fonction attendait le Français pour le raccompagner au Nacional.

« Vous avez de la chance, Leonardo. L'amour de cette femme est un don du ciel.

— Je sais », répondit le Cubain.

Les deux hommes se serrèrent longuement la main et s'embrassèrent sur les joues, ce qui provoqua la surprise puis le fou rire du chauffeur de l'auto. A Cuba, deux hommes se donnent une accolade virile, jamais des baisers.

« Je suppose que notre ami cubain sera d'accord avec cette proposition », déclare haut et fort Ambroise D. Gómez Pérez.

Assis à l'autre bout de la longue table, Leonardo se sent comme un élève pris en faute. Il sourit, fait un geste de la main pour signifier son acquiescement, puis il retire ses lunettes et cherche dans la poche intérieure de sa veste la peau de chamois qui lui sert à essuyer les verres.

Je souris comme un idiot, je lève la main pour donner mon accord, j'accepte sa proposition sans bien savoir de quoi il retourne. Je suis ailleurs, surpris en vagabondage de pensées.

Qu'est-ce qui m'a pris en plein milieu d'une réunion importante de me mettre à dresser l'inventaire de toutes les réunions auxquelles j'ai participé dans ma vie ? De ces réunions qui m'ont bouffé la vie ?

De toutes les chambres d'hôtel où j'ai fait l'amour à Berta Maria ? Suis-je en train de devenir fou ? Une façon de m'évader, de tuer le temps... car les réunions aussi importantes et intéressantes soient-elles, je ne peux plus les supporter, je suis devenu allergique aux réunions. La réunionnite n'est-elle pas une maladie contagieuse, un vice, une perversité inventée par les humains pour mieux se sentir vivre ? « Je me réunis, donc j'existe... » ces éternelles réunions qui ont rythmé ma vie l'ont découpée, chapitre par chapitre...

Chapitre Un. J'ai treize ans. J'accompagne Antton aux réunions clandestines qui se tiennent chaque fois dans une maison différente, dans les quartiers populaires de La Havane. Baptême du feu idéal pour un jeune révolutionnaire. Je suis le cadet du groupe. Le Peter Pan de la lutte contre Batista, le dictateur. A n'importe quel moment les sbires du dictateur peuvent faire irruption dans la salle. Antton m'a averti. Les gangsters, comme il les appelle, ne feront pas la différence entre jeunes et vieux, grands ou petits, amateurs ou professionnels. Si par malheur on nous découvre, j'aurai droit à la bastonnade, au coup-de-poing américain ou à l'huile de ricin, la torture préférée de la police de Batista, dans le pire des cas je me prendrai une balle dans la nuque avant d'être jeté dans les eaux grises du fleuve Almendares. Quelquefois ces réunions me donnent la chair de poule, d'autres fois je suis pris de diarrhée, de nausées. Je prends mes distances. J'apprends à réfléchir. « Est-ce que je me trompe parrain ? La réunion d'hier m'a paru inutile, fastidieuse, nous n'avons fait que répéter des choses déjà dites cent fois... — Les temps sont durs, petit, me répond Antton, chacun de nous fait son devoir, et en même temps chacun de nous tremble de peur. Se voir, se réunir, comme tu dis, même si c'est dangereux... eh bien, ça nous aide, ça réchauffe le cœur, ça renforce notre détermination à lutter contre nos ennemis communs. » Chapitre deux. Au lendemain de la Révolution. J'ai accumulé tous les pièges : étudiant, militant, travailleur volontaire... je suis pieds et poings liés, et encore une fois, la victime désignée de la déesse réunionnite. Et ce n'est pas faute de m'être révolté, non, plusieurs fois, j'ai tenté de réagir. « Camarades, voici trois heures que nous discutons de problèmes qu'un seul coup de téléphone ou un message enroulé à la patte d'un pigeon voyageur suffirait à régler. Car l'objet de nos discussions, si je ne m'abuse, se résume à quelques idées simples : pour faire son devoir de révolutionnaire, il faut étudier davantage, travailler plus et mieux afin d'augmenter la productivité. En nous enfermant ici trois heures durant à palabrer, ne sommes-nous pas en train de faire tout le contraire ? Retournons aux champs, allons en bibliothèque, c'est ce que nous avons de mieux à faire ! » Cette diatribe téméraire me vaut des remontrances et manque de me faire expulser de l'école. Il faut visiblement respecter les règles du jeu, c'est-à-dire fermer sa gueule. Je viens de m'en rendre compte. Chapitre trois. Je suis nommé au COMEX. La vie professionnelle... Je vais enfin entrer dans le vif du sujet, dans l'action, me dis-je. Finies les réunions, nous traitons ici d'affaires autrement importantes. Car il y va de la survie même de notre économie. C'est une question d'efficacité, d'exigence, de précision. Soyons avares en mots, des mots qui se traduisent en or, en roubles, en dollars et en yens. Incroyable naïf, pauvre rêveur ! Ce que j'avais connu jusque-là n'avait rien à voir avec ce qui m'attendait, car une fois de plus je passe mon temps à organiser des réunions pour programmer des réunions à venir, parler pour parler de ce dont on parlera, et ainsi de suite. C'est l'époque où je commence à voyager, de mission en mission ma vie n'est plus qu'une longue suite sans fin de réunions.

Chapitre quatre. De réunions en colloques, je découvre les pays frères. Bien sûr, dans ces rencontres où l'on ne fait que parler, il faut de l'eau pour étancher sa soif. Les Soviétiques se vantent de boire de l'eau minérale *boda*, qui n'est autre que de la vodka bien tassée ! Je me souviens de cette mission à Sofia où j'étais mandaté pour négocier l'importation de clous, de bœuf en conserve et de vins bulgares pour Noël, fête chrétienne que l'île ne célébrait plus officiellement mais que chaque Cubain continuait de fêter en cachette, quitte à vénérer le bon papa Marx barbu comme le Christ. Notre réunion démarre à dix heures du matin par un léger apéritif, suivi d'un lourd gâteau au chocolat, puis les bières tournent, le cognac bulgare, et la vodka qui ne cache même pas son nom !

Chapitre cinq. La découverte du monde capitaliste. Time is money and money is time, le message est clair. On va faire vite et efficace, me dis-je. Mais ici aussi on trouve moyen de pervertir les plus prodigieuses avancées de la technique, les conférences simultanées par téléphone, par exemple, Washington, Tokyo, Berlin et Buenos Aires correspondant de concert, tous ces merveilleux gadgets de la technologie... via les fax, les messages sur le web, on n'y coupera pas, « je vous envoie l'ordre du jour de notre prochaine réunion ».

Et pour comble de malheur, ici à Bayonne, cet homme de culture et chef d'entreprise exemplaire, concentré d'énergie pure, d'expériences et de lucidité, ici encore, cet homme imprégné des traditions de la Vieille Europe ne peut s'empêcher de faire des réunions que je trouve inutiles !

Et voilà que je m'absente au moment crucial. A moi de découvrir à l'heure du dîner de quelle proposition il s'agit, car pour l'instant je n'en sais traître rien. Bien fait pour toi, Marathon Man, tu n'as que ce que tu mérites, tu le sais pourtant, pauvre idiot, qu'il ne faut jamais s'évader pendant une réunion, encore moins s'endormir... c'est là que les décisions importantes se prennent, que les choses se jouent sans qu'on s'en aperçoive. Calme-toi, Leonardo, respire un bon coup, profite de ta chance, regarde, dehors, par la baie vitrée derrière le bureau d'Ambroise, vois comme elles sont belles, mon frère, les flèches de la cathédrale Sainte-Marie ! Souviens-toi quelle sensation de bonheur tu avais ressentie lorsque tu les avais vues pour la première fois !

Gómez Pérez était venu me chercher à l'aéroport de Biarritz. La Mercedes longeait l'Adour, et au détour d'un pont elles m'étaient apparues. « Qu'est-ce que c'est que ce monument ? » avais-je demandé à mon collaborateur et partenaire. Et lui qui adore sa ville en avait profité pour me faire un cours magistral.

« La cathédrale Sainte-Marie. Fondations romanes et chef-d'œuvre de style gothique. Ses flèches ciselées font quatre-vingts mètres de haut. Plus haut, toujours plus haut à l'assaut du ciel, à la gloire du Seigneur ! Pour moi Sainte-Marie est plus qu'un chef-d'œuvre architectural, c'est un corps vivant, une respiration de la matière, un corps qui s'est nourri à la sueur de ceux qui l'ont élevé. Imagine

Leonardo, ces milliers d'ouvriers qui ont peiné et consacré leur vie à cette merveille. Commencé au XIIe siècle, le chantier s'est poursuivi pendant plus de cinq siècles... Tout au long de ces années Sainte-Marie, indifférente aux troubles du monde, s'épanouissait et prospérait. La construction des flèches est un poème en soi. La tour sud terminée au début du XVIe siècle est un parfait exemple de gothique flamboyant, celle du nord s'apparenterait à du gothique rayonnant. C'est l'aspect ésotérique qui m'intéresse dans cette histoire, vois-tu. J'y lis un sens caché et qui me concerne. Je n'ai pas l'habitude de parler de ces choses ici, car on pourrait se dire, voilà un Juif dont la famille s'est établie à Bayonne au XIVe siècle et qui se permet de voir dans la construction de Sainte-Marie des justifications secrètes de son existence. Mes ancêtres sont venus s'installer à Bayonne au XIVe siècle, période qui vit naître le cloître Sainte-Marie, ce cloître devenu célèbre au XVIe siècle et qui faillit être détruit au XIXe. C'est par curiosité, en amateur, qu'à l'âge de l'adolescence j'ai commencé à m'intéresser à l'ésotérisme, à la cabale, au hassidisme. Et ces lectures m'ont éclairé sur les mystères de Sainte-Marie. Les fondations romanes de la cathédrale sont faites de la terre, de la pierre et de la glaise du Pays Basque à une époque où le paganisme était encore florissant. Cette force tellurique qui s'est transmise à travers les siècles, je la ressens encore. Elle a dévoré la chair des vivants, elle a digéré les ossements des morts. Voilà pourquoi Sainte-Marie a résisté aux incendies du XVIe siècle, à la Révolution au XVIIIe, aux bouleversements du XIXe et aux deux guerres du XXe siècle. Parce qu'elle est l'âme secrète de Bayonne, Leonardo. Qu'elle disparaisse et c'est la ville qui s'éteindra ! »

Ambroise D. Gómez Pérez veut s'arrêter pour me

faire visiter la cathédrale, mais je souffre du décalage horaire et décline son invitation. Je préfère m'installer à mon hôtel et m'accorder tout le loisir de me promener seul dans Bayonne.

Baiona. La ville où Antonio Altuna, blessé et malade, a trouvé refuge pendant la guerre civile espagnole.

« Saint-Sébastien m'a vu naître, Bayonne m'a fait renaître », aimait à dire Antton dans ses accès de nostalgie. Je voulais découvrir la ville telle qu'il me l'avait décrite.

« Si tes pas te conduisent un jour à Bayonne, Leonardo, promène-toi dans ces vieilles pierres, respire l'air du quartier Saint-Esprit, monte à la citadelle. Promène-toi seul, tard dans la nuit, en hiver de préférence. Ou l'été, à l'aube. L'heure où les gens dorment est le meilleur moment pour revisiter le passé. Personne ne vient s'interposer entre toi et ces vieilles bâtisses qui bruissent de souvenirs. C'est là que tu sentiras de quelle chair Bayonne s'est nourrie pendant les siècles. N'oublie pas non plus de traverser le fleuve. Baiona, ses ponts aux noms si musicaux, Génie ! Pannecaux ! Mayan ! Marengo ! »

J'accomplis le vœu d'Antton. Je me promène de long en large, je déambule dans la ville, tard dans la nuit et très tôt le matin, et c'est une bouffée d'air pur. J'en retire l'énergie nécessaire pour affronter le reste de la journée.

Je m'efforce de regarder la ville avec les yeux de mon parrain, les façades en pierre de taille à croisillons, les rues aux noms d'une autre époque, la rue de la Monnaie, rue de la Vieille-Boucherie, rue de la Poissonnerie, rue de l'Argenterie... comme la rue du

Pont-Neuf, toutes se trouvent dans le voisinage de la fontaine des Piloris et de Sainte-Marie. Car mes balades commencent ou finissent toujours sur le parvis de la cathédrale. Mais je n'y entre pas, je retarde ce rendez-vous qui, je le sais, sera inévitable.

Souvent au cours de mes longues promenades, je me répète le récit qu'Antton m'a fait de ses blessures.

« J'étais convalescent, mon fils. Une balle de gros calibre m'avait perforé la poitrine, à deux doigts du cœur. Cette balle, imagine-toi, est ressortie par-derrière, me laissant un trou rond dans la poitrine et un autre dans le dos, sans atteindre aucun organe vital. Le toubib n'en revenait pas. Il retournait les radios dans tous les sens, cherchait une explication. Je lui dis que c'était un miracle. Il se moqua de moi : "A quoi penses-tu au moment du combat, camarade ?" Sans doute croyait-il que j'allais lui dire "à la République, au Parti, à la mort du franquisme", mais je lui répondis : "A la Vierge Marie, docteur ! Je pense toujours à Marie, Sainte mère de Dieu !"

Si tu avais vu la tête de ce brave médecin, communiste comme moi, quand j'ai invoqué le nom de la Vierge. C'est la raison pour laquelle dès mon arrivée à Bayonne, épuisé par ma blessure et les tensions du passage clandestin à travers les Pyrénées je me suis rendu à la cathédrale, pour remercier la Vierge de sa protection. »

Quand je rentre enfin dans la cathédrale, j'ai l'impression que je la connais déjà. Mon parrain, et plus récemment mon ami Gómez Pérez me l'ont décrite en détail. Ou peut-être l'ai-je visitée en rêve ? Ses sept travées et ses trois nefs en forme de croix latine, sa sacristie champenoise à double portail, je les connais. Les vitraux du chœur me semblent familiers, Antton qui avait du talent pour la peinture en a dessiné des carnets entiers. Je suis en terrain conquis. Antonio Altuna, mon parrain, est venu s'agenouiller avec ferveur et gratitude dans cette cathédrale soixante ans auparavant. Et moi, Leonardo, athée pur et dur, je ressens en y pénétrant un étrange malaise. « Le marxisme explique tout et même son contraire », dit toujours Berta Maria lorsqu'on se permet de critiquer les théories de Marx et pour réaffirmer haut et fort sa fidélité à l'idéologie, même après que l'Union soviétique est retournée à la Sainte Russie. Comme elle, j'ai cru au marxisme tropicano-cubain mais j'ai perdu mes convictions quelque part en cours de route et je n'ai nullement l'intention de troquer une religion contre une autre. Je n'accorde de prix qu'à la lucidité. Etre soi-même, ressentir et réfléchir pour soi-même, en tirer les conséquences, ne se laisser berner ni ne berner personne.

Il est tôt et la cathédrale est vide. Quelques vieillards immobiles, assoupis dans leurs prières, comme des santons, font corps avec le lieu, quelques vieilles traînent le pas et murmurent en allumant des cierges. Je m'appuie le dos à une colonne, et le souvenir d'une histoire lue dans mon adolescence au sujet de Paul Claudel me fait sourire. J'avais trouvé jadis chez un libraire de La Havane qui bradait des vieux livres un curieux ouvrage évoquant la conversion de quelques hommes célèbres. L'auteur racontait comment, adossé à une colonne de Notre-Dame, Claudel a eu la révélation et senti la grâce descendre sur lui.

Je ne suis pas entré ici pour chercher confirmation de ma foi ni demander le pardon de mes fautes. Et pourtant je suis là. Mes pas résonnent sur les dalles. L'humidité me fait frissonner. Un rayon de soleil soudain, filtrant à travers un vitrail, dessine sur le sol des talismans de couleurs vives, et enveloppe d'un halo de lumière le visage d'un Enfant Jésus sculpté dans le marbre, souriant dans les bras de sa mère. Puis comme une bobine qui se dévide, des images de ma vie se mettent à défiler.

Notre départ de Santiago et le déménagement à La Havane avec ma mère célibataire. L'irruption dans nos vies d'Antton le Basque, le temps du militantisme qui absorba ma vie, Hilda Reyes, sa trahison, le divorce, et puis Berta...

C'était la dernière fois que nous faisions l'amour à La Havane. Je partais pour deux semaines, ou peut-être trois. Un voyage comme un autre, une mission de routine, un pays ami, la France. Ça n'était pas mon premier séjour dans ce pays, d'autres l'avaient précédé. Que s'est-il donc passé cette nuit-là, pourquoi ai-je labouré avec une telle fureur le ventre de cette femme toujours consentante ? Pourquoi l'ai-je fait crier de douleur et de plaisir avec un tel acharnement ? Elle, si instinctive, le savait mieux que moi. La haine au moment le plus intense du combat physique de l'amour. Et sa générosité la fit réagir. « Frappe-moi, Leonardo, je t'en supplie frappe-moi ! » Elle était prête à tout pour exorciser mes démons.

Plus tard, alors que nous étions épuisés et en nage, ses mots m'étaient parvenus comme flottant dans un univers en apesanteur : « Ton corps veut me dire quelque chose que tu n'arrives pas à exprimer Leonardo, parle-moi. »

Je me suis tu, quand j'aurais voulu lui dire : « Ne me demande rien, Berta, mais sache que je vais partir plus longtemps que prévu. C'est peut-être la dernière fois que nous faisons l'amour. »

Aucun mot n'est sorti de ma bouche, j'ai caressé

son dos nu, j'ai murmuré je ne sais quoi, puis nous avons sombré dans un sommeil profond.

Debout, appuyé à une colonne, je contemple la nef, l'autel. Des fidèles entrent pour assister au premier office.

Une voix intérieure, forte et impérieuse, s'élève en moi, et cette voix me dit : « Tu ne rentreras pas à Cuba. Tu restes ici, quoi qu'il t'en coûte, ta vie est ici désormais, Leonardo, dans ce pays. »

SAINT-SÉBASTIEN

Novembre 1998

Leonardo prend la place de Berta Maria sur le lit, le dos appuyé aux oreillers, et elle vient se blottir dans les bras de son amant. Toutes les lampes sont éteintes. Seul le voyant rouge de la télévision brille dans la pénombre indiquant que l'appareil est en veille, il suffira d'une pression rapide du doigt sur la télécommande pour qu'elle envoie son flot d'images dans la chambre.

Leonardo Esteban regrette la proposition qu'il a faite à Berta Maria en arrivant à Saint-Sébastien : profiter du séjour dans la ville où est né Antonio Altuna pour tout se dire. Revisiter le passé. L'évoquer. Boîte de Pandore, souvenirs mille fois enterrés dans le sable, images figées qu'il n'a jamais voulu animer.

« Laissons le passé en paix. »

C'est la formule qu'il employait chaque fois que Berta Maria lui demandait de raconter son enfance et ses années de mariage avec Hilda Reyes.

« Je veux tout savoir sur toi, Leonardo, comme tu as le droit de tout savoir sur moi. »

Et voilà qu'au moment de chercher refuge dans les bras de son amant, Berta Maria lui demande :
« Raconte-moi Bayamo, mon amour.

— Par où commencer ? Quand j'étais petit, ma mère pour m'endormir me prenait dans ses bras et murmurait à mon oreille d'un ton mystérieux... "Ferme les yeux, Leo, prépare-toi à faire un beau voyage... Il était une fois..." »

Il était une fois un bébé gigotant dans son berceau. Un matin il ouvre les yeux et voit le ciel. Disons plutôt le plafond d'une chambre de bonne badigeonnée de peinture bleue. Ce plafond est-il vraiment bleu ? Comment savoir ? Je n'ai pas le moindre souvenir des cinq premières années de mon existence. Je ne sais que ce que ma mère a bien voulu m'en dire. Or ma mère a une imagination plus fertile que sa mémoire qui, elle, défaille quand ça l'arrange. Ma mère s'invente des histoires. La réalité est un paysage flou qu'elle déforme à sa façon, un écran où elle projette ses désirs, ses rêves et sa fantaisie. C'est sa manière de survivre à cette réalité qu'elle trouve sordide. « A voir les choses en face, on en crève », ce sont ses mots.

Ma mère est persuadée que depuis que l'humanité existe, les bébés sont toujours nés en criant, sauf moi. « Toi, tu riais, mon fils », l'ai-je toujours entendue dire.

Je suis donc un cas unique. Voilà pourquoi je suis sa joie, la lumière de sa vie, son trésor très précieux.

Ma mère qui nourrissait son ennui de feuilletons radiophoniques — de ce côté-là sa mémoire a toujours été infaillible — pouvait répéter mot pour mot des dialogues entendus quelques années auparavant, et rejouer mille fois ce feuilleton *Le Droit de naître*, qui avait fait pleurer dans toutes les chaumières cubaines. Quand je lui posais des questions sur les cinq premières années de ma vie, elle faisait semblant de ne pas entendre, de ne pas comprendre. Ou elle se mettait à chanter un boléro à la mode. Et quand j'insistais « je riais comment, maman ? », les poings serrés sur la poitrine, elle répétait comme une folle « tu riais, je n'ai jamais vu un bébé rire comme ça ! » Son visage se figeait, les veines de son front se gonflaient, elle étouffait et sa voix se brisait, « cesse de me poser des questions, tu me fais mal, mon cœur tombe en morceaux ! » disait-elle.

Mes questions incongrues et idiotes la blessaient. Alors pour me faire pardonner et la voir sourire à nouveau je faisais le pitre, j'imitais Fred Astaire ou Charlie Chaplin, j'inventais des grimaces inconnues, je chantais à tue-tête *Tu sei, mamma, la piu bella del mondo*, une chanson d'un chanteur italien qui avait du succès à la radio. Et je tenais bon jusqu'à la voir apaisée. Voilà pourquoi je n'ai jamais réussi à me faire raconter par ma mère cette période de ma vie.

Jusqu'au jour où j'ai commencé à enregistrer avec une précision maniaque la réalité qui m'entourait. Un gamin de cinq-six ans qui n'a rien d'autre à faire que de voir sa mère occupée des journées entières à des tâches ménagères. Celle qui fait les lits, qui lave le linge, qui repasse, celle qui nettoie les toilettes, qui prépare la nourriture et sert le repas. Bonne à tout faire, ma pauvre mère.

Huit ans, une intuition précoce me fait soudain changer mon fusil d'épaule, je veux savoir qui elle est, d'où elle sort, ce qu'elle faisait avant ma naissance. Elle doit bien avoir des parents elle aussi, une famille, une histoire.

Un jour, je me jette à l'eau, je la provoque. A brûle-pourpoint je lui demande : « Est-ce que tu as toujours été femme de ménage, maman ? » C'était son jour de repassage, le jour de la semaine qu'elle réservait exclusivement à cette activité. A cette époque nous habitions chez ses patrons, rue Aguilera, tout près de la place Dolorès. C'était une de ces vieilles maisons typiques de Santiago, avec de grandes portes-fenêtres et des balustrades de bois tourné. Un porche à colonnades donnait sur la rue. Les patios intérieurs étaient plantés de manguiers, de bananiers et de ces cañandongas chargés de fruits à l'odeur écœurante et qui laissent une haleine pestilentielle. La buanderie et la salle de repassage donnaient sur un de ces patios.

Il y avait dans cette grande demeure une frontière que je n'avais pas le droit de franchir. Mon rayon d'action s'étendait du patio à la buanderie et à la cuisine. Notre petite chambre au premier étage avec son joli balcon ouvert sur la verdure, les fleurs et les odeurs du jardin, était mon seul refuge. L'autre partie de la maison était zone interdite.

« Pourquoi est-ce que je n'ai pas le droit d'aller de l'autre côté, maman ?

— C'est une question de fierté, mon fils, de dignité. Rien ne s'y oppose en vérité, mais je veux que tu comprennes dès maintenant qu'il y a deux mondes, celui des riches et des patrons, et celui des pauvres et des travailleurs, le nôtre, et que ces deux mondes ne communiquent pas, même s'ils dépendent l'un de l'autre. C'est pour garder notre dignité que tu dois rester là, tu n'as pas besoin d'aller voir ailleurs. »

Mon seul espace de liberté était le patio. Je tirais à la sarbacane les oiseaux qui s'attaquaient aux fruits mûrs, j'affolais les nuées de papillons, j'observais le déploiement militaire d'une armée de fourmis rouges se préparant à monter à l'assaut d'une compote négligemment laissée sur le rebord de la fenêtre. Mais mon vrai royaume, c'était notre petite chambre à l'étage où je m'enfermais les jours de pluie, dévorant les comics publiés dans le *Diario de la Marina* : *Dick Tracy*, *Terry et les pirates*, *Tarzan*, *Annie l'Orpheline* que je connaissais par cœur, comme tous les petits Cubains de l'époque.

Le jour de repassage était aussi pour moi une journée particulière. Je m'asseyais dans un coin avec ma pile de B.D. dont j'avais découpé dans le supplément du dimanche les pages couleur et que je triais par séries, comme ma mère faisait avec son linge. Elle écoutait à la radio ses feuilletons préférés et les programmes musicaux diffusant les chansons à la mode. Souvent, quand elle était de bonne humeur, elle reprenait le refrain d'une chanson. Sa voix au timbre agréable rappelait celle de Dinah Shore, une chanteuse américaine qui sévissait alors. Ma mère réussissait à donner le « ton Dinah Shore » à des mélodies très cubaines, comme cette *Estás en mi corazón* qu'elle adorait.

Ces jours-là, j'avais aussi droit à des sandwiches et à des gâteries tout en buvant du Coca-Cola, notre boisson préférée. Je mangeais assis par terre, elle mangeait debout en s'épongeant avec une serviette par crainte des refroidissements.

Ma mère aimait-elle ce travail ? Je n'en sais rien, je savais par contre qu'elle mettait tous ses efforts, toute sa discipline et son courage à l'accomplissement de ces tâches ménagères qui paraissaient aller de soi.

Aussi lorsque ce jour-là je lui demandai si elle avait toujours été femme de ménage commença-t-elle par faire mine de n'avoir pas entendu, puis elle se déplaça fiévreusement d'une pile de linge à l'autre comme si elle avait oublié quelque chose. Je ne la quittai pas des yeux. Ses allées et venues, ses gestes rapides, cette agitation qui s'empara de son corps, c'est pour se donner le temps de mieux réfléchir, me dis-je, et j'attendis sa réponse sans broncher.

Par chance une vieille chanson d'Ernesto Lecuona interprétée par Esther Borja, une chanson qui parlait d'amour, de souvenirs heureux et de nostalgie, passait au même instant sur les ondes.

« On ne naît pas femme de ménage, Leonardo. A Cuba, l'esclavage a été aboli. A une époque, oui, on naissait esclave de père en fils, asservie et servante de mère en fille. Ma mère, elle ne s'occupait que de sa maison, et Dieu sait si elle savait l'entretenir ! C'est elle qui m'a appris à combattre la saleté, le désordre, le laisser-aller, la poussière qui s'infiltre partout. Nous avions un débarras où elle entreposait tout ce qu'elle était incapable de jeter, des tables à trois pattes, une chaise défoncée, des vieux vêtements, des boîtes en carton remplies de bondieuseries, eh bien, me croiras-tu, même le débarras était impeccable, pas une once de poussière. Ma mère n'était pas femme de ménage, c'était une femme au foyer, tu vois la différence ? »

Je lui ai dit oui, que je voyais, pour lui faire plaisir. Et j'imaginais ma grand-mère s'agitant comme elle toute la journée, balais et serpillière en main, livrant la guerre à cette poussière qui était son angoisse quotidienne. Qu'elle travaille pour elle ou pour quelqu'un d'autre, me disais-je, le résultat est le même, sa vie se réduit à balayer, frotter, repasser, faire briller. Pas un instant de répit. Elle ne s'arrêtait jamais. Même le soir dans notre chambre, elle écoutait ses feuilletons adorés en se cousant des robes et me taillant des chemises.

Pourtant après cet épisode, un imperceptible changement se produisit dans notre vie. Elle délaissa un peu ses feuilletons et privilégia un programme de radio où l'on ne passait que des vieux succès cubains, américains, argentins et mexicains. Comme par magie, ces chansons sentimentales et nostalgiques lui donnaient l'âme langoureuse et lui délièrent la langue. Ma mère consentit à me parler.

Elle cousait l'ourlet de la robe qu'elle venait de terminer.

« Bayamo, je suis née près de Bayamo », dit-elle.

Puis il y eut un grand silence.

« Je suis née dans un *ingenio*, sais-tu ce qu'est un ingenio, Leo ? C'est là où la canne se transforme en sucre, je veux dire, une usine sucrière avec des cheminées et des sirènes, des battements de pistons qui halètent et soufflent quand vient le temps de la récolte. Et puis il y a le hameau autour avec ses dépendances, ses hangars, ses places et ses patios. Je te montrerai des photos. Je n'en ai pas de l'ingenio où je suis née, mais je pourrai t'en montrer d'autres, ils se ressemblent tous. On broie les cannes dans de grands ateliers où ronflent les chaudières pour en extraire la sève, transformée en milliers de cristaux rouges s'entassant dans des sacs. Autour, les champs de cannes à feuilles vertes et tranchantes s'étendent à perte de vue. Il ne fait pas bon avoir un champ modeste, vois-tu, pour devenir riche, il faut une grande superficie de cannes. Et puis il y a le reste... L'ingenio où je suis née était un village avec des magasins où l'on s'approvisionnait en tout, nourriture, vêtements, boissons, du clou pour accrocher la photo dans son cadre au sucre en poudre pour adoucir le riz et le café. Tout autour, il y avait des maisons à deux étages avec des pergolas, des porches à colonnettes et des balustres en bois. Ces maisons appartenaient à l'administrateur, aux cadres et aux techniciens de la centrale. Tous des Américains, mon fils, des yankees ! Plus loin, les demeures étaient plus modestes, humbles mais proprettes, à un seul étage, avec trois ou quatre pièces. C'est là qu'habitaient les employés, les gérants de magasins, secrétaires et contremaîtres. Mon père était contremaître. Plus loin encore, il y avait des cases en feuilles de palmier et la zone des baraquements. Planches de bois, toits de tôle, sol en terre battue, ces baraques toutes semblables s'alignaient les unes à côté des autres, pas exactement les *bohios* indiens, mais presque. Ces baraques étaient tout juste bonnes pour dormir. C'est là qu'habitaient les coupeurs de cannes. Ma mère les appelait les saisonniers. Des Jamaïcains, des Haïtiens... Par centaines, par milliers, Leonardo, ils s'entassaient là le temps de la récolte et travaillaient aux champs, machette à la main, du lever au coucher du soleil. Ils coupaient les roseaux verts gorgés de suc, hauts et droits comme des lances. "Des esclaves", disait ma mère. Ils s'échinaient au travail, ruisselants de sueur, brûlés par le soleil. Ils dépensaient leur paie en achetant à crédit dans les magasins de l'ingenio, s'endettaient jusqu'à la saison suivante et tout recommençait. Leur vie n'était qu'un cycle infernal de travail et de dettes. Années après années, jusqu'à ce que la mort vienne les cueillir.

T'ai-je dit, Leonardo, que le propriétaire de l'ingenio était américain ? Un riche yankee, oui, qui possédait à lui tout seul l'exploitation et les terres alentour. Le type n'habitait ni à Bayamo où il avait pourtant une superbe maison, ni à Santiago, ni dans les quartiers chics de La Havane, mais aux Etats-Unis. De temps à autre nous avions droit à sa visite.

Il venait surveiller ses terres et le rendement. Dans sa propriété, à côté du "palace" avec vérandas et terrasses fleuries se trouvait un coin de végétation enfermé derrière des vitres, qu'on appelait "la serre". Un horticulteur japonais y cultivait, disait-on, des espèces rares. Je n'ai jamais vu ce jardin ni ma mère non plus, mais tout le monde dans le voisinage en parlait. Ma mère s'enivrait de noms de fleurs qu'elle ne connaissait pas, azalées, orchidées, bégonias, nymphéas, et d'autres fabuleuses plantes au nom compliqué. Un rêve de riche, mon Leo, un rêve que seuls les riches peuvent se payer. »

Comme elle l'avait promis, ma mère me montra des photos d'un ingenio. Le couple pour qui elle travaillait et chez qui nous étions logés conservait quantité d'albums et d'archives sur le passé de leur famille dans une vaste pièce qui se trouvait au bout du couloir où se trouvait notre chambre. On montait quelques marches qui débouchaient sur une immense soupente. Une fois par semaine ma mère inspectait les lieux pour empêcher les insectes et les souris de faire leur sarabande. Elle ne m'avait jamais autorisé à y entrer. Là s'arrêtait la frontière qui nous séparait des appartements de ses employeurs.

Je fus donc très surpris de l'entendre me dire un matin : « Viens, Leo, allons dans la soupente, j'ai quelque chose à te montrer. »

On trouvait dans cet endroit quantité d'objets oubliés et inutiles, des meubles empilés et encastrés les uns dans les autres y étaient entreposés, des tapis élimés étaient roulés par terre ou posés debout contre cette forteresse brinquebalante... vases fêlés, vieilles théières ébréchées, cadres de tableaux vides et peintures sans cadre... et c'est sur ce tas de vieilleries sans valeur que ma mère se faisait un devoir de veiller !

Jour après jour je voyais ma mère noter nos maigres dépenses sur un cahier. Elle griffonnait des colonnes de chiffres qu'elle additionnait, comptant et recomptant l'argent qui lui permettrait de m'acheter cahiers, crayons et livres, un goûter pour la récréation — j'allais à l'école publique —, quelques bobines de fil à coudre, des rouleaux pour sa mise en plis ou une place de cinéma. Car pour le reste nous étions nourris, logés. Ma pauvre mère comptait ses sous et se saignait aux quatre veines pour subvenir à mes besoins. C'était un accord tacite entre nous qu'à l'école je devais me comporter comme un enfant « normal », c'est-à-dire un enfant qui avait un père avec une profession, une mère et une maison — un enfant qui ne manquait de rien — et non pas le fils bâtard d'une femme de ménage.

C'est dans la soupente que ma mère dénicha une collection de la revue *Bohemia* et des albums de photos et de dessins des usines de broyage et des champs de canne. Pour elle ces images avaient une valeur émotionnelle forte, tandis que ces photos eurent sur moi peu d'effet. Ce n'était pas la description des lieux qui m'intéressait, mais les gens avec leurs histoires, ses parents, ceux de sa famille et la mienne, mes ancêtres.

Le soir même, elle se décida à me parler de son propre père.

« Je vois encore mon père à cheval, immense et sculptural, dans sa guayabera écrue, cette guayabera de lin, grande chemise plissée à quatre poches typique du paysan cubain que ma mère mettait des heures à repasser. Mon père usait une guayabera par jour ! Celle qu'il enfilait le matin, fraîche et amidonnée, il lui rendait le soir imbibée de sueur et couverte de poussière rouge.

Oui, je revois toujours mon père à cheval, guayabera immaculée, pantalon de toile et bottes de cavalier, une machette au flanc droit, un chapeau de paille rabattu sur le visage.

Mon père était né à Cuba par hasard. Ses parents, castillans tous les deux, étaient de passage dans l'île en route pour l'Argentine où ils comptaient s'établir, mais la femme était enceinte et Cuba leur plut. Ils décidèrent de s'établir en Oriente où ils achetèrent une petite ferme, qu'ils revendirent plus tard à une compagnie américaine. C'est ainsi qu'issu d'une famille de petits fermiers indépendants, mon père devint contremaître dans une compagnie étrangère. Il ne s'en plaignait pas, au contraire. Je l'entendis même se vanter de ressembler à un Américain ! C'était vrai. Lorsqu'il enlevait son chapeau et se tenait à côté de l'administrateur de l'ingenio, un petit homme chauve doté d'une grosse moustache noire, c'est mon père qu'on prenait pour l'Américain.

Notre vie quotidienne se déroulait comme un rituel : à cinq heures du matin, tous les jours, ma mère me réveillait et me traînait dehors pour aller embrasser mon père qui était déjà en selle sur sa monture. Quand je demandais à ma mère en quoi consistait le travail de mon père, elle me répondait : "Il surveille. — Il surveille quoi, maman ? — Les champs de cannes à sucre et les coupeurs. Ton père veille à ce que les saisonniers travaillent, c'est très important, car quand on ne les surveille pas, les hommes sont paresseux."

Mon père revenait le soir exténué par sa journée. Ma mère me faisait manger tôt et m'envoyait me coucher avant son retour.

Mais la curiosité était plus forte que moi, je me levais, sans faire de bruit, je poussais la porte et les observais en catimini.

Quand il passait le seuil de la porte, mon père commençait par enlever son ceinturon de cuir et le fourreau de sa machette qu'il déposait sur une chaise. Il accrochait son chapeau à la patère clouée près de la porte d'entrée, il sortait de sa poche sa blague de tabac à chiquer qu'il posait sur la table. Puis il retirait sa guayabera, que ma mère courait mettre à tremper dans un baquet rempli de lessive jusqu'au lendemain matin. Mon père se plongeait ensuite dans la grande bassine d'eau tiède qu'elle avait préparée pour lui. Une fois ses ablutions terminées, il s'asseyait à table torse nu, en pantalon de nuit, les jambes écartées et les pieds bien plantés dans le sol, et ma mère lui servait les haricots rouges et le riz accompagnés de morceaux de porc ou de bœuf filandreux mijoté dans une sauce dont j'avais respiré les effluves de cumin au cours de l'après-midi.

Deux choses m'intriguaient en particulier. La première c'était le contraste qui existait entre la peau d'ivoire du torse et du dos nu de mon père et son visage et ses mains brûlés par le soleil. Le jour où il mourra, me disais-je, il emportera dans la tombe ces gants et ce masque buriné. La seconde, c'était leur silence. Mes parents ne se parlaient pas. Ma mère lui apportait une assiette pleine et fumante, elle allait et venait sans faire de bruit, sans jamais lever les yeux sur lui. Mon père mangeait d'un air absent. On aurait dit que, pour lui, elle n'existait pas. Etait-il mort de fatigue ? Réservaient-ils leurs paroles pour d'autres occasions ? Chaque jour la même scène se répétait infailliblement, et le lendemain matin mon père repartait sur son cheval dans une guayabera propre, parcourant les cannaies jusqu'au soir. "Et ta mère ? " me diras-tu.

Ma mère... Je lui ressemble beaucoup. Comme moi, elle a une tignasse de cheveux sombre, des yeux brun foncé, un teint olivâtre. Cubaine depuis plusieurs générations "mais blanche, ma fille, blanche !" insistait-elle lorsque je lui faisais remarquer la différence de couleur entre elle et mon père.

Mes parents haïssaient les Noirs qui habitaient la zone des baraquements. "Ils ne sont bons qu'à couper la canne, ne regarde jamais un nègre en face, Iraida, et surtout, ne leur adresse jamais la parole. Ils sont sales, brutaux et sauvages !" me disait-elle.

Pendant la journée, une fois ses obligations ménagères accomplies, ma mère recevait la visite de ses voisines dont les maris étaient tous employés à l'ingenio. Les femmes buvaient du café, mangeaient des sucreries et se racontaient des potins, des histoires de nègres bien sûr. Autant te dire qu'à la maison, les histoires de nègres allaient bon train. Mes efforts pour surprendre leurs conversations étaient toujours vains. Ma mère fermait la porte de la cuisine où elles se réunissaient, et pour plus de précaution, les femmes baissaient le ton et chuchotaient. De temps à autre j'entendais l'une d'elles éclater de rire, parfois j'avais droit à une exclamation d'horreur ou de dégoût, mais je restais toujours sur ma faim. Ces mystères autour des nègres attisèrent ma curiosité. Je rêvais de m'approcher du quartier des baraques, d'aller voir sur place comment ils vivaient. C'était difficile parce que j'allais à l'école de la compagnie réservée aux enfants des Blancs, et l'école se trouvait à deux pas de la maison. Les dimanches mon père, bien que catholique, se faisait un devoir de nous accompagner ma mère et moi à l'église méthodiste pour se faire bien voir de l'administrateur américain.

Après la messe, nous rentrions directement chez nous. Mon père dormait toute la journée et je devais aider ma mère à faire la cuisine... "aider ma mère", c'est à cela que se résume ma petite enfance.

Vers l'âge de dix ans pourtant les choses commencèrent à changer. Ma mère se lia d'amitié avec la femme d'un ingénieur, nouveau venu sur l'exploitation, qui avait une maison plus grande et plus confortable que notre petit deux-pièces. Elle s'absentait souvent chez sa nouvelle amie. Quand je n'avais pas l'école, je restais à la maison faire mes devoirs ou coudre des vêtements pour mes poupées. J'étais souvent seule. Un jour je me suis dit, et si tu sortais te promener un peu, grande idiote ?

Le lendemain je fis le tour des maisons du voisinage. Le jour suivant, voyant que tout se passait bien, je m'enhardis et poussai la promenade jusqu'à la rivière qui longeait les hangars de la compagnie, juste derrière les ateliers de l'usine. Une autre fois, l'idée d'approcher les baraques des saisonniers se fit plus précise et commença à me hanter. Si les pères étaient aux champs, les femmes devaient être à la maison et les enfants jouer dans la rue, ou sur les terrains autour de la décharge. Je décidai de m'y rendre.

J'aperçus un groupe d'enfants de loin, ils étaient nombreux, une nuée de sauterelles, s'agitant et piaillant. Vêtus pauvrement, ils couraient nu-pieds sur la glaise poudreuse et rouge.

Le second jour je me suis approchée d'eux. Des garçons et des filles s'amusaient à torturer un gros crapaud, ils lui avaient attaché les pattes arrière et le faisaient sauter. Quand l'animal bondissait en avant, ils tiraient la ficelle et le traînaient en arrière dans des hurlements de rire. Tout de suite, je sentis que ma présence les mettait mal à l'aise. Les enfants

noirs laissèrent filer la grenouille et malgré mes sourires et mes avances, ils se montrèrent réservés, hos-
tiles même. Sauf un gamin qui me frappa par son
étrange silhouette. Il avait un corps longiligne, des
jambes et des bras fins, une grosse tête dispropor-
tionnée. Ses cheveux crépus lui faisaient un casque
de laine sur la tête, il roulait de gros yeux ronds
et sa bouche aux lèvres épaisses retombait sur son
menton pointu. Il portait un vieux pantalon tout
rapiécé coupé aux genoux. Je l'avais regardé faire le
clown, sautant quand la grenouille sautait, retombant brutalement sur son derrière quand la pauvre
bête entravée s'écrasait sur le ventre. C'était le seul
du groupe à ne pas avoir reculé quand je m'étais
approchée. Il était resté sur place, me toisant du
regard, effronté et provocateur. Je lui ai tenu tête,
les yeux dans les yeux, un moment qui me parut
interminable. Je ne voulais pas céder, lui non plus.
Alors que je me demandais comment sortir de ce
duel pénible, le jeune Noir trouva spontanément l'issue. Il me fit un sourire d'un blanc étincelant et imita
ma voix lorsque je leur avais dit "bonjour... bonjour..." Je me rendis compte que, sans le vouloir,
j'avais minaudé pour me faire accepter. Le groupe
s'est esclaffé. Je perdais la face, il fallait réagir vite,
trouver la parade, sinon je n'avais plus qu'à rentrer
chez moi ruminer mon humiliation. Une idée me tra-
versa l'esprit, puisqu'il se moquait de moi, je n'avais
qu'à faire pareil, et je me mis à sauter comme une
grenouille en le caricaturant. Ce fut un succès immé-
diat, tout le groupe applaudit et m'entoura. Ainsi
débuta notre amitié.

Il s'appelait Gin ou Yim, ou Jim, je n'ai jamais
vraiment su. Il n'avait que douze ans, mais avec mes
deux ans de moins je lui arrivais à l'épaule. Ses
parents étaient jamaïcains et il parlait cubain avec

un accent qui le rendait encore plus comique. Je l'avais baptisé Tim, pour plus de facilité et il avait accepté sans problème ce nouveau prénom. Tim n'allait pas à l'école, il ne savait ni lire ni écrire, mais il connaissait un tas de choses bien plus utiles dans la vie, comment, par exemple, attraper les scorpions et les couleuvres qui abondaient dans la région, comment repérer le tracé des insectes et siffler dans les calebasses, comment tirer les urubus à la fronde. Il n'avait peur de rien, ce Tim, pour notre malheur. Son audace et son imagination m'entraînaient chaque jour dans de nouveaux exploits. Comme cette fois où nous nous étions faufilés à l'intérieur de l'atelier où l'on transformait la canne en bagasse.

Un jour où je me plaignais et m'étonnais de l'hostilité de certains enfants de la bande à mon égard, Tim m'expliqua que c'était parce qu'ils avaient peur de mon père.

"Mon père ?

— Oui, ton père.

— Qu'est-ce que tu racontes ?

— Ton père travaille pour le compte de l'administrateur américain. Il fait siffler son fouet toute la journée pendant que les nègres triment, c'est son boulot, toutes les occasions sont bonnes pour les fouetter jusqu'au sang, il frappe avec une lanière en cuir de bœuf ou une liane, avec sa machette ou à coups de poing... son métier c'est de cogner le nègre jusqu'au sang. Un Haïtien a été battu à mort comme une rosse.

— C'est pas vrai ! Mon père n'a pas fait ça, sinon il serait en prison !

— Par ici la mort d'un nègre n'est pas un crime, encore moins si c'est un Jamaïcain ou un Haïtien !"

Cette conversation me terrifia. J'eus très peur, j'envisageai même de ne plus revoir Tim, mais c'était plus fort que moi, chaque après-midi je me retrouvais à ses côtés pour d'autres promenades, de nouvelles découvertes.

Une chose passionnait Tim, c'était le palace du boss, comme il appelait le directeur de la compagnie. Cette maison l'attirait comme un aimant. Plusieurs fois j'avais refusé de le suivre dans cette expédition, mais il avait tellement insisté que je finis par accepter.

C'était au mois d'août, la terre était sèche et craquelée, le soleil brûlant, nous avions marché longtemps. Le palace du boss se trouvait dans un endroit isolé en pleine campagne.

"Tu vas voir, il y a un jardin derrière des vitres, avec des appareils à faire du froid, pour que les fleurs ne meurent pas", m'avait-il dit pour m'attirer. Mais ce qui intéressait par-dessus tout mon ami c'était la piscine. Je ne connaissais même pas l'existence de ce genre de bassin rectangulaire rempli d'eau transparente et fraîche où l'on pouvait se baigner.

"On va piquer une tête dedans ! avait dit Tim.

— T'es fou, et si on nous voit ?

— Ils dorment tous à cette heure-ci, j'ai bien étudié la question, c'est l'heure de la sieste, même le gros gardien roupille.

— Mais je ne sais pas nager !

— Je t'apprendrai, rien de plus facile.

— C'est que... je n'ai pas de maillot.

— Moi non plus, bêtasse, on se met à poil et on plonge, un point c'est tout, ce qui est le plus beau c'est de nager."

Une fois sur le bord de la piscine, il enleva son pantalon et se lança tout nu, tête la première dans l'eau claire. J'étais très embarrassée. D'un côté j'étais attirée par l'eau et de l'autre j'avais honte de me déshabiller devant Tim. Ma mère ne m'avait-elle pas mise en garde, il ne fallait jamais se montrer nue devant quiconque. Je tournais au bord de la piscine comme une guêpe, Tim glissait dans l'eau, ondoyant tel un poisson, avec aisance et rapidité. N'y tenant plus, j'ai enlevé ma robe et ma culotte et je suis entrée avec précaution, là où j'avais pied. Ensuite Tim m'a montré comment faire la planche, il m'a appris à me boucher le nez et à me laisser tomber au fond comme une pierre, je me suis accrochée à sa taille et il m'a emmenée faire quelques brasses là où je perdais pied, nous avons barboté dans l'eau en oubliant l'heure puis nous sommes sortis et nous nous sommes allongés côte à côte sur la pierre chaude pour nous sécher. Je n'avais plus honte d'être nue devant Tim, j'étais surtout fascinée par la différence de nos sexes. C'était la première fois que je voyais un garçon tout nu. Tim, malin, comprit mon intérêt et se mit à sourire.

"Tu veux voir un truc marrant ? Tu vois ma queue, là, toute molle, eh bien regarde un peu !"

Il se mit à frotter, à étirer et à malaxer le bout de chair qui pendait entre ses jambes et la chose se mit à pousser, grossir, durcir.

"Pas mal, hein ? " dit-il fièrement, la queue dressée vers le ciel.

"Qu'est-ce que vous foutez là ? Toi le macaque, bouge pas !"

Un énorme type baraqué avait surgi dans une allée et se dirigeait vers nous un gourdin à la main.

"Cours !" me cria Tim.

Il se leva d'un bond, attrapant son pantalon au passage et je le vis disparaître dans un buisson de mariposas en fleur. J'étais tétanisée de peur, paralysée, incapable de réagir, et avant même que j'aie eu le temps de me ressaisir le géant m'avait attrapée par la nuque de sa pince d'acier et me somma de répondre à ses questions.

Je dus avouer que j'étais la fille du contremaître, mais refusai de donner le nom de mon ami que je prétendis ne pas connaître. Pour se venger, l'homme m'obligea à rester debout, nue comme un ver, ma robe et ma culotte à la main.

"Tu vas attendre ton père comme ça, petite traînée !"

Il donna l'ordre à un domestique d'aller chercher le contremaître.

Je tremblais, j'avais le ventre noué, je voulais mourir. L'idée de me présenter ainsi devant mon père me terrorisait et je me mis à sangloter et à vomir.

"Bouge pas, garce, grogna le géant, tu peux pisser des larmes, chier et vomir tout ce que t'as dans le ventre, mais ne bouge pas, tu m'entends ?"

Quand mon père arriva, le gardien lui raconta toute une salade, prétendant qu'il nous avait surpris en train de faire des cochonneries et que j'avais refusé de lui dire le nom de mon ami. Mon père laissa tomber froidement "elle va me le dire à moi, vous pouvez me croire" et sans un mot ni un geste de plus, il m'ordonna de m'habiller, de grimper sur son cheval et de me tenir à la selle. Il refusait que je le touche, j'étais comme pestiférée.

A la maison, ma mère n'était pas là. Je restai debout, immobile, la tête baissée, les yeux par terre. J'entendis mon père enlever son ceinturon, déposer sa machette sur la chaise. Quand il s'approcha de moi, tout mon corps se mit à trembler. De la main droite il m'attrapa par mes cheveux encore mouillés et tira ma tête en arrière de toutes ses forces. De la gauche il me serra le cou.

"Le nom du nègre !" rugit-il.

95

Ses yeux verts se trouvaient à deux centimètres des miens. Des yeux de serpent, glacés, haineux. D'un seul coup, je compris la terreur qu'il inspirait à tous, le silence de ma mère quand elle lui servait à dîner. Mon père n'avait pas besoin de frapper ni d'élever la voix, elle mourait de peur devant lui. Et par instinct je compris et j'eus la certitude absolue qu'il était capable de tuer, de sang-froid, même sa propre fille.

J'ai donné le nom de mon ami, j'ai dit où il habitait, j'étais folle de honte et d'inquiétude mais je l'ai fait, j'ai mouchardé, tellement j'étais terrorisée.

Depuis ce jour, ma mère et moi sommes devenues captives dans notre propre maison. Il nous surveillait, contrôlait nos déplacements, elle cessa de rendre visite à ses amies, et en dehors de l'école je n'eus plus le droit de sortir nulle part, sauf accompagnée.

"Et Tim, qu'est-il devenu ? et après, maman, que s'est-il passé ?" »

Ma mère interrompit là son histoire et ne répondit pas à ma question. De temps en temps, parfois, elle y faisait allusion, évoquait un souvenir, et c'est en assemblant des morceaux de sa vie que je pus peu à peu en reconstituer le puzzle.

J'appris ainsi qu'elle s'était enfuie de chez ses parents à l'âge de dix-sept ans et qu'elle avait trouvé refuge chez une cousine à Bayamo. Puis d'errances en fuites, elle avait atterri à Santiago où je suis né. A ma naissance, ma mère venait d'avoir dix-huit ans, c'est tout ce que je réussis à savoir.

Un de ces jours où la radio diffusait les mélodies mélancoliques qui la mettaient en verve, ma mère m'expliqua :

« Après ta naissance, j'ai commencé à me placer comme bonne chez des gens. Il fallait te nourrir, t'élever. Je ne me plains pas, trésor de ma vie. Si on se moque de toi parce que ta mère fait la bonne, tu ne dois pas avoir honte. Primo, parce que je ne serai pas femme de ménage toute ma vie, secondo parce que je suis fière de gagner notre pain à la sueur de mon front. »

Un jour elle entra dans notre chambre, triomphante.

« Petit, ramasse tes affaires, nous quittons cette maison pour toujours, nous quittons Santiago, nous allons à La Havane, amour de ma vie ! La Havane ! J'ai suffisamment d'économies pour louer une chambre dans un meublé, le temps de trouver un emploi. La patronne m'a donné quelques bons contacts et des lettres de recommandation. Il paraît qu'à la capitale on n'a pas de mal à se placer chez des gens riches. Tu iras dans une bonne école, c'est mieux d'être là-bas pour toi quand tu seras grand, réjouis-toi, mon soleil, une nouvelle vie commence ! »

BAYONNE

Fin septembre 1998

C'était la fin de la réunion, Leonardo Esteban avait cru comprendre que toute l'équipe devait se retrouver dans un bon restaurant de la ville, comme ils avaient l'habitude de le faire, mais non. Ce jour-là, Ambroise D. Gómez Pérez avait réservé une surprise à son ami cubain.

« Pas question d'aller dîner avec les autres ! Ce soir je t'invite chez moi. Il est temps que tu connaisses les talents de maîtresse de maison et de fine cuisinière de Jacinthe Madeleine. On ne parlera pas affaires non plus, qu'en penses-tu, cher ami ? »

Une demi-heure plus tard, au volant de sa puissante voiture, Ambroise D. Gómez Pérez quittait l'embranchement à la sortie de Bayonne et s'engageait sur une départementale qui sillonnait la campagne. Il roulait à un rythme régulier, serrant de près les voitures qui se trouvaient sur sa route et n'hésitant pas à donner un coup d'accélérateur pour doubler les conducteurs timorés qui l'incommodaient, en se rabattant dans de spectaculaires queues de poisson. Rien ne semblait l'arrêter, ni les courbes

99

ni les pentes ni la chaussée glissante. Une brume légère recouvrait le paysage d'un voile gris. Tendu et crispé, le Cubain fut soulagé d'entendre qu'ils n'étaient pas loin d'arriver.

« Nous habitons dans le Labourd profond, Leonardo, notre propriété se trouve au centre du triangle magique Ustaritz, Hasparren et Cambo-les-Bains. »

Ces noms n'étaient pas étrangers à Leonardo. Son parrain, il s'en souvenait, avait évoqué devant lui cette région si particulière et à présent il avait l'étrange impression d'entendre la voix d'Antton le Basque murmurant à son oreille « le triangle magique, un endroit béni des dieux, seme ! » faisant écho aux propos d'Ambroise D. Gómez Pérez.

Au fort accent du Sud-Ouest du Français se superposait la voix rauque d'Antton le Basque, Antton l'Exil, comme il l'appelait. « Ustaritz, ses brumes rasantes et humides, ses terrasses d'alluvions, ses épais tapis de pâturages verts. Et les maisons, Leonardo ! On dirait qu'elles font corps avec le paysage, trapues et bien assises, j'aime leur toit de tuiles ocre et ces pierres d'angle apparentes sur les murs blanchis à la chaux, les volets et les panneaux de bois, couleur de rouille foncée. Une sagesse ancestrale veut que la porte d'entrée soit toujours orientée au soleil levant. Ustaritz qui fut un temps capitale du Labourd connaissait bien avant la Révolution française le sens du mot liberté. Au Moyen Age les gens de la région organisaient sous un grand orme des réunions populaires pour régler leurs différends. Imagine-toi que ce n'est qu'au XIIe siècle que le château de la Motte fut construit pour y faire respecter la justice. Comment ne pas aimer ce peuple vigoureux et imprévisible ? Ustaritz, mon fils ! »

100

Et aux incantations d'Antonio Altuna se superposait la conversation d'Ambroise D. Gómez Pérez.

« Demain Leonardo, je t'emmènerai promener dans la lande. Nous irons marcher, l'automne est le meilleur moment pour s'égarer dans ce grand paysage silencieux, il faut que tu voies ces étendues fauves, les ajoncs, ces prairies ondulant sous la brise comme friselis de mer, comme elles vous transportent ! Et les fougères dans les feux du soleil couchant ! Nous monterons sur les collines à travers le bois de chênes. C'est ici que Napoléon Bonaparte ouvrit la route impériale des cimes pour regagner Bayonne par les crêtes. Un paysan m'a juré qu'une fois par an, à la tombée du jour, on peut voir une armée de fantassins fantômes traverser le bois de Falderracon. Peut-être avec un peu de chance la croiserons-nous. »

Puis la voix d'Antonio Altuna évoquant Cambo-les-Bains reprit le dessus.

« J'avais traversé les Pyrénées avec une sale blessure qui m'avait beaucoup affaibli, il fallait me remettre d'aplomb avant cette traversée de l'Atlantique dans la cale d'un bateau qui promettait d'être rude ! Mais l'endroit ne me plut pas, il me mit mal à l'aise, du moins au début. Les gens n'avaient à la bouche que l'époque héroïque, ils se gargarisaient du passé de leur ville, des célébrités qui l'avaient honorée. Prenez telle route, monsieur, c'était la promenade préférée d'Eugenia de Montijo, l'épouse de Napoléon III... Vous êtes assis à l'endroit même où la princesse de Noailles aimait se reposer... Le savez-vous, l'ami, qu'Edmond Rostand est venu se refaire une santé par ici ?

Quel ennui ! J'aurais voulu fuir Cambo-les-Bains et ses jacasseries de pédants. Mais je découvris le cimetière, ses curieuses tombes ornées de croix, de symboles et d'emblèmes. Je sais, tu adores le cimetière Colon de La Havane, Leonardo, son baroque tropical. Rien à voir. Le cimetière basque a quelque chose d'épique, il entretient avec la mort un rapport de légendes à la fois lointain et familier et ressemble plus à un jardin. Ici rien de macabre, au contraire. Orientés au soleil levant, les stèles et les disques de pierre ont quelque chose de solaire, ils apportent un message de vie. A les contempler je me suis senti régénéré, ragaillardi, quand finalement mes pas m'ont porté aux alentours de Cambo. C'est là que j'ai découvert la Nive et ses reliefs, ses mosaïques bleues. J'étais dans une forme olympique, je me suis même pris à rêver d'un retour clandestin en Espagne. Ça n'était pas le moment, les hordes du chacal galicien Francisco Franco venaient de faire leur entrée dans Madrid... »

« Nous voilà chez moi », dit Gómez Pérez en quittant la route secondaire pour s'engager dans un chemin de terre qu'indiquait une simple pancarte en bois.

La voiture roula une bonne dizaine de minutes à travers un terrain planté de noisetiers et de genêts. Ce qui valut au Cubain une initiation en règle à l'agriculture, la faune et la flore de la région. Discours pédagogique émaillé de quelques attaques tonitruantes sur les méfaits de ce que son compagnon appelait « les prédateurs immobiliers ».

« Des champignons microscopiques ont détruit une grande partie de nos chênes tauzins, c'est une perte désolante pour notre paysage rural. Mais le pire, c'est la voracité humaine qui a fait pousser d'ignobles immeubles tout le long du littoral, des bidonvilles de luxe. Quand je pense qu'autrefois cette côte foisonnait de tamaris ! »

Avant de passer à table, Ambroise D. Gómez Pérez fit faire à son ami le tour du propriétaire, en commençant par le jardin à la française. Ensemble ils déambulèrent dans les allées de graviers fins crissant sous les pas, admirant la taille des buis, les plates-bandes et les massifs fleuris. Ils s'arrêtèrent un instant devant le bassin circulaire où murmurait un jet d'eau sortant de la bouche de deux tritons enlacés tout recouverts de mousse.

« Jacinthe Madeleine est tourangelle, elle n'a voulu dans ses plates-bandes que des fleurs de son enfance, quantité d'espèces de roses, des lys, des hortensias, et, bien sûr, des jacinthes ! Quant à moi, je me suis aménagé un petit laboratoire derrière l'orangerie. Suis-moi, je t'y emmène. »

Ils entrèrent dans une bâtisse en pierre aux proportions agréables. Leonardo Esteban ne put réprimer un sourire en se souvenant combien sa mère avait regretté de n'être jamais entrée dans la serre du propriétaire de l'ingenio où elle avait grandi. Dans son jardin expérimental, comme il l'appelait, Gómez Pérez avait reconstitué un inventaire de toutes les plantes caractéristiques de la région, des espèces de haute montagne à celles de la lande et du littoral.

« Regarde Leonardo, là tu as de la bruyère cantabrique qu'on ne trouve qu'en montagne ou sur les bords de mer, alors qu'ici ce sont des spécimens de bruyère vagabonde typique des falaises et de la lande. »

Leonardo suivait son ami et faisait de son mieux pour se montrer attentif et intéressé. Les sciences naturelles et la botanique, ça n'était pas son fort.

Lui qui avait toujours vécu en ville ne savait pas reconnaître la lavande de la bruyère, le houx du hêtre, pis encore, il aurait eu du mal à avouer à son ami qu'au fond il avait toujours détesté la campagne, synonyme de travail volontaire. Récolter le café ou couper la canne à sucre avait toujours eu pour lui valeur d'engagement, c'était un devoir révolutionnaire, jamais un plaisir ni une curiosité. La nature lui était hostile, que ce soit à Cuba ou ailleurs, dès qu'il était à la campagne, il avait l'impression que tous les insectes et toutes les bestioles du monde se passaient le mot pour le tourmenter, le harceler.

Gómez Pérez évoluait dans les allées étroites avec une délicatesse et une grâce toutes féminines. Il avait enfilé des gants transparents de chirurgien et ses mains virevoltaient, écartant ici des pétales, rectifiant la position d'une tige sur son tuteur, découvrant là une touffe enfouie sous de belles feuilles vernissées.

A son grand soulagement, Leonardo Esteban vit s'approcher une jeune domestique aux yeux de pervenche et aux joues couperosées qui, d'une voix timide, annonça :

« Ces messieurs sont servis. »

Jacinthe Madeleine est de ces femmes qui tiennent à la tradition. Lorsqu'elle reçoit des hôtes, elle ne s'assoit pas à table avec eux, mais assure le service. Aussi corpulente que son mari, elle peut se déplacer avec légèreté quand la situation l'exige.

Durant tout le repas, elle fit l'aller-retour de la cuisine à la salle à manger, assistée par deux jeunes filles rondes et joufflues.

Le Cubain regardait non sans inquiétude les plats défiler.

« Je sais, tu es un homme frugal, Leonardo, dit Gómez Pérez. Mais laisse-toi aller à goûter notre cuisine. Mariée à Pantagruel, Jacinthe oublie que les gens comme toi n'ont pas forcément notre constitution, mais il faut faire honneur à sa cuisine, sinon elle le prendrait très mal !

— Une petite soupe de *ttoro* », roucoula Jacinthe en déposant devant eux une soupière fumante.

Elle souleva le couvercle et la soupe dégagea ses effluves, un arôme puissant où semblaient s'être donné rendez-vous tous les poissons, tous les mollusques, toutes les algues et toutes les vagues de la mer.

« A l'origine, c'était l'assiette du pauvre, des marins pêcheurs. Un plat traditionnel de chez nous. On n'y mettait que des têtes de morues et des pommes de terre assaisonnées de romarin, de sauge et d'ail. Moi je le fais avec des queues de lottes, du merlan, une tête de congre, du poisson à chair blanche, des langoustines. Ça mijote avec les carottes, les tomates et les poivrons rouges, une bonne dose d'ail, une bouteille de vin blanc, des croûtons rassis, pas vrai les filles ?

— Oui madame », répondirent en chœur les filles avec un sourire timide.

Par courtoisie, et parce qu'il trouvait ce mélange savoureux, Leonardo s'en fit servir deux assiettes pleines. Il fit de même avec l'agneau grillé qui suivit. Quand Jacinthe Madeleine et ses assistantes, comme elle les appelait, disparurent à nouveau dans la cuisine, Gómez Pérez confia à son ami :

« Tu devrais voir Jacinthe Madeleine et ses filles préparer le *zikiro*, mon ami. Des sorcières à leur chaudron ! Deux trois heures à l'avance elles allument un grand brasier de bûches de chêne. Piment, gros sel, ail, vinaigre et aromates... elles font mariner les morceaux de viande découpée, les enfilent sur des piques et les font griller sur les braises. Le tableau vaut le détour ! »

Après le dîner qui dura plus de trois heures, épuisée, Jacinthe Madeleine s'excusa auprès de son invité et monta se coucher. Gómez Pérez proposa au Cubain de s'installer devant le feu qu'il venait d'allumer et s'excusa à son tour.

« Je sors libérer les chiens. Ces deux colosses sont les fidèles gardiens de la propriété. Ils sont tellement impressionnants que personne n'ose s'approcher ! »

Confortablement assis dans un fauteuil profond, Leonardo Esteban sirotait le cognac que Gómez Pérez lui avait servi, poursuivant avec son parrain basque une conversation imaginaire.

« Le feu... tu m'as parlé de ces grands braseros qui éclairent la nuit et réchauffent les soldats avant la bataille, ou encore de ces feux de camp au cours de randonnées avec des amis, mais jamais je ne t'ai entendu parler d'un modeste feu de cheminée. Pas étonnant. A Cuba nous avons plutôt besoin de ventilateurs et de climatisation ! »

Je me souviens pourtant de certains feux de cheminée à Moscou, à Prague, à Varsovie et à Paris, mais j'ai l'impression qu'ici dans ce Pays Basque même le feu est exceptionnel, qu'il ne ressemble à aucun autre. Je t'imagine dans cette *etche*, Antton, tu t'y serais senti chez toi. L'etche, c'est la maison basque avec ses appartements distincts et son grand vestibule commun, l'*eskaratz*. Une maison qu'on dirait conçue pour accueillir une descendance. Un appartement pour chaque couple. Car Ambroise D. Gómez Pérez et sa femme ont eu trois enfants, deux garçons et une fille. Sur le chemin qui menait chez lui, il m'a aussi parlé d'eux : « J'ai voulu leur offrir le meilleur des mondes, j'ai envoyé mes deux gars faire des études aux Etats-Unis et ma fille dans une école chic à Zurich. Résultat, des deux garçons, seul l'aîné a bien tourné, si je puis dire. Diplômé en sciences physiques, il s'est établi à Chicago où il travaille dans un laboratoire. L'autre était plus velléitaire. Doué, il oscillait entre son goût pour le droit et les études en sciences sociales. Son séjour à l'université de Berkeley et ses virées à San Francisco lui ont été fatals. Il est tombé dans la drogue, et c'est son corps que nous sommes allés chercher pour l'enterrer sur notre terre. Jusqu'à la fin il nous a caché la vérité. Marc était atteint du sida. Si nous avions su, nous l'aurions entouré, sans honte et sans reproches. Jacinthe Madeleine ne s'en est jamais remise. Quant à ma fille Bénédicte, va savoir par quelle ironie du destin elle a épousé un Bavarois. Je ne peux pas empêcher ma femme de recevoir sa fille et ses deux petits-enfants qui sont très mignons et qui, soit dit en passant, ne parlent que l'allemand. Mais quand ma fille vient avec son Bavarois je m'arrange pour disparaître, je m'invente une urgence, n'importe quoi, un voyage aux antipodes ou une planque à Saint-Jean-de-Luz ! »

Toujours assis devant le feu qui le magnétisait, Leonardo Esteban bénissait le silence de cette campagne profonde dans une ferme isolée du Labourd. On n'entendait que les étincelles du bois succombant à la morsure des flammes. Au loin, les chiens aboyaient.

Ambroise D. Gómez Pérez revint, retira ses bottes et, sans un mot, comprenant aussi bien que le Cubain la valeur du silence, il se laissa tomber dans un fauteuil devant la cheminée et se servit un ballon de cognac.

Les visages cuits par l'alcool et la chaleur, ils contemplaient le feu, comme si rien d'autre n'existait, observant à distance la vie et ses tracas. Puis Leonardo Esteban revint à ce qui le préoccupait.

« Cette après-midi, Ambroise, à la réunion, j'ai approuvé une proposition qui a été entérinée, semble-t-il. Je dois l'avouer, j'ai eu un moment d'absence. Peux-tu me dire de quoi il s'agit ? De mon arrêt de mort peut-être ?

— Tout le contraire, cher ami. Si ton esprit était absent, ton instinct a su prendre le relais. Rassure-toi. Cuba a accepté notre accord entre l'agence centrale de Bayonne, nos succursales en Amérique latine et ton île. Ça, tu l'avais compris ?

— Oui.

— Nous aurions donc pu signer ce matin l'accord définitif et tu serais reparti chez toi lundi.

— Exact.

— Pourtant toi et moi avions décidé de ne pas signer tout de suite, jusque-là tu me suis ? J'avais promis de te donner mes arguments plus tard.

— Ne me fais pas honte. J'ai tout noté sur mon calepin.

— Tu as cautionné sans le savoir la décision de nous accorder un délai de réflexion, à mes associés et à moi.

— Combien de temps ?

— Le temps nécessaire pour monter le financement d'un hôpital et d'une bibliothèque que nous voudrions livrer clés en main à tes compatriotes. »

Décidément la complexité de Gómez Pérez ne cessait de m'étonner. Dans un de mes innombrables vols entre La Havane et la France j'avais lu dans une revue scientifique un article sur l'héritage génétique et son importance dans la vie et la destinée des humains. Je n'y avais pas compris grand-chose à cause du jargon des auteurs qui se souciaient peu de se faire comprendre. Mais j'écoutais Ambroise et je pensais que, oui, quelque part dans ses gènes, dans son cœur et sa mémoire se livrait un combat impitoyable. Cet homme d'affaires coriace était prêt à profiter des opportunités du marché cubain qui s'ouvrait aux investissements. Il avait su analyser la situation, il avait très bien compris que le peuple cubain dans son ensemble restait exclu du développement que connaissait l'île en s'ouvrant au tourisme international. Les accords signés entre le gouvernement cubain et les entreprises aux ramifications diverses de Gómez Pérez étaient très alléchants. Mais voilà que l'homme dévoilait une autre facette de sa personnalité et qu'il insistait pour offrir au peuple cubain, à ceux et à celles qui du matin au soir galéraient pour survivre, un hôpital et une bibliothèque ! Et c'est là que son projet risquait de se corser. Il faudrait négocier avec les cerbères de la bureaucratie cubaine et ce ne serait pas facile, il le savait. Ainsi donc Gómez Pérez me demandait du temps pour réfléchir, du temps pour l'aider...

« Une semaine, dix jours, ça te va ? Penses-tu que tu pourras négocier ça avec tes autorités ?
— Il me faudra davantage de temps. »
Et ce soir-là, pour la première fois, je parlai à Gómez Pérez d'Antonio Altuna, tapi depuis des années comme un franc-tireur à l'affût d'une victime au fond de ma mémoire. Je lui avouai ma nostalgie, mon admiration pour cet homme, et ma culpabilité.
« Partir à la recherche d'une valise égarée où je ne risque de trouver que des papiers jaunis et remuer du linge sale peut te sembler stupide et dérisoire », dis-je.
Il prit un temps de réflexion. La lueur des flammes

faisait briller ses yeux gris-vert et lui donnait l'air d'un félin aux aguets.

« C'est ta quête du Graal », lâcha-t-il.

Il y avait dans sa voix une nuance de complicité qui ne trompait pas. Pas besoin de lui faire un dessin, il savait quel orage tropical je devrais affronter avant de prendre une pareille décision, avant de choisir de rentrer ou de ne pas rentrer à Cuba.

« Et comment comptes-tu t'y prendre pour trouver des traces de cet Antonio ? As-tu des indices, des noms, des adresses ?

— Quelques vagues renseignements. Un cousin d'Antton qui porte le même nom, Altuna, éleveur de chevaux, paraît-il, quelque part du côté de la Soule.

— Je vois...

— Ce type-là doit bien avoir quatre-vingts ans, s'il est encore en vie.

— Un âge de jeune homme pour un paysan de la Soule où les centenaires dissimulent leurs années par coquetterie !

Et après un temps de réflexion, Gómez Pérez déclara, triomphal :

— J'ai l'homme qu'il te faut ! TxeTxe !

— Pardon ?

— TxeTxe Etchepare. Un ami, un type qui doit avoir, lui, à peu près l'âge de la Rhune, notre montagne sacrée. Mais sa mémoire et sa vigueur sont intactes. Il est curé de Saint-Jean-Pied-de-Port et il connaît la basse Navarre et le Labourd comme sa poche. Si le cousin d'Antton Altuna vit encore, TxeTxe le trouvera. »

Ambroise D. Gómez Pérez n'était pas homme à perdre du temps une fois une décision prise. Quatre heures du matin venaient de sonner à l'horloge et il se sentit d'humeur à prendre un petit en-cas avant de monter se coucher.

« Je suis un peu comme le commandant Castro. Je me souviens avoir entendu un journaliste français plein d'admiration raconter qu'il avait vu Castro avaler trois douzaines d'huîtres à trois heures du matin. C'était évidemment l'époque où il enchaînait un cigare après l'autre et avalait un thermos de café avant de disputer un match de base-ball. Est-ce vrai ou est-ce une légende, Leonardo ?

— C'est vrai, c'était l'époque de toutes les démesures. »

Je suivis Gómez Pérez à la cuisine. Les murs étaient recouverts de carreaux de grès ocre et roses provenant de carrières locales. Des casseroles en cuivre rouge qui pendaient d'une étagère en bois brillaient comme des miroirs. Ambroise me vanta les mérites d'un magnifique *hermairu*, sorte de vaisselier local où trônaient des dizaines de bocaux d'épices. Puis il ouvrit un gros buffet. « C'est un *manka*, vois-tu, ce meuble symbolise le cœur du foyer dans la société basque rurale, il a fait couler beaucoup d'encre et nourri de nombreuses thèses universitaires, comme la table que tu vois là... »

Nous nous sommes assis autour de cette table rustique. Ambroise déposa une assiette de ttoro et quelques restes de zikiro sortis du réfrigérateur. Je me contentai d'un peu de fromage de pays alors qu'il débouchait encore une bouteille de vin.

« Ici notre cœur va au bois. Rien de tel pour défier le temps. A Cuba aussi vous aviez l'amour du bois, avant que la mode américaine n'installe ces horribles meubles aux tubulures métalliques, ses formicas et ses plastiques. »

La nourriture et le vin donnèrent à Gómez Pérez un regain d'énergie.

« Si TxeTxe n'arrive à rien, nous pourrons toujours consulter les archives des mairies. Je connais un notaire qui s'occupe des successions des paysans, nous prendrons le temps qu'il faut Leonardo, mais puisque de temps nous parlons... »

Et sans transition, il me proposa des honoraires plus que confortables au titre de conseiller-consultant, des honoraires qui pourraient m'aider à rester en France le temps nécessaire à mes recherches.

« Tu m'as été d'une aide précieuse quand je suis allé à Cuba, tu n'as rien demandé en échange, comme d'autres auraient fait, et comme tu le méritais. Je vais t'expliquer ma position aujourd'hui. Tu sais que, comme tout le monde, nous nous sommes lancés dans la course à l'investissement dans les anciens pays du rideau de fer, à peine celui-ci tombé. Mais la situation est kafkaïenne. Les autorités et les nouveaux hommes d'affaires des ex-pays communistes ont très vite acquis la férocité des règles du jeu capitaliste sans abandonner pour autant leur méfiance, la lenteur bureaucratique et la désorganisation héritée de l'ancien régime. Nos intérêts aujourd'hui se trouvent du côté des Balkans, à savoir en République tchèque, en Hongrie et surtout en Bulgarie. Que veux-tu ? Les produits de leur agriculture nous intéressent, mais aussi leur bauxite, leur lignite... Bref, j'attends de toi que tu m'aides à naviguer dans les discussions avec ces gens d'Europe centrale que tu connais si bien.

— Ton offre est d'une générosité exemplaire. Je m'engage à faire tout mon possible pour t'aider sur le terrain miné des négociations avec ces kagébistes reconvertis à l'économie de marché. »

Ainsi avons-nous scellé notre accord, en échangeant dans la cuisine de sa ferme du Labourd, à quatre heures du matin, une solide et fraternelle poignée de main. Certes les négociations promettaient d'être rudes, il y aurait des contrats à signer, beaucoup d'enjeux à la clé, mais la parole d'un gentleman suffisait, je lui faisais confiance.

Les Gómez Pérez offrirent de me loger dans l'ancien appartement de leur fils ingénieur, dans l'excroissance de l'etche construite pour les enfants du couple qui, une fois devenus adultes, avaient choisi de faire leur vie ailleurs. C'était un studio coquet et confortablement aménagé, doté de tous les gadgets de la vie moderne. Une télévision, un magnétoscope, une chaîne hi-fi. Sans oublier la touche locale qui leur était chère. Sur le *cicelú* traditionnel, sorte de meuble-banc constitué de deux sièges à haut dossier reliés par une tablette pivotante, l'ingénieur avait installé son ordinateur. Dans la chambre à coucher se trouvait un de ces hermairus aux pieds galbés et panneaux chantournés, mais surtout il y avait un lit qui m'enchanta. Un lit à baldaquin, haut sur pattes avec un double matelas et une triple épaisseur d'édredons.

La salle de bains était d'un luxe inouï. Des revêtements de marbre, des robinets solides, une baignoire vaste et lisse comme une piscine. Le bain mousseux, la température parfaite de l'eau faillirent m'être fatals, je m'y assoupis et me réveillai en sursaut après avoir avalé une tasse d'eau savonneuse.

En entrant dans la chambre, le cadran lumineux du réveil me rappela à l'ordre. Cinq heures en Pays Basque. Onze heures du soir à Cuba. J'hésitai le temps nécessaire pour m'adonner au jeu de l'introspection. L'envie subite de téléphoner à Berta Maria venait-elle de la découverte d'un téléphone sur la

table de nuit, ou d'un accès soudain de jalousie ?
Etait-elle chez elle ? Etait-elle sortie ? Si oui, que fai-
sait-elle, et avec qui ? Finalement je me calmai et
compris simplement que Berta me manquait et que
j'avais besoin de lui parler.

Depuis notre liaison, Berta avait imposé à son
mari de faire chambre à part et elle disposait d'une
ligne personnelle où je pouvais l'appeler quand je
partais en voyage.

Le cœur battant, j'ai composé le numéro. Comme
d'habitude, il faudrait veiller à nous parler par code,
au cas où des oreilles malveillantes nous écoute-
raient.

« Tu dors ?

— Où es-tu ?

— Dans une maison de rêve avec des meubles en
bois et des couvertures épaisses. Chez l'ami avec qui
tu as dîné au Riviera, tu te souviens ?

— Il est onze heures du soir. Tu me surveilles ou
quoi ?

— Oui, j'ai ressenti la piqûre mortelle du
tango. »

C'était un code que nous utilisions entre nous
pour évoquer La Jalousie, le titre d'un tango célèbre.
Quand le tango la piquait, Bert pouvait devenir
redoutable.

« Ah, ah ! Le tango te tourmente, comme c'est
amusant !

— Mon ami vient de me parler de Bulgarie et
mon sang n'a fait qu'un tour. Quand j'entends le
mot Bulgare, comme le chien de Pavlov, je salive en
repensant à notre première nuit d'amour.

— Tu es ivre ?

— Un peu.

— Du bordeaux, du bon ?

— Cognac Courvoisier, the best.

114

— Malheur à toi ! Demain tu auras mal à la tête, mon pauvre amour, mal au foie, mal...

— Mal d'amour, je ne cesse de penser à toi.

— Et tu bois pour m'oublier ?

— Aujourd'hui pendant une réunion de la plus haute importance je me suis évadé et j'ai compté toutes les chambres d'hôtel où nous avons... parlé de la Révolution.

— Y a-t-il une place pour moi dans ton lit ?

— On pourrait y mettre toute la population de Regla et de Guanabacoa.

— Je vois, un lit immense qui invite le célibataire à la masturbation.

— J'ai passé l'âge. Ton image me rend chaste. Rien n'est comparable à la vérité de ton corps.

— Viens vite. Je te ferai la fête, je saurai te guérir de ce long célibat. Presque deux semaines déjà... quand rentres-tu ?

— Je suis coincé ici pour quelques jours encore.

— Combien de jours ? Est-ce que je peux les compter sur les doigts d'une seule main ?

— Une main et demie. »

Je lui mentais. Pour la première fois en onze ans de liaison fidèle, je lui mentais. La honte me poussait à vouloir tout lui avouer, mais elle ne m'en laissa pas le temps.

« Tu vas rentrer vite pour me voir, je le sais, rien que pour me voir, n'est-ce pas ? » dit-elle, coupant court à notre conversation. Pour déjouer le sort, Berta s'interdisait de dire adieu ou au revoir au téléphone.

Je restai à écouter la sonnerie dans le vide.

SAINT-SÉBASTIEN

Novembre 1998

Très tôt le matin Leonardo Esteban et Berta Maria Diaz quittent l'hôtel de la montagne, comme ils ont baptisé le bâtiment à l'aspect un peu austère en haut du mont Igueldo où ils ont élu domicile.

La journée est splendide.

« Un automne de carte postale ! » s'extasie la mulâtresse en ouvrant les rideaux pour laisser entrer la lumière du jour.

Puis elle lève ses bras vers le ciel dans une pose de chanteuse de gospel.

« Alléluia ! Les dépliants touristiques ne mentent pas. Cette baie de la Concha est une perle. Le bleu du ciel pourrait être cubain, et la mer... non, pas la mer, cette mer-là ne ressemble pas à la nôtre... Ici on la contemple de haut, de loin. La mer, à Cuba, c'est notre prison. Quand j'étais petite et que je m'asseyais avec ma mère sur le mur du Malecon face à la mer, je lui demandais toujours : "Qu'y a-t-il derrière l'horizon, Ma ?" Je n'arrivais pas à imaginer d'autres terres, d'autres continents. Quand je pense qu'ici nous n'avons même pas besoin de

117

papiers pour traverser la frontière, je suis prise de vertige ! Partons à la conquête de Saint-Sébastien, Leonardo ! »

Ils se font servir un copieux petit déjeuner dans la salle à manger du rez-de-chaussée.

Berta Maria porte un t-shirt et un blouson de toile, et elle a chaussé des tennis, l'uniforme du touriste. En s'habillant le matin, elle s'était longuement observée dans la glace.

« Tu sais bien, Leo, mon corps a besoin de liberté. Dans quelques années, je vais commencer à prendre de l'embonpoint, à m'épaissir comme ma mère, c'est notre destin à nous, les femmes des tropiques... De la chair, toujours plus de chair, me dit ce corps serré sans complexe dans un jean. Aujourd'hui tu peux encore te promener avec moi dans une ville étrangère sans avoir à rougir de mes formes, non ? »

Leonardo se dit qu'elle a raison, un jour elle ressemblera à Ma'Innocencia, sa mère, cette Noire imposante qui porte avec générosité ses chairs épanouies.

Pour l'occasion Berta Maria n'a pas mis de soutien-gorge et ses seins dansent sous son t-shirt. Dans les rues de Saint-Sébastien, le long de l'avenue de la Liberté, du Paseo Nuevo, du Paseo de Salamanca, elle fait sensation.

« Ferme ton blouson, lui lance Leonardo, tu vois bien l'effet que tu leur fais, une provocation vivante !

— Qu'ils se rincent l'œil sur ma poitrine, quel mal y a-t-il ? Tu ne te gênes pas pour admirer le cul des petites Espagnoles, que je sache !

— C'est ma vision du monde dialectique qui m'y pousse, car si le cul de ces jeunes femmes me plaît, il m'apporte la confirmation que c'est le tien que je préfère ! Le problème commence quand la moitié de la population mâle de Donostia se retourne sur ton passage.

— Vraiment, ta pratique de la dialectique m'épate, Leonardo. Appeler Hegel à la rescousse pour comparer les culs ! »

Puis elle s'exclame « Seigneur, oh, Seigneur ! » et tourne sur elle-même les bras en croix pour embrasser la place de la Constitution dans une vision panoramique. « On se croirait à La Havane du côté du Paseo del Prado ! » Mêmes gestes et mêmes exclamations devant la façade du théâtre Victoria Eugenia. « C'est notre théâtre Nacional tout craché, tu ne trouves pas ? Va savoir qui a imité qui ? »

Le guide de la ville en main, elle insiste pour visiter tous les monuments, puis finit par se plier à l'itinéraire choisi par son amant qui cherche dans les rues de Saint-Sébastien les traces de son défunt parrain.

J'aimerais pouvoir m'extasier comme Bert à chaque coin de rue, j'aimerais pouvoir trouver, gravés sur les murs de la vieille ville des messages qui diraient « ici habita Antonio Altuna... dans cette boulangerie il acheta son pain ». Mais qui se souvient dans cette ville d'un dénommé Altuna, alias Antton le Basque ?

« Je suis né au cœur du vieux quartier de Donostia, l'ai-je toujours entendu dire, au troisième étage d'un immeuble entre la calle Mayor et l'église de Sainte-Marie, j'ai passé là mon enfance... » piètre information, une épingle dans une botte de foin... nous avons fait le tour de l'église, nous avons parcouru le vieux quartier, ses rues et ses ruelles, ses magasins et ses bars. Sans succès.

« Arrêtons-nous ici, Bert, je t'invite à faire une pause. Je vais continuer mes recherches tout seul. »

Je laisse Berta installée à la terrasse d'un café, s'empiffrant des tapas et sirotant ce *txakoli* que je lui ai fait découvrir. Et tandis qu'elle se grise de vin vert devant des coupelles de beignets de calamars, des « picantes » et des croquettes, je grimpe des escaliers à la recherche du lieu de naissance de mon parrain. J'ai bien dû monter trois étages une dizaine de fois dans des immeubles différents à quelques mètres de distance. Combien de marches ? L'équivalent de l'Everest, à en juger par les palpitations de mon cœur. J'aurais voulu avoir le courage et la résistance nécessaires pour monter à l'assaut de tous les troisièmes étages de la ville, mais à quoi bon ? Quand Antton a quitté Donostia je n'étais même pas né. Plus d'un demi-siècle, c'est un temps bien trop long. Si les bâtisses du centre sont à peu près intactes, la ville, elle, s'est transformée. S'il voyait cet horrible projet de Palais des Congrès, je me demande la gueule qu'Antton ferait ! Mais Antton est mort, Antton n'est plus, et je n'ai pour héritage que cette exigence pétrie de culpabilité à vouloir maintenir sa mémoire vivante, coûte que coûte, avant de disparaître à mon tour.

« Mon Dieu, Leonardo, tu es pâle, arrête-toi un peu, un escalier de plus et c'est l'infarctus !

— J'ai fait le tour de tous les escaliers du quartier, maintenant à nous les comptoirs et les zincs, à nous le « tinto », « pintxos », tapas et tortillas !

— Au vin vert, à l'amour ! Comment l'appelles-tu déjà ? Je n'arrive pas à retenir ce putain de nom !

— Txakoli. Quand tu vois un *x* tu prononces *ch*, c'est tout simple. »

120

Et pour impressionner sa compagne, Leonardo Esteban hèle le garçon d'une voix forte :

« *Garagardo bat eta ardo beltz bat eskatu !*

— Traduction, s'il te plaît.

— Je commande du vin, du rouge cette fois, je veux que tu goûtes toutes les couleurs du vin.

— Leonardo, si tu veux mon avis, ce pays rend fou. Méfie-toi ! »

Ainsi de bar en bar, de gargote en restaurant, ils s'enivrent et mangent. A la Tximista, à la Cepa, ils goûtent toutes les spécialités, leurs vins, leurs bières, leurs omelettes et leurs cèpes à l'ail, leurs jambons en tranches très fines, leurs portions de poulpe à la galicienne.

« Je vais ouvrir à La Havane un paladar où l'on ne servira que du poulpe à la galicienne.

— Et où trouveras-tu les poulpes ?

— Au marché noir, amor. Tu sais bien qu'on trouve tout au marché noir, des putes et des poulpes, des missiles et les poils de barbe de Marx. »

Elle a haussé le ton, agacée par les regards insistants et les sourires de deux hommes assis à une table voisine.

« Qu'est-ce qu'ils t'ont fait, pourquoi ce cirque ?

— Rien. Ces petits cons n'ont jamais vu une mulâtresse cubaine de leur vie. S'ils veulent de la couleur locale, je vais leur en servir ! »

Entre deux haltes dans les bars, le couple a pris le temps de faire du lèche-vitrines. Connaissant l'esprit d'indépendance et la fierté de sa maîtresse, Leonardo Esteban lui a donné une somme rondelette en pesetas en lui disant « tu me la rendras en pesos ».

« Et toi tu me fourniras la charrette pour transporter l'équivalent de tes pesetas en pesos, malheureux... Non, je te rembourserai la moitié en espèces

121

sonnantes et trébuchantes, l'autre au lit. Le temps qu'il te plaira, je serai ta call-girl stylée, ton infatigable jinetera. Tous tes désirs seront satisfaits. »

Une calculatrice dans une main, une liste d'emplettes dans l'autre, Berta Maria Diaz regarde, réfléchit, compare.

« Tu te rends compte, ce poudrier ? On trouve le même trois fois plus cher et en dollars dans les boutiques pour diplomates de chez nous !

— Mettons ça sur le compte du décalage horaire. Oublie l'argent, et prends ce que tu veux. »

Elle retire les Ray-Ban qu'il vient de lui acheter pour mieux le regarder dans les yeux, un tic professionnel qu'elle utilise pour se laisser du temps ou faire dissuasion dans les négociations difficiles ou les interrogatoires pénibles.

« Tu es vraiment sûr que tu veux m'offrir tout cet argent ?

— Tu as lu le contrat de Gómez Pérez ? »

Ce matin, avant de quitter l'hôtel, j'ai montré à Berta Maria le contrat que j'ai signé avec Gómez Pérez. Je veux lui prouver que j'ai les moyens de l'inviter dans un luxueux hôtel, que je peux lui offrir tout ce dont elle rêve et lui permettre de ramener des cadeaux à ses amis et à sa famille.

Elle sait, je sais, tout le monde sait que le ministère de l'Intérieur ouvre toujours une enquête sur les hommes d'affaires qui investissent à Cuba, pour s'assurer que ces entrepreneurs ne profitent pas de leurs contacts sur l'île pour travailler dans l'ombre contre le gouvernement cubain. Ambroise D. Gómez Pérez s'est rendu plusieurs fois à La Havane depuis le début des années 90.

Ses goûts personnels, la diversité des intérêts de son entreprise, ses liens avec d'autres hommes d'affaires dans le monde et ses amis politiques en France ont été étudiés à la loupe. Et les autorités en charge ont décidé que sa signature sur un contrat était celle d'un « ami de Cuba », ce qui voulait dire qu'il n'avait pas d'accointances avec la CIA ni avec d'autres agences agissant contre le régime.

J'ai montré à Berta le contrat pour qu'il n'y ait pas d'ambiguïté sur la provenance de mon argent. Je ne lui ai encore rien dit de ma décision. Et elle ne m'a rien demandé. Chacun cherche à retarder ce moment.

Au début de notre liaison Berta m'avait dit : « Si un jour nous devions nous quitter, jure-moi que nous le ferons avec élégance. Je t'annoncerai la rupture, je ne tricherai pas, de ton côté je te demande de faire pareil. Séparons-nous sans cris ni violences, et si possible dans un cadre accueillant. Je ne veux pas détruire ce que notre relation a d'unique et de magique. »

J'avais ri et répondu : « Film en technicolor et sur grand écran ? Tu vas trop au cinéma, Berta ! La vie n'est pas si romantique. »

Ce à quoi elle avait répondu : « Je suis une femme de fer, mais j'ai un cœur de midinette. »

Et voici que, onze ans plus tard, ses paroles me reviennent. J'ai l'impression de marcher sur une corde raide. Le fait qu'elle accepte que je paie ses achats me paraît bon signe. Et je goûte avec bonheur ces instants, je l'accompagne dans les magasins, je la regarde choisir, hésiter entre un article et un autre, me lancer une œillade pour savoir si elle peut faire encore un achat de plus, pour un autre cadeau... Je souris et je lui dis : « Prends, achète, emporte ce que tu veux... »

Berta Maria est à la recherche de vieilles dentelles pour sa mère et Leonardo lui propose de faire un dernier tour du côté de l'église où se trouvent quantité d'échoppes, d'antiquaires et de magasins.

Elle a les bras chargés de sacs et de paquets, elle a retiré son blouson une fois pour toutes, car la chaleur et le vin vert la font transpirer malgré la température automnale.

Comme d'habitude, il a cédé au tempérament explosif de sa maîtresse qui se promène seins nus sous son t-shirt tandis qu'il a gardé sa veste et sa cravate, une rigueur, un esprit de discipline dont il ne se départit jamais.

Les rues qui se sont vidées à l'heure du déjeuner sont à nouveau envahies par une foule de passants, de touristes et d'enfants du quartier, tous désireux de profiter le plus longtemps possible de la journée ensoleillée.

Leonardo Esteban et Berta Maria Diaz encombrés de leurs paquets ont du mal à se frayer un passage dans les rues étroites de la vieille ville. Berta Maria a perdu son sourire et maudit à mi-voix l'étroitesse des trottoirs, les mères qui poussent leurs landaus, deux grosses Espagnoles qui se promènent bras dessus, bras dessous en occupant la place.

« J'en ai marre, finit-elle par dire d'une voix forte.

— Patience ! dit Leonardo qui descend du trottoir pour protéger sa compagne du flot de voitures. Nous allons bientôt quitter la vieille ville, les trottoirs vont s'élargir.

— Ce n'est pas la vieille ville qui me met en rogne.

— C'est la chaleur alors ?

— Non, c'est la vie, la vie tout simplement. Regarde-nous, Leonardo ! A Cuba, je critique les fonctionnaires qui voyagent et rentrent au pays avec des tonnes de cadeaux. J'achète pour mes fils des choses essentielles. Jeans, chaussures, déodorants, vitamines... tout ce dont nous manquons. Je leur fais un seul cadeau, une petite chose en plus pour le plaisir. Un disque, une cassette vidéo. Et pas chers. J'engueule leur père quand il leur offre tous ces gadgets pour gosses de capitalistes. Et voilà, je fais pareil ! J'oublie mes principes révolutionnaires, je me conduis en mère poule, j'achète à mes enfants l'utile mais aussi le superflu, des conneries dont ils pourraient se passer. Et tout ça avec ton argent !

— Et alors ? Je t'ai déjà dit que je pouvais assumer ces dépenses, que je le faisais avec plaisir.

— C'est ça ! Tu peux te le permettre, et j'en profite !

— Arrête ! Tu m'énerves, Berta ! J'ai de l'argent et je suis heureux que tu puisses en profiter pour faire tes cadeaux !

— Tu as de l'argent ! D'accord. Ecoute un peu mon histoire... quelques jours avant de quitter La Havane, en passant par La Rampa, j'ai vu deux policiers en civil qui conduisaient au poste une gamine en pleurs. Je connaissais un des fonctionnaires. La fillette avait l'air terrorisée et elle m'a touchée. Elle avait à peu près quatorze ans. Ça n'était pas une pute comme on en voit dans notre triste Havane. J'ai demandé au policier de me laisser lui parler. Je voulais savoir comment une écolière, apparemment issue d'une famille d'honnêtes gens, acceptait de coucher avec un étranger de passage. Je l'ai questionnée et elle m'a répondu sincèrement. J'aurais voulu qu'elle me parle d'amour, d'un coup de foudre qui lui aurait fait oublier tout le reste. Je vais avoir bientôt quinze ans, me dit-elle, mes parents ne pourront pas me les fêter parce que nous n'avons pas de famille à Miami, nous n'avons pas de dollars. Ce monsieur a de l'argent et il est très gentil. Il a promis de me faire un cadeau pour mes quinze ans. C'était tout. Pour cette gamine, il était naturel de vendre son corps en échange de quelques cadeaux. Pour moi aussi.

— Arrête ! Ça n'a rien à voir.

— C'est pareil. Je sais de quoi je parle. Pour toi, tout est différent. Tu es ici depuis trois mois. Tu gagnes de l'argent. Tu peux acheter, offrir. Tu as déjà oublié ce que nous vivons là-bas. On s'habitue vite au confort, n'est-ce pas ? »

Ils arrivent sur le parvis de Sainte-Marie. Berta hausse le ton. Des passants et des touristes qui sortent de l'église les dévisagent.

« Arrête ! Nous nous donnons en spectacle, dit Leonardo les dents serrées.

— Tu as changé, ne le nie pas, Leonardo ! »

La colère dans la voix de Berta Maria est retombée. Elle s'accroche au regard de son amant. Et la tristesse que Leonardo lit dans les yeux de sa maîtresse le bouleverse.

« Viens, Bert, entrons dans l'église », dit-il, glissant son bras sous le sien.

L'église est plongée dans le silence et la pénombre. Une odeur douceâtre flotte dans l'air, un mélange d'encens, de benjoin et de fleurs fanées. Il fait plus frais. Ils se réfugient sur un banc et déposent leurs paquets par terre. Leonardo prend la main de Berta dans les siennes. Elle se laisse faire, elle baisse la tête, le menton rentré dans la poitrine, comme si elle priait. Elle ferme les yeux. Leonardo approche son visage de celui de sa maîtresse, et d'une voix basse :

« Je ne t'ai jamais raconté, Berta, ce qui m'est arrivé l'année dernière, lorsque je suis resté deux jours à Paris avant de reprendre l'avion pour La

Havane. Je cherchais un cadeau pour toi, notre petit cadeau rituel. Il ne me restait que très peu d'argent en poche, environ deux cents francs. Ça n'était pas lourd pour un cadeau décent. Alors je me suis souvenu d'une vieille rengaine publicitaire, "On trouve tout à La Samaritaine", et j'ai décidé de m'y rendre. Une jolie balade après tout, me suis-je dit, l'occasion de traverser la Seine par le Pont-Neuf, de respirer l'air de Paris, si léger et enivrant. Pour donner le change à tes pyjamas, j'avais pensé que je trouverais là-bas une chemise de nuit sexy et, si possible, correspondant à mon maigre pécule. J'ai horreur de ces grands magasins, ces temples de la consommation ont toujours plongé le Cubain sous-développé que je suis dans l'angoisse, la panique, tu le sais. Le spectacle de ces milliers de marchandises que l'on peut s'approprier pour peu qu'on en ait les moyens me fiche le cafard. Je me suis dit que j'allais foncer droit au rayon lingerie, acheter une chemise de nuit et ressortir aussi vite que j'étais entré. Le grand magasin était bondé, et me laissant emporter par la foule, j'ai pris les escaliers mécaniques dans tous les sens et j'ai flâné, du sous-sol au dernier étage. Tout en haut, sous la coupole, on avait une vision panoramique des étages inférieurs. J'ai été saisi de vertige, impressionné par l'affluence, l'abondance, le va-et-vient de ces milliers de gens en bas qui choisissaient, achetaient, payaient et repartaient les bras chargés de paquets et de sacs. J'ai repensé à tes monologues exaltés lorsque, sortant du ministère de l'Intérieur où ton frère t'avait asséné les statistiques réelles, celles qui sont classées secret d'Etat — le nombre des vols recensés était impressionnant —, tu hurlais : "Partout on vole, on se vend, on piétine et on bafoue les principes de cette révolution qui nous a tout donné !" et tu hurlais qu'il fallait mettre sous les verrous ces bons à rien, ces traîtres et ces voleurs qui pervertissaient les idéaux pour lesquels nous nous étions battus. Tu ne mâchais pas tes mots, une passionaria, le regard fulminant, le poing fermé... et en surprenant ta figure dans le miroir, tu as éclaté de rire. Quoi que tu fasses et que tu dises, l'humour est chez toi plus fort que tes rêves de militante. Finalement tu t'es reprise : "A quoi bon ? Il faudrait envoyer en prison plus de la moitié de la population et l'autre moitié ne suffirait pas à imposer la discipline. Nous sommes entre les mains de Dieu ou celles du pape." A l'époque on évoquait une possible visite du pape à Cuba. La sarabande entre le Vatican et La Havane battait son plein. C'est l'époque aussi où tu m'as avoué que ton frère t'avait envoyée en mission secrète à Miami et à Madrid pour infiltrer les milieux de l'exil, en prévision de l'événement. Je t'avais fait une scène de jalousie, tu t'en souviens ? Parce que je savais pertinemment que tes allées et venues ne relevaient pas de notre ministère du Commerce extérieur. "Mais pour qui me prends-tu, Leonardo ? Une call-girl au service de la Révolution ?" t'étais-tu insurgée avant de m'avouer tes missions secrètes de Mata Hari tropicale.

Voilà à quoi je pensais soudain, perché au dernier étage de La Samaritaine ! La veille, à l'hôtel Louisiane de la rue de Seine où je logeais, j'avais vu à la télévision française un reportage sur Cuba. Toujours les mêmes images, les mêmes clichés. Les putes du Malecon, les queues devant les magasins vides, les murs décrépits des immeubles, les camions-autobus, les bicyclettes et les vieilles bagnoles rafistolées... J'étais penché à cette balustrade et je me demandais ce qu'auraient fait ces milliers de gens, ces acheteurs insouciants si tout à coup, tel un oiseau de mauvais augure, je m'étais jeté dans le vide ?

Soudain j'ai éprouvé cette pulsion, violente, et j'ai compris comment on pouvait en arriver à se suicider, un geste que toute ma vie j'avais considéré comme une pure folie. La puissance du vertige, la jouissance de l'acte ultime. L'espace d'une seconde, j'ai éprouvé l'attirance irrésistible de la chute. Sublime aspiration pour une fin médiocre. Je me savais trop discipliné pour passer à l'acte, trop lucide ou pas assez courageux peut-être. J'imaginais le lendemain les gros titres des journaux : "Un fonctionnaire cubain, de passage à Paris, se jette dans le vide du dernier étage de La Samaritaine."

J'ai lâché la balustrade, j'ai fait quelques pas en arrière, j'ai respiré un grand coup et je suis allé boire un thé sur la terrasse d'où l'on voyait la Seine serpenter. Les monuments de pierre blonde se découpaient sur un ciel d'azur. Le ciel m'a fait penser à Cuba, à La Havane, à toi... surtout à toi. A une table voisine, un jeune homme et une jeune femme parlaient de leur mariage prochain. Au début, leur conversation m'a dérangé. Ils parlaient de ce qu'ils avaient acheté, et de tout ce qui leur restait à acheter. Une voiture, une machine à laver le linge, un réfrigérateur... Ils étaient jeunes et ils avaient l'air heureux, tellement heureux que j'en ai oublié mon agacement et que je me suis mis à écouter ce qu'ils se disaient. J'ai compris qu'il était employé de banque et qu'elle travaillait comme coiffeuse dans un salon de beauté. Je les avais pris pour des enfants de bourgeois aisés. Eh bien non, c'étaient de simples employés, ils connaissaient le prix du travail et les difficultés de la vie. Leur mariage et l'enfant qu'elle attendait signifiaient pour eux des sacrifices en plus, leurs fins de mois seraient dures. Ils étaient conscients de tous ces tracas et ils les acceptaient. Ils calculaient les dettes, les traites à payer... Et ils se disaient qu'ils s'aimaient. Dans leur façon de se parler, je ne sentais aucune mièvrerie. Ils avaient économisé pour leur voyage de noces et rêvaient déjà de ce jour. Et puis j'ai entendu le nom de Cuba. Ils allaient en voyage de noces à Cuba ! Que savaient-ils de notre île ? Je me suis retourné vers eux pour voir à quoi ils ressemblaient. Le jeune homme portait un t-shirt sous un blouson de toile, et sur le t-shirt, l'effigie du Che, un cigare aux lèvres, son sourire de conquistador. Ils n'ont pas remarqué que je les regardais. Rien n'existait pour eux que leur amour. Et tout à coup je les ai enviés, j'aurais voulu être à leur place. Toi et moi. Assis à la terrasse de la Samaritaine, avec Paris à nos pieds, rêvant d'appartement, d'enfants, de voiture, d'une île lointaine où s'aimer. J'ai eu terriblement envie de toi, je me suis levé d'un bond et j'ai couru changer mon billet pour avancer mon retour à La Havane. En arrivant, je t'ai tout de suite appelée de l'hôtel. Tu as quitté ton bureau pour venir me rejoindre. Tu t'en souviens ? Avec quelle intensité nous avons fait l'amour ? »

Leonardo porte à ses lèvres les mains de Berta Maria. Elle ne lui laisse pas le temps de terminer son geste, elle se tourne vers lui, cherche ses lèvres et l'embrasse à pleine bouche sous le regard offusqué d'un couple de touristes qui traverse la nef.

Ils grimpent en haut du mont Urgull près du château de Santa Cruz de la Motta couronné d'un Christ gigantesque qui, selon la légende, protège les marins pêcheurs en détresse et veille sur la ville.

« Ce Christ sert de phare aux marins et de cerbère à Donostia, il est disgracieux, rébarbatif, on l'appelle le presse-papiers », leur avait expliqué le standardiste de l'hôtel du mont Igueldo. « Le château n'a pas d'intérêt en soi, mais allez-y pour la vue sur la mer Cantabrique ! »

Puis le type a ajouté d'un air confidentiel : « On dit que les nuits de pleine lune les couples qui désirent avoir des enfants font l'amour à l'ombre de la statue, et que le Sacré-Cœur de Jésus leur accorde de beaux rejetons, intelligents et solides. »

Plantée devant le paysage que bordent d'un côté les crêtes bleutées des vallons et de l'autre la mer étale et scintillante, Berta Maria s'étire et soupire.

« Je donne vingt sur vingt à ce paysage, Leo. Attendons ici le coucher du soleil. »

Berta a oublié ses scrupules de consommatrice, ses peines et ses larmes, elle a aussi retrouvé son appétit et sorti de son sac du pain bis, du fromage de brebis, et une bonne bouteille de vin. Assis l'un contre l'autre, la bouteille à portée de main, ils contemplent le ciel qui a pris une teinte d'azur ambré. Quelques nuages immobiles flottent, tandis que le soleil à l'agonie envoie ses feux déclinants.

« Ton parrain, il est certainement venu ici...

— C'était son sport préféré, paraît-il. Faire l'ascension du mont Urgull et l'aller-retour à la nage entre l'île Sainte-Catherine et la plage. Avec la pelote basque, c'est le meilleur entraînement qui soit, me disait-il quand nous faisions de longues marches dans La Havane et que j'arrivais à la maison sur les rotules. Lui n'était jamais fatigué.

— Parle-moi de lui, hier soir tu as interrompu ton histoire juste au moment où il entrait en scène. »

J'avais à peine dix ans. Ma mère et moi débarquions dans la capitale avec des ressources très limitées et une ignorance totale des pièges et des tentations que peut exercer une ville cosmopolite comme La Havane sur les provinciaux que nous étions. Señora Soledad, la dame chez qui elle travaillait, avait accordé à ma mère un mois de salaire et une lettre de recommandation où elle vantait ses capacités de femme de ménage, sa modestie et ses qualités de bonne chrétienne. Elle lui avait aussi donné l'adresse de deux personnes qui pourraient l'aider.

« Méfie-toi des hommes de La Havane, Iraida. Tu es belle, encore jeune et naïve. On dit que là-bas les femmes ont le diable au corps. Les hommes boivent du rhum, ils roulent des mécaniques en cravates bariolées et ne pensent qu'à s'amuser. Et puis il y a ces étrangers arrogants, le fléau de nos plages, qui viennent dépenser leur argent et dévoyer nos femmes. Ils apportent maladies et vices. Nos compatriotes sont devenus corrompus. Sodome et Gomorrhe, voilà ce qu'est devenue notre pauvre capitale, Sodome et Gomorrhe ! »

La señora Soledad était sourde, elle parlait très fort pour s'assurer qu'on l'avait bien entendue. Je m'en souviens, elle reprit plusieurs fois d'une voix chevrotante « Sodome et Gomorrhe »... des mots que je ne comprenais pas, pas plus que ma mère. Et pourtant des années plus tard, je dois admettre que la vieille dame n'avait pas eu complètement tort. Ses mises en garde ne manquaient pas de clairvoyance.

Ma mère et moi avons pris tous les autobus, tous les tramways possibles et marché longtemps sur l'asphalte bouillant sans tenir compte de la distance ni de nos pieds gonflés dans nos espadrilles de toile. C'était en janvier 1952. En trois jours nous avons balayé la ville magnifique de long en large. Ma mère voulait tout voir, l'avenue du Malecon de la Punta del Morro au quartier du Vedado et aux abords de

132

Miramar, les ruelles du centre avec la cathédrale, le parc Maceo où elle tenait à rendre hommage au « Titan de bronze » qui avait lutté pour notre indépendance. Les jours suivants nous nous étions aventurés dans les quartiers populaires de Luyano et de Cerro et, de l'autre côté de la baie, ceux de Regla et de Guanabacoa. Nous étions tombés au hasard d'une promenade sur le bidonville de *Llega y pon* avec ses misérables taudis sans eau courante ni électricité, ses rues boueuses pleines de détritus et d'immondices. Ma mère en eut le cœur soulevé et, devant ce spectacle désolant, elle déclara que nous avions de la chance d'être logés comme des rois, Dieu veillait sur nous puisque la señora Soledad avait eu la bonté de nous conseiller de louer une chambre à l'hôtel Sevilla Biltmore, un hôtel charmant où la nourriture était exquise.

Avec ses arcades à piliers bleu ciel et ses murs blancs, il avait tout d'une maison coloniale accueillante. Des fleurs et des plantes en pots pendaient devant les persiennes, les meubles en rotin avaient une teinte claire et j'appréciais plus que tout les fauteuils à bascule dans le salon commun. Ma mère, elle, ne semblait pas très à l'aise. Pour la première fois depuis qu'elle avait quitté la maison de ses parents elle n'était plus servante chez les autres, et j'attribuais son irritation au fait qu'elle ne supportait pas de se faire servir.

Dès le matin, elle secouait les draps, tirait le couvre-lit et faisait gonfler les oreillers comme si personne n'avait jamais dormi là, à peine avais-je pris ma douche qu'elle essuyait le carrelage et briquait le lavabo qui brillait comme un sou neuf. La femme d'étage, une Noire osseuse avec des yeux à fleur de tête que j'avais surnommée « le Crapaud », s'en plaignit.

« Je suis là pour vous servir, madame Iraida, est-ce que mon travail laisse à désirer ? »

En entendant la femme de ménage de l'hôtel l'appeler Madame, ma mère fondit en larmes, ce qui ne fit qu'aiguiser la susceptibilité de l'acariâtre Ramona.

« Qu'est-ce qui ne va pas ? Dites-moi si j'ai fait quelque chose de travers !

— Ramona, je t'en prie, ne m'appelle pas madame. Je suis une femme de chambre, comme toi, je suis venue de ma province natale pour chercher du travail ici.

— Ah, ma pauvre petite ! s'écria Ramona serrant ma mère contre sa poitrine plate et lui donnant de grandes claques dans le dos, ma pauvre petite ! »

Et la Noire leva les bras au ciel.

« Quel salaud-de-fils-de-pute t'a envoyée ici seule avec ton fils ? Iraida, ma jolie, tu n'arrives pas au bon moment. Finie la période des vaches grasses que nous avons connue pendant la guerre. Rien ne va plus, pas de travail, et mal payé. C'est pitié de voir les familles paysannes débarquer en croyant qu'elles vont trouver ici de quoi améliorer leur sort ! A Llega y pon, ma jolie, c'est là que tu vas finir quand tu auras épuisé tes économies. Profite du répit et laisse-moi te servir. Sais-tu au moins ce qu'est Llega y pon ?

— "Arrive et plante ta case là..." J'y suis allée, je n'imaginais pas que cela puisse exister à La Havane. C'est mon ancienne patronne qui m'a conseillé cet hôtel.

— Les patrons ont toujours d'excellents conseils, ça ne les engage à rien. Si tu permets, la vieille salope s'est foutue de ta gueule. Bouche-toi les oreilles, mon petit, ce ne sont pas des paroles pour les mômes, dit-elle à mon adresse, faut être une vraie chienne de bourgeoise pour pousser sa bonne à s'installer au

134

Sevilla, un hôtel coquet, certes, mais le plus cher du quartier ! Elle aurait pu t'envoyer au Nacional tant qu'à faire ! T'aurais vu du beau monde, des stars de cinéma, du gratin ! Iraida, mon petit cœur, donne-toi quelques jours pour trouver du travail et change d'auberge. Je connais une pension qui te louera une chambre à des prix imbattables, si tu veux, je t'y amène. »

Le lendemain ma mère était debout dès l'aube pour chercher du travail. Les deux adresses qu'elle tenait de la señora Soledad ne furent d'aucun secours. Elle apprit au téléphone qu'une des dames était morte depuis longtemps. L'autre accepta de la recevoir le jour même. Mais lorsque ma mère lui expliqua le motif de notre visite, la dame leva les yeux au ciel d'un air contrit.

« Soledad a toujours vécu en dehors de la réalité ! Evidemment, mon mari s'appelle Bacardi, un nom qui porte bien, mais si les Bacardi roulent sur l'or, mon mari, lui, n'est que comptable dans une banque ! Imaginez, j'ai été obligée de renvoyer une de mes bonnes qui nous coûtait trop cher. Je ne peux pas vous engager, ma petite Irène, de plus vous traînez avec vous un boulet.

— Iraida... madame.

— Vous cumulez les difficultés, mon enfant. Si vous voulez mon avis, allez plutôt à Camagüey où les fermiers sont riches, ou à Pinar del Rio, tiens, le tabac les a rendus prospères. Tant que j'y suis, pourquoi ne poussez-vous pas jusqu'à Varadero ? Vous êtes jeune et jolie, tentez votre chance là-bas, on embauche beaucoup dans les hôtels du littoral. Les salaires sont bons, les pourboires généreux et qui sait ? peut-être trouverez-vous un homme, un riche yankee au portefeuille bien pourvu. Car dans notre île le dollar est roi, ma petite Irène, c'était

135

comme ça hier, c'est comme ça aujourd'hui et ça sera comme ça jusqu'au Jugement dernier ! »

Quelques jours plus tard je vis ma mère pâlir en faisant ses comptes.

« Demain, Leo, nous irons voir à quoi ressemble la pension de Ramona.

— Tant mieux, maman, je m'ennuyais dans cet hôtel. »

Je lui mentais, bien sûr. J'adorais le Sevilla, le restaurant où nous prenions nos repas, les personnes agréables que nous fréquentions. A l'époque, l'Amérique centrale et l'Amérique du Sud étaient secouées par des dictatures militaires et notre hôtel était plein d'écrivains, de journalistes et d'hommes politiques exilés qui attendaient de pouvoir rentrer dans leur pays. Je m'étais lié d'amitié avec une poétesse de Saint-Domingue, une frisée au teint diaphane qui me bourrait de sucreries car elle me trouvait maigrichon. J'eus avec elle ma première discussion politique.

« Pourquoi as-tu toujours l'air triste, Camilla ?

— Parce que Cuba me rappelle Saint-Domingue. Mais ici vous avez la chance d'avoir un président jeune, sympathique et démocrate (elle parlait de Prio Socarrás qui était au pouvoir alors). Notre Trujillo est un tyran bestial, si je pouvais le tuer, l'étrangler de mes propres mains, je te jure, je le ferais ! »

Elle n'avait pas des mains d'étrangleuse, loin de là, elle avait de délicieuses petites mains fines avec des ongles recouverts de nacre.

Camilla, la poétesse, s'occupait de moi pendant que ma mère cherchait un emploi, et à l'heure de quitter l'hôtel, lui faire mes adieux fut un arrachement.

« Ne fais pas cette tête, Leo, ce n'est qu'un au

revoir, j'irai te voir là-bas, ou tu viendras ici et nous mangerons des gâteaux ! »

Hélas, jamais je ne revis Camilla. Ma mère qui avait honte de la misérable chambre où nous logions ne voulait donner notre adresse à personne, et quand je décidai d'aller rendre visite à Camilla à l'hôtel Sevilla, j'appris qu'elle était partie au Mexique où on lui avait offert un poste de traductrice dans une maison d'édition. Je garde le souvenir de ses splendides yeux marron frangés de cils épais et de sa voix douce récitant les poèmes d'Alfonsina Storni, une poétesse argentine qu'elle vénérait.

La pension où nous avions trouvé une chambre grâce aux bons offices du Crapaud était sombre et sordide. Elle se trouvait dans la calle Zanja, du côté du quartier des Chinois et de celui des putes.

« Nous allons rester ici, Leo, le temps de trouver du travail. Je vais me présenter dans les cafés et les restaurants, les hôtels de Miramar et du Vedado, ils ont toujours besoin d'une femme de chambre ou d'une serveuse. »

Mais les jours prirent le rythme des semaines et les semaines des mois et plus le temps s'étirait, plus ma mère avait l'air fatiguée. Elle partait le matin et rentrait le soir pâle, hagarde et découragée. La plupart du temps elle n'avait que deux cafés au lait et une tartine dans le ventre pour économiser nos sous et me payer les repas complets à la pension.

Un soir, sans donner plus de précisions, elle me dit : « J'ai trouvé du travail, Leo. Nous sommes sauvés. Six heures du soir, six heures du matin. Un travail de nuit. Dans un bar du port. »

Cette idée ne me plaisait pas mais je n'en demandai pas plus.

Un nouveau rythme de vie s'instaura désormais. Ma mère partait quand je me couchais, elle revenait pour prendre le petit déjeuner avec moi, puis tombait sur son lit sans se déshabiller, raide de fatigue, n'ayant pas même la force de me dire bonsoir, un « bonsoir » qui, d'ailleurs, valait pour un « bonjour ».

Comme nous étions arrivés à La Havane au début de janvier, il fallut attendre la rentrée des classes suivante pour m'inscrire à l'école. Au cours de notre bref séjour au Sevilla Biltmore, Camilla, la poétesse, m'avait servi d'institutrice. Avec elle, j'avais lu des nouvelles d'écrivains classiques, Tolstoï, Cervantès, Maupassant. Elle me récitait de la poésie, me donnait des cours de géographie et d'histoire. Camilla qui avait parcouru le continent sud-américain du Mexique à la Terre de Feu se disait patriote et nationaliste latino-américaine.

« Est-ce que tu es riche, Camilla ? lui ai-je demandé un jour.

— J'ai toujours eu de riches fiancés, Leonardo. Je transforme leur vie en poésie. En échange, ils me donnent de l'argent. »

Elle avait prononcé ces mots d'une voix douce et tendre. Il me sembla qu'elle me parlait comme à un adulte capable de tout comprendre, et je me sentis fier de l'amitié et de la confiance qu'elle me témoignait.

Le paysage de la calle Zanja où nous habitions était tout autre. On y trouvait un échantillon du genre humain assez exhaustif, mais il n'y avait pas de femme poète comme Camilla.

Pour ne pas faire de bruit et laisser ma mère dormir pendant le jour, je sortais toute la matinée et une partie de l'après-midi. J'errais dans les rues des Chinois et plus loin dans celles des putes. C'était un monde vibrant et charnel, plein de couleurs, de pacotilles, de cris et de plaisirs, de bagarres et de pleurs, de nécessités simples et d'affection. Une sonate d'odeurs obsédantes se dégageait des restaurants tenus par les Cantonais, odeurs rances de soja et de friture, relents jaunes de tamarin et de citronnelle, fumets brouillés et compacts qui imprégnaient les narines, blancs effluves de riz parfumé et de coco tiède.

On disait « les Cantonais » parce que les Cubains ne faisaient pas la différence. Tout Chinois fût-il de Shanghai, de Pékin ou de la province du Yunnan était toujours un « Cantonais », peu importaient les protestations ou les mises au point des intéressés, comme tout Espagnol était un « Gallego » et un ressortissant du Moyen-Orient, un « Turc » ou un « Maure ».

Je passais toujours la frontière qui séparait le quartier chinois de celui des prostituées avec un frisson délicieux. Les femmes étaient pour moi des déesses. Elles avaient des lèvres pourpres, noircissaient leurs yeux de khôl, étaient outrageusement fardées. Avec leurs bigoudis et leurs turbans, elles ressemblaient à des idoles. J'aimais leurs robes impudiques, leurs poitrines offertes, leurs regards complices et leurs sourires ravageurs.

Je me promenais en sifflotant, comme quelqu'un qui ne fait que passer, faisant mine de regarder ailleurs alors que j'étais fasciné par la ronde des hommes qui allaient et venaient, jaugeaient les filles d'un regard insistant, se tenant à distance, puis finissaient par s'approcher de l'une d'elles, lançant à la ronde un regard inquiet. Le type parlementait et, après une discussion rapide, il s'engouffrait dans la porte obscure derrière la fille en continuant à discuter le prix. Peu à peu je compris que putes et clients craignaient par-dessus tout les policiers en civil ou l'arrivée intempestive d'une *perseguidora*, ces petites unités de flics en uniforme dont l'activité principale était, d'après ce que j'entendis, de poursuivre les honnêtes gens, harceler les voleurs et rançonner les prostituées.

Le fait est qu'une après-midi je fus témoin de l'étrange ballet d'une voiture de police qui roulait au ralenti et s'arrêtait devant chaque porte et fenêtre. Un flic descendait et les pesos passaient de main en main. Je compris que les filles payaient pour qu'ils les laissent tranquilles, plus tard on m'expliqua qu'ils les « protégeaient ».

La présence régulière d'un gosse dans la rue finit par éveiller l'attention des femmes. Souvent elles me faisaient des clins d'œil, me charriaient, m'interpellaient en roucoulant.

« Viens, mon petit lapin, avec moi tu seras à bonne école. »

Une mulâtresse colérique me prit à partie plusieurs fois.

« T'as donc rien de mieux à faire que traîner par ici, morveux, va donc voir sous les jupes de ta mère ! »

« T'inquiète pas mon mignon, c'est la spécialité de grand-mère Dumbo, elle déverse sa bile sur tout ce qui passe », dit une autre pour me rassurer.

La grosse, qui n'aimait pas qu'on s'occupe de ses affaires, se répandit en imprécations, prenant à partie Dieu et tous les saints, avant de s'enfermer dans sa turne en claquant la porte d'un coup sec, une sortie théâtrale qui alimenta les commentaires.

« Bon débarras, la vieille ! »

« Cuve ton amertume, c'est ce que t'as de mieux à faire ! »

« De toute façon, tu fais fuir les clients ! »

Trois filles en particulier m'avaient pris sous leur aile. Elles me cajolaient, remplissaient mes poches de bonbons et de petites attentions, me permettaient d'entrer dans leur chambre pour boire un verre de jus de canne versé sur de la glace pilée.

Elles voulaient savoir qui j'étais, d'où je venais. L'une d'elles m'expliqua qu'elle était originaire de la province d'Oriente. Lorsqu'elle apprit que j'étais né à Santiago, elle fondit en larmes.

« Si j'étais restée là-bas, à Holguin, crois-moi, je n'aurais pas fini dans ce bouge. »

Puis ce fut à mon tour de répondre à sa curiosité. Je lui racontai que, ma mère travaillant de nuit, je disparaissais dans la journée pour la laisser dormir.

« Un fils en or ! »

« Le petit ange ! »

« Et où travaille ta maman, mon chéri ? »

— Dans un bar du port. »

Sur le pas de la porte, des balcons au-dessus, les commentaires fusèrent. Chacune y mettait son grain de sel.

« Sa mère est des nôtres, les filles ! » finit par dire avec un sourire radieux la Holguinera, croyant sans doute me faire plaisir.

Je reçus sa phrase comme un poignard dans l'estomac. A quoi bon nommer les choses ? La fille disait vrai, je m'en doutais mais je ne voulais pas l'admettre, il est des vérités qui font trop mal, même si ces quelques semaines d'errance dans le quartier m'avaient fait perdre ce qui me restait d'innocence et de naïveté.

Depuis qu'elle travaillait dans un bar du port ma mère avait changé. Jour après jour j'avais assisté à sa métamorphose avec inquiétude. Pour la première fois, elle mettait des jupes moulantes et se découvrait les seins, elle n'hésitait pas non plus à montrer ses jambes et portait des talons hauts. Ma mère commença à tirer ses cheveux en arrière pour dégager son visage, son beau et doux visage qui se transformait en masque aux paupières violettes. Rien à redire, ma mère était bien roulée, une croupe cambrée, des seins hauts et fermes. Elle n'était plus la même, et pourtant je la trouvais belle. Je remarquais aussi que sa timidité et sa pudeur avaient disparu. Quand par hasard elle avait sa nuit de libre et que nous sortions au cinéma ou au restaurant, je notais la façon nouvelle qu'elle avait d'affronter le regard des hommes, avec dureté. Pour couronner le tout, elle s'était mise à fumer, ce que pourtant elle reprochait à Camilla et considérait comme la pire des tares.

« Ta poétesse n'a qu'un seul défaut, Leo, c'est une fumeuse, une vrai tuyau de poêle, sa fumée m'incommode. »

Depuis ma conversation avec les filles, mes journées solitaires s'accompagnèrent d'une nouvelle angoisse. Ma mère travaillait-elle vraiment dans un bar, ou dans une de ces maisons où les femmes vendaient leurs corps aux hommes ?

Un jour, n'en pouvant plus, je la titillai et l'agaçai tellement avec mes questions qu'elle finit par exploser.

« Je te dis que je suis serveuse au bar Eva ! Les gamins ne sont pas admis, sinon il y a longtemps que je t'y aurais amené. De toute façon, à quoi ça va te servir de voir ta mère trimbaler des plateaux et remplir des verres de rhum ? »

Elle posa sa cigarette sur le bord du lavabo, attrapa son peigne et serra ses cheveux retenus en bouquet sur le haut de son crâne dans un ruban vert émeraude.

Le bar Eva. Je n'ai jamais oublié le nom de ce bar.

Beaucoup plus tard, au début de la Révolution, le

jeune milicien que j'étais décida de faire un tour sur le port pour vérifier que le bar Eva existait encore. Non seulement il existait, mais il était devenu un des endroits les plus fréquentés du port.

On y croisait surtout des marins grecs, des journalistes et des intellectuels qui venaient s'encanailler de ce côté-ci de la ville tandis que dans le reste du pays les efforts et les sacrifices pour forger « l'homme nouveau » rassemblaient énergies et bonnes volontés.

Reste que ce bar était un endroit surréaliste. Depuis des années, c'était le quartier général des marins grecs faisant escale à La Havane, et la patronne, la caissière et les serveuses parlaient la langue d'Homère comme si elles étaient tombées dedans en naissant. Fréquenter un bar où les putes parlaient grec était le comble de l'excentricité pour ces intellos à la recherche de sensations nouvelles et ces indécrottables dénicheurs de lieux qui se ressemblent partout dans les grandes villes du monde.

J'avais pris soin de retirer mon uniforme de milicien. Je revenais d'une semaine de travail volontaire et j'avais une barbe de quelques jours que je n'avais pas rasée faute de lames. L'ombre sur mon visage et ma peau tannée par le soleil me vieillissaient. L'endroit était sombre et enfumé. Sur une piste de danse minable, des marins ivres s'apostrophaient dans toutes les langues, des entraîneuses les chauffaient. Parfois un couple se faufilait derrière le rideau miteux et disparaissait dans l'escalier. Bar-hôtel, bar-bordel.

J'aperçus deux techniciens de l'Institut du cinéma cubain — l'ICAIC récemment créé — et un jeune réalisateur dominicain, Oscar Valdès, que je connaissais de vue. Ils me firent signe de me joindre à eux. Passablement ivre, Valdès qui avait fait des études de cinéma à Rome, chantait une chanson napolitaine. Plusieurs fois une serveuse vint prendre la commande. J'en étais à mon troisième verre d'ouzo, lorsqu'un des types de l'ICAIC se pencha vers moi.

« T'as gagné le gros lot, tu plais à la pute, me dit-il.

— C'est une serveuse, pas une pute ! répondis-je, hors de moi.

— Ecoute mon grand, je fréquentais ce bar que tu n'étais même pas né ! Cet endroit n'a pas changé depuis vingt ans et aucune révolution du monde ne le changera jamais. Disons qu'aujourd'hui nous avons des serveuses-compañeras qui font les putes ou, si tu préfères, des compañeras-putes qui travaillent comme serveuses. »

Tous se mirent à rire, un rire contagieux qui gagna même les marins grecs. J'étais écœuré.

Depuis que j'avais parlé avec ma mère du bar Eva, je ne sortais presque plus. Quand elle partait au travail, je restais prostré dans notre chambre. J'avais ramassé je ne sais où un vieux plan de La Havane et j'étudiais le nom des rues et les trajets qui me mèneraient de la calle Zanja au port. L'envie d'aller traîner du côté des docks, de surprendre ma mère à son travail me démangeait.

Ma mère est serveuse, ça n'est pas déshonorant d'être serveuse, même dans un bar du port, me répétais-je pour mieux me convaincre.

Avais-je peur de faire de mauvaises découvertes ? Le fait est que je me résignai et que mes pas me portèrent finalement vers les rues bondées du vieux centre historique de La Havane. C'est au cours d'une de ces pérégrinations que j'ai rencontré celui qui deviendrait mon parrain, un certain Antonio Altuna, dit Antton le Basque.

« Sur Antton, que veux-tu que je te raconte, Berta ?

— Ce que tu veux. J'ai l'impression de te comprendre un peu mieux... J'imagine ce que tu as dû endurer, tes angoisses d'enfant, j'en étais restée à la version de ta mère "cette petite paysanne"... Et puisque les archives du ministère t'obsèdent, je peux te dire et te prouver qu'officiellement ta mère, Iraida, apparaît comme la victime des brutalités de la police de Batista. L'épisode du bar Eva n'y figure pas. Quant à Antton, j'attends toujours de faire sa connaissance. »

Une grille en fer claque. Un gardien surgi de nulle part fait tinter son trousseau de clés en claironnant : « Messieurs-dames, on ferme le Christ ! La visite est terminée ! »

Ils sortent de l'esplanade à contrecœur tandis que le jour décline doucement. La Cubaine parlemente avec le garde, ils ont oublié de jeter la traditionnelle pièce de monnaie dans le puits, pour faire un vœu. Le gardien, débonnaire, les laisse faire en leur expliquant qu'il faut se mettre de dos et lancer la pièce par-dessus son épaule gauche.

« Ne dis rien, je ne veux pas savoir ce que tu demandes à la Providence ! » dit la mulâtresse.

Sa pièce atterrit du premier coup dans le trou. Leonardo rate son tir et s'y reprend à plusieurs fois.

« Le caballero a du mal à entrer sa monnaie dans le trou ! dit le garde, en découvrant un sourire édenté.

— Le caballero déteste les armes à feu ! enchaîne Berta. C'est moi l'experte, je suis une tireuse d'élite, señor. »

Leonardo glisse quelques pièces dans la main du vieux tandis que celui-ci leur suggère d'aller s'asseoir sur les bancs de la place du Gouverneur un peu plus bas.

En quelques minutes le jour a basculé. Une brise fraîche venue du large fait frissonner Berta Maria. Elle a fermé son blouson et remercie le ciel d'avoir eu la bonne idée d'acheter à son frère le colonel un pull-over made in France.

« Enfile ça, Leo, dans ce pays le climat est traître.

— Quand j'y repense, ma rencontre avec Antonio Altuna fut un miracle. »

J'errais dans La Havane comme un chien perdu et je me suis retrouvé rue Obispo, autrement dit la rue « de l'évêque », un nom prédestiné. Il aurait pu ouvrir une imprimerie ailleurs, non ? L'endroit n'avait rien pour plaire. Au-dessus d'une vitrine aux fenêtres ternes un panneau indiquait « Imprimerie Altuna ». Je m'étais arrêté devant cette vitrine où étaient exposés les services divers que la boutique proposait. Cartes de visite et cartons d'invitation, thèses universitaires et livres à compte d'auteur, pamphlets, recueils de poèmes, autobiographies et témoignages.

Un petit homme en espadrilles, pantalon de coton noir, chemise blanche et béret sur la tête, prenait le frais sur le pas de la porte et regardait les passants. Il avait un visage austère, des sourcils épais, des yeux noirs. A plusieurs reprises j'ai senti le laser de son regard me traverser et je me suis éloigné.

Les jours suivants, je ne sais pourquoi, mes pas me portèrent de nouveau du côté de cette boutique. Juste au coin, tout près de l'imprimerie, j'avais repéré une pâtisserie qui faisait aussi salon de thé. Dans un stand ouvert sur la rue on vendait des churros. Je n'avais pas assez d'argent pour m'asseoir à une table et commander de quoi me régaler. Pour deux centimes j'achetais une barre de chocolat que je mangeais par petits morceaux, les laissant fondre dans ma bouche. Chaque fois que j'approchais du comptoir, mes yeux ne pouvaient s'empêcher de loucher vers les tables où les clients se goinfraient de churros et de grandes tasses de chocolat mousseux qui me faisaient saliver. Ma mère me disait toujours : « Il ne faut pas être envieux ni jaloux, Leo, c'est le pire des sentiments, celui qui fait le plus souffrir ! » Je haïssais ces gens. Qu'ils meurent empoisonnés par leur chocolat et j'aurais dansé et ri sur leurs tombes !

Sachant que je traînais dans la rue pour la laisser dormir en paix, ma mère me donnait vingt-cinq centimes, un quart de dollar par semaine d'argent de poche. C'était une somme énorme car je savais ce qu'il lui en coûtait de la gagner ! Pour m'offrir des barres de chocolat et quelques B.D., j'économisais sur les transports et faisais tous mes déplacements à pied, c'est pourquoi je commençais à bien connaître les rues de La Havane.

Je m'étais habitué à la présence de cet homme que je trouvais toujours à la porte de son imprimerie vers onze heures du matin, l'heure où je passais par la rue Obispo. Je savais qu'il m'avait remarqué, parfois nos regards se croisaient. Je me félicitais de mon courage, car à la vérité l'homme au béret basque avait un regard qui me faisait peur. Il vous radiographiait, vous jaugeait, vous retournait les tripes. J'en déduisis que cet homme avait le don de lire dans les pensées.

Quand je ne voyais pas la silhouette de l'imprimeur se profiler dans le cadre de la porte, je l'imaginais à l'intérieur en train de travailler. J'étais très curieux de voir en quoi consistait son travail, mais de la rue, on ne voyait rien. Du fond d'un couloir sombre parvenait juste le ronflement monotone des machines.

Ce matin-là, l'imprimeur n'était pas devant sa porte et sans faire attention, j'ai continué mon chemin jusqu'au salon de thé pour acheter ma barre de chocolat. A ma grande surprise, il était attablé là, les manches de sa chemise retroussées. Je remarquai ses avant-bras et ses mains musclées qui contrastaient avec sa silhouette mince et nerveuse. Il était immobile, devant une inévitable tasse de chocolat et une assiette de churros. Il me regarda, sans un sourire. Puis d'un geste de la main, il me convia à m'asseoir à sa table. Paralysé, étonné et fier d'être invité par ce singulier personnage, je ne réagis pas sur-le-champ. Il récidiva. J'attrapai une chaise et m'assis en face de lui, sur mes gardes. Il commanda une tasse de chocolat et posa devant moi l'assiette de churros.

C'était la première fois que je mangeais des churros trempés dans du chocolat. Un cadeau du ciel, onctueux et parfumé. J'en perdis toute conscience de moi-même, ma timidité, la peur et la méfiance qu'il m'inspirait fondirent dans le plaisir de ce goûter improvisé. J'en oubliai le regard de mon bienfaiteur posé sur moi et m'enfilai churros sur churros sans me soucier de préséance et de conversation. Est-ce l'effet d'un ventre bien rempli, d'une gourmandise satisfaite, d'un cadeau au-delà de mes espoirs ? Il me sembla quand je levai enfin les yeux sur lui que le visage aride de ce monsieur était devenu plus humain. Intelligent et chaleureux, candide même. Un sourire l'éclaira. Nous n'avions toujours pas échangé un mot. C'est après une autre tasse de chocolat et une seconde tournée de churros que je crus poli de me manifester.

« Vous êtes espagnol, Monsieur ?

— Basque. Et tu peux me tutoyer, petit. Le vouvoiement, c'est bon pour les bourgeois. »

Comme il y allait le Basque, sans perdre de temps en niaiseries, il mettait cartes sur table ! Comme s'il me connaissait depuis toujours pour m'avoir regardé passer devant son imprimerie, et il tenait à me le prouver.

« Tu ne vas pas à l'école. Tu n'as pas de copain, pas un sou en poche. Tu t'emmerdes. Tu as l'air paumé, même les cœurs les plus endurcis ne pourraient être indifférents à ton désarroi. Tu m'es sympathique parce que tu es, comment dire... exilé. L'exil est mon royaume. Mon nom est Antonio Altuna, mais tu peux m'appeler Antton, comme tout le monde par ici. »

Il me tendit la main. Jamais un adulte ne s'était présenté à moi de cette façon. Je lui tendis la mienne.

Une fois cette formalité accomplie, Antton se mit à « parler affaires ».

« Veux-tu travailler pour moi ? J'ai besoin d'un coursier. Tu m'as l'air solide, tu as de bonnes jambes de marcheur, je t'ai observé. Si tu n'es pas trop paresseux, si tu es honnête et pas trop con, tu as de l'avenir dans mon imprimerie. Tu auras un salaire, modeste, bien sûr, mais proportionnel à ton travail. Alors, c'est oui ou c'est non ?

— Oui. »

J'ai répété plusieurs fois oui, étranglé par l'émotion. Je me voyais réveillant ma mère et lui disant : « Ça y est, Ma, bientôt tu pourras arrêter cette saloperie de travail, quitter le bar Eva. J'ai trouvé un travail, je vais gagner de l'argent ! »

149

Altuna me fit faire le tour de l'imprimerie. Le couloir débouchait sur une très grande pièce, haute de plafond, traversée de poutrelles métalliques. Le Basque m'expliqua qu'il avait cassé les murs de cette ancien dépôt de meubles pour pouvoir y mettre ses machines. Il y avait quatre rotatives et quatre personnes travaillaient sous ses ordres. Antton s'était installé un petit bureau sur une mezzanine où l'on accédait par un escalier bancal. Du haut de son perchoir, il avait une vue sur l'ensemble de l'atelier. C'est là qu'il m'expliqua mes devoirs et les avantages que je pourrais tirer de ce travail.

« Tu porteras la marchandise aux clients. Des paquets assez lourds. Tu travailleras à pied dans le périmètre, je te donnerai ce sac en bandoulière. Sais-tu au moins monter à bicyclette ? Si tu te débrouilles bien, je t'enverrai du côté du Vedado ou de Marianao. Tu porteras également le café à mes employés, et j'espère que tu n'es pas contre le fait de passer un coup de balai de temps en temps.

— Non. Ma mère était domestique dans une maison bourgeoise à Santiago, le balayage, je connais. »

Je ne le quittai pas du regard pour bien enregistrer sa réaction. Allait-il afficher de la pitié pour le fils d'une femme de ménage, manifester de la condescendance, faire un geste de consolation ?

Son visage resta de marbre. Il se borna à dire :

« L'après-midi, tu mangeras avec nous. De la bonne cuisine gallega. Le bistrot est à côté. Quelquefois je mitonne un plat basque pour tous les clients. Ça n'arrive pas souvent... mais ça arrive ! »

J'ai couru de la calle Obispo à la calle Zanja. J'ai monté l'escalier quatre à quatre. Essoufflé, en nage.

Ma mère venait de se lever. Les cheveux en bataille, des cernes sous les yeux, un regard brouillé, un pli au coin des lèvres. Elle était assise à table, l'unique petite table qui nous servait à tout. L'évier était rempli d'assiettes sales et de cendriers. Elle fumait ces épouvantables cigarettes brunes qui m'arrachaient la gorge et buvait un café noir, épais et sans sucre.

« J'ai trouvé du travail, Ma ! »

Sautant sur place et gesticulant, sans reprendre mon souffle je lui ai tout raconté. Antonio Altuna, dit Antton le Basque, l'imprimerie, le chocolat et les churros, sa proposition et l'avance de cinq pesos qu'il m'avait déjà donnés. Je déposai le billet bien plié sur la table.

« Cinq pesos, maman, tu te rends compte, cinq pesos ! »

Elle regarda le billet sans le toucher, ses yeux lancèrent des flammes :

« Tu es bête ou quoi ? Je t'ai laissé traîner dans la rue parce que je pensais que tu étais raisonnable. Nous ne sommes pas à Santiago, idiot ! Ici c'est La Havane, et cette ville est pourrie jusqu'à la moelle, je suis bien placée pour le savoir. Un Gallego... il ne manquait plus que ça !

— Basque, je te dis !

— C'est encore pire ! Que sais-tu de ce mec ? Est-ce qu'il ne serait pas un peu vicieux sur les bords ? Tu es assez grand pour savoir que les ogres ne sont pas une invention des contes de fées. Les types qui aiment les enfants, tu sais ce que ça veut dire ? Tiens, regarde ce que j'en fais de ton billet de merde ! »

Elle prit le billet de cinq pesos et avant que je puisse l'en empêcher, elle le brûla sous mes yeux.

C'en était trop, ce geste me rendit fou. Ivre de rage, révolté, je me roulai par terre en trépignant, pleurant et donnant des coups dans les meubles et les murs. Les voisines de chambre et la patronne de la pension accoururent. Elles m'appliquèrent des glaçons sur le front, me firent respirer des sels, parlèrent de faire venir le médecin, ce que ma mère refusa.

Une fois calmé et seul avec ma mère, je lui fis jurer qu'elle ne refuserait pas une rencontre avec Antton.

« On verra, dit-elle. Si je trouve que le type n'est pas net — et je suis la seule juge, tu m'entends ? — promets-moi que tu oublieras cette histoire. »

Le lendemain matin, à l'ouverture de l'imprimerie, j'étais devant la boutique où Antton m'attendait.

« Ma mère veut te rencontrer.

— Je ne serai pas mécontent non plus de faire sa connaissance. Qu'elle passe quand elle veut.

— Aujourd'hui à cinq heures, elle va venir avant de se rendre à son travail.

— Parfait. Et maintenant, au boulot ! »

Il remplit le vieux sac de postier à courroies de cuir, me donna le carnet à souches pour les reçus et une feuille où étaient notés les adresses et les noms des clients chez lesquels je devrais me rendre.

J'étais fou de joie.

Toute la matinée je parcourus le vieux quartier de La Havane, je pénétrai dans les cours et sous les porches de beaux vieux immeubles, je découvris par la porte entrouverte de paisibles demeures, ombragées et sentant l'encaustique, je rencontrai des dames aimables et des vieux messieurs à l'allure distinguée qui me remerciaient poliment en me glissant une pièce de pourboire.

En milieu d'après-midi comme prévu, je suivis le Basque et ses ouvriers à la cantine du coin. L'endroit était modeste et bruyant. Rosa-la-Gallega, une fille ronde avec des joues comme des fesses et des fesses comme des montgolfières, faisait des blagues en se frayant un passage d'une table à l'autre avec le seul souci de remplir la panse de « ces brigands », comme elle disait.

« C'est qui, celui-là ? demanda-t-elle.

— Mon filleul, répondit le Basque.

— Il est maigre comme un coucou, faudra arranger ça », proclama Rosa.

Rosa ne plaisantait pas.

Je sortis de table plein comme un œuf, obligé de desserrer d'un cran ma ceinture. La marche à pied qui suivit me permit de digérer.

La rencontre entre ma mère et Antton eut lieu au café du coin sans que j'y sois convié. J'attendis sagement dans le bureau du Basque en regardant les feuilles sortir des rotatives avec une régularité obsédante. Au bout d'une heure qui me parut des siècles, Altuna se pointa.

« Ta mère t'attend au café. A demain, petit ! » dit-il en me congédiant.

Mon cœur battait du bongo dans ma poitrine. Cet « à demain » était vraiment bon signe.

Quand j'arrivai au café, la table n'était pas encore desservie. Ma mère n'avait pas mis sa tenue de serveuse du bar Eva et je lui fus reconnaissant de porter un chemisier à manches longues au col boutonné et une jupe toute simple. Ses cheveux étaient tirés en chignon dans le dos, elle n'était presque pas maquillée. Ma mère fumait devant une tasse de café vide, les yeux dans le vague, tout juste si je n'étais pas transparent.

« Alors, Ma ?

— Tu as raison, Leo, cet Antonio Altuna, c'est un type bien. »

Je m'assis en face d'elle, tremblant et ravi. A cet

153

instant précis, j'eus l'intuition qu'Antton le Basque allait changer nos misérables vies pour toujours.

Berta Maria et Leonardo Esteban ont vidé leur dernière bouteille. A présent le vent du large souffle, et Berta Maria frissonne. Leonardo propose à sa maîtresse de redescendre vers le port et de prendre un taxi pour regagner leur hôtel.

Au lieu de monter directement dans leur chambre, Berta Maria insiste pour traîner et boire un cognac sur un coin de canapé dans le vaste hall de l'hôtel.

« Cet endroit me rappelle les restaurants de Berlin-Est, ou le métro de Moscou. Idéal pour les confidences... »

Je travaillais à l'imprimerie d'Altuna depuis deux semaines quand, en mars 1952, à la suite d'un coup d'Etat militaire, le général Batista prit le pouvoir. Antton et ses ouvriers étaient catastrophés, ils passaient tous les repas à discuter de la situation. Les avis étaient très partagés. Deux des ouvriers ne cessaient d'invoquer le fait que Batista avait constitué un gouvernement avec des ministres communistes en 1940. Antonio rétorquait que Batista avait joué la carte de la démocratie, poussé par le contexte mondial de l'époque, que ce n'était pas une preuve de libéralisme. « C'étaient les années de guerre, disait-il, Cuba était l'allié des Etats-Unis qui à leur tour étaient alliés à l'Union soviétique, mais les temps ont changé. J'espère, pour le bien de cette île que j'ai appris à aimer, que cette dictature ne va pas durer. Je crois aux symboles, mes amis. Batista président

s'habillait en costume de coutil blanc, uniforme traditionnel des hommes politiques cubains. Batista
dictateur a chaussé ses bottes militaires, et même s'il
nous refait le coup du costume blanc, attendons-
nous au pire. »

« Que faire ? » demanda quelqu'un.

Le Basque nous regarda à tour de rôle, moi y
compris car, malgré mon jeune âge, il me considérait
comme un travailleur parmi d'autres.

« Pour l'instant il n'y a rien à faire... on avisera...
le moment venu. »

Antton n'attendit pas longtemps pour prendre
position contre la dictature.

Vers la fin de l'année 1952, de mystérieux changements se produisirent à l'imprimerie. Une des
machines disparut sous prétexte qu'elle était en
réparation. Souvent, après la fermeture, Antton restait à discuter avec ses ouvriers et des visiteurs qui
prenaient mille précautions pour entrer et sortir par
la petite porte qui donnait sur la rue Obispo. Ils arri-
vaient les mains vides et repartaient avec des sacs
remplis de brochures et de tracts qu'Altuna impri-
mait la nuit. J'observais ce manège de loin, car pour
ma mère et moi beaucoup de choses aussi avaient
changé. A l'imprimerie, la situation était telle que les
commandes diminuèrent. Le frère d'un des ouvriers,
un jeune homme de vingt ans, me remplaça pour
faire les livraisons en motocyclette. Il transportait
aussi d'autres paquets plus confidentiels.

Un jour Antton me convoqua dans son bureau et
me reçut avec tout le cérémonial qu'il réservait à ses
clients de marque. Il avait un thermos de café noir
en permanence sur sa table, et je me souviens d'avoir
bu ce jour-là mon premier café noir. Pour la première fois aussi, Antton me parla de lui. Il me
raconta qu'il avait été séminariste et se destinait à

être prêtre lorsque sa vocation fut « déviée » — ce sont ses propres termes — et qu'il s'orienta vers des études de droit, de philosophie et de lettres. Il s'apprêtait à devenir professeur ou avocat, la guerre civile espagnole fit de lui un « soldat de la liberté ». Son sourire se voulait ironique, mais il était empreint de gravité.

« Tu es né en 1942, n'est-ce pas, Leonardo ?

— Exact.

— Tu vas avoir onze ans l'année prochaine. Il faut que tu reprennes l'école, que tu ailles au catéchisme. En attendant je t'aiderai pour les matières importantes, histoire et géographie, mathématiques, grammaire... Je t'initierai un peu aux techniques de l'imprimerie. Je te ferai lire. Quiconque se prive des joies de la lecture manque une expérience essentielle, mon fils. »

Pour la première fois il m'appela son fils. Se rendait-il compte de l'émotion et du trouble qu'il souleva en moi ? J'en doute, mais ce mot, plus que toutes les décisions qu'il prenait concernant mon avenir, me renvoya à ma mère. Elle avait pris l'habitude de venir me chercher à l'imprimerie en fin de journée avant d'aller au bar. J'étais heureux de voir qu'elle avait retrouvé ce que j'appelais « sa tête de Santiago ». Elle ne se maquillait plus, son regard était clair, un visage souriant. Antton avait convaincu ma mère de retourner à la religion de son enfance. Nous allions tous les trois à l'église. Et si ma mère et le Basque priaient avec une conviction qui me laissait perplexe, je suivais la cérémonie comme une pièce de théâtre. J'aimais particulièrement la communion, les petites filles vêtues comme des mariées s'avançant dans les allées avec des airs de saintes me donnaient des frissons.

Antton tint sa promesse, il s'occupa de mes études

et me fit faire des progrès notables. D'ailleurs, je n'étais pas son seul élève. Ma mère aussi s'était mise à la lecture, elle dévorait les livres qu'il lui prêtait et qu'elle recouvrait d'une feuille de papier couleur pour ne pas les abîmer. Pour en dissimuler les titres aussi : *L'Etat et la Révolution, Le Manifeste du parti communiste, Que faire ?* J'enregistrai par la même occasion les noms des auteurs. Engels, Marx, Lénine.

Un jour, ma mère m'annonça solennellement que désormais elle n'irait plus travailler au bar Eva.

« Tout s'arrange pour le mieux, Leo, toi tu retournes à l'école, quant à moi, Antton m'a proposé d'être sa secrétaire. »

Puis comme une chose naturelle et qui allait de soi, vers la fin de janvier 1953, nous emménageâmes dans l'appartement qu'Antton possédait au-dessus de l'imprimerie. « Tu auras enfin une chambre à toi », avait dit ma mère. C'était un événement, une chambre rien que pour moi que je remplirais de livres, que je décorerais en épinglant aux murs les photos de mes actrices préférées et les affiches de films que j'aimais. Les choses ne pouvaient pas se présenter mieux.

J'allais à l'école, ma mère fit à nouveau la cuisine et tint la maison en bon ordre. Sauf que cette fois-ci c'était notre maison, puisque Antton parlait de mariage et qu'il avait pris l'habitude de m'appeler « seme ».

Un matin de juillet 1953, on entendit à la radio qu'une attaque avait eu lieu à la caserne de la Moncada, dans la province d'Oriente.

Des sources proches du gouvernement déclarèrent que l'armée tenait la situation en main, que les bandits avaient été liquidés, et ils annonçaient à grand tapage la mort d'un certain Fidel Castro et de son frère Raúl.

Quelques jours plus tard, les journaux indépendants donnèrent un aperçu de ce qui s'était vraiment passé. Des jeunes révolutionnaires étaient morts au combat ou avaient été assassinés, d'autres comme Fidel et Raúl Castro se trouvaient en prison.

C'est vers la fin de l'année 1953, si riche en événements pour l'île en général et pour ma mère et moi en particulier, qu'Antonio Altuna nous invita à dîner au restaurant du Centre basque de La Havane.

Pour l'occasion, il voulut m'offrir un costume et me conduisit chez un tailleur libanais de ses amis qui avait pignon sur rue. Et pour comble de bonheur, il eut l'élégance de me laisser choisir comment je voulais m'habiller. Je ressortis comme un gangster de cinéma américain, en complet sombre à rayures, chaussures bicolores, chemise claire et cravate large. James Cagney, Humphrey Bogart, Edward G. Robinson et George Raft étaient mes héros.

Ma mère aussi s'était mise sur son trente et un. Elle portait une robe vert anis avec un grand col blanc amidonné et ceinturée à la taille qu'Antton lui avait offerte. Elle avait souligné sa paupière d'un trait noir qui remontait sur ses tempes et lui faisait de grands yeux langoureux. Dans ce restaurant bondé, mon parrain et moi-même nous sentions fiers d'être en compagnie d'une aussi jolie femme.

Nous devinions, ma mère et moi, qu'Antton avait quelque chose d'important à nous dire, mais il garda le suspens jusqu'à la fin du repas. Pour faire plaisir à mon parrain, parce que la morue au pilpil était exquise et que j'avais eu le droit de boire un verre de vin rouge, j'étais dans un état second qui m'empêcha de suivre le discours qu'Antonio Altuna improvisa ce soir-là. Je n'en retins que les points essentiels, le ton passionné de la voix et l'intensité avec laquelle il dévorait ma mère des yeux.

« Pendant la seconde guerre d'indépendance, mon oncle a dû se battre contre les patriotes cubains, déclara-t-il en substance. Après la guerre il est resté à Cuba et il est devenu patriote à son tour. J'ai hérité de lui mon amour pour cette île et ma haine de la dictature. J'ai lutté contre Franco en Espagne, je lutterai ici contre Batista. Je connais les horreurs de la guerre et je ne veux pas vous impliquer dans ce combat si les choses venaient à se gâter. »

Ma mère ne le quittait pas des yeux, on aurait dit que tout son corps se consumait. Pour la première fois je la vis se pencher vers lui et lui prendre une main qu'elle garda enfermée dans la sienne.

« Nous serons avec toi quoi qu'il arrive, Antton », dit-elle, sans me demander mon avis.

Le Basque étreignit la main de ma mère et la porta à ses lèvres, puis son regard de feu se posa sur moi. C'est alors que je m'entendis dire sur le même ton de ferveur passionné qu'elle :

« Quoi qu'il arrive, parrain, je serai avec toi. »

Puis nous avons levé nos verres et trinqué dans un même élan. Aucun de nous, en cette fin d'année 1953 où toute La Havane ne pensait qu'à s'amuser, ne pouvait imaginer ce qui nous attendait.

LE LABOURD

Novembre 1998

Ambroise D. Gómez Pérez tint parole. Il profita de ses nombreux contacts personnels et professionnels pour partir à la recherche du cousin d'Antonio Altuna, éleveur de chevaux du côté de la basse Navarre, une indication qui, si vague soit-elle, suffit cependant à retrouver sa trace.

Un matin, il appela Leonardo Esteban de son bureau.

« Leonardo ! J'ai une bonne nouvelle pour toi ! Mon ami curé TxeTxe Etchepare connaît ton homme. Le vieux paysan est un ami à lui. Il propose de nous conduire chez ce Louis Altuna. J'ai pris rendez-vous chez Noblia à Bidarray. L'endroit va te plaire, c'est le quartier général des marchands de bestiaux. Je passe te chercher ! *Agur !* »

L'établissement était sommaire et rustique avec des meubles en bois d'un autre âge et un comptoir antique. S'il ne payait pas de mine, il était évident qu'on devait y manger bien.

En entrant avec Gómez Pérez, Leonardo fut frappé de voir qu'il était surtout fréquenté par des paysans, des terriens massifs, aux visages travaillés par le labeur et les intempéries. La plupart portaient pantalon épais, chandail sur les épaules, espadrilles, et sur la tête bien sûr le fameux béret.

Remarquant l'intérêt de son ami pour ces hommes rudes, économes en paroles, Gómez Pérez ne put s'empêcher de blaguer.

« L'office du tourisme les a mis là exprès pour toi, Leonardo !

— Aimable attention ! A propos de couleur locale, regarde le type qui arrive... un spécimen rare, non ?

— C'est le curé que nous attendons. »

TxeTxe Etchepare fit son entrée, entièrement vêtu de noir, le béret plaqué sur ses cheveux de neige, un sourire avenant de politicien en campagne. La croix d'or au revers de son veston était l'unique signe de son sacerdoce. Il passa d'une table à l'autre en distribuant poignées de main et tapes sur les épaules, sans oublier un bon mot à la serveuse dont la croupe rebondie ne lui était pas indifférente.

« Quel phénomène ! commenta Gómez Pérez en l'observant. Même les plus fermés se dérident à son contact, tout en lui respire la gaieté ! »

Il se leva pour accueillir le prêtre. Etchepare retira son béret. Sa chevelure blanche très fournie contrastait avec le crâne chauve de Gómez Pérez.

L'homme d'affaires bayonnais fit les présentations, tandis que la serveuse apportait les apéritifs. Au passage, le curé lui caressa le menton d'un geste qui se voulait d'une innocence toute paternelle.

Puis Etchepare qui n'était pas homme à tourner autour du pot trop longtemps annonça sans préambule :

« Mon ami Altuna... Louis Altuna... se souvient en effet d'un cousin exilé à Cuba avant la Seconde Guerre. Louis n'a pas eu de nouvelles de lui depuis un demi-siècle. Ambroise, ici présent, m'a parlé d'une histoire de valise à laquelle je n'ai rien compris. De toute façon, je n'en ai pas encore parlé à Louis. — A propos Leonardo, est-ce que je peux te tutoyer ? — Oui. Tant mieux ! Dans ma paroisse je tutoie tout le monde. Jeunes et vieux. Notables et gens modestes. — Je te disais donc que la rencontre avec Louis Altuna promet d'être tout sauf facile. L'homme approche des quatre-vingts ans. Depuis la mort de sa femme qui remonte à une vingtaine d'années, il vit en reclus sur ses terres et ne supporte que la compagnie de ses pottokak. »

Le curé parlait vite et fort, Leonardo avait du mal à le suivre. Au mot pottokak, il tenta de l'interrompre pour lui demander une explication, mais déjà le curé lui fournissait la réponse.

« Pottok, oui, le nom d'une race de petits chevaux basques. *Pottok* au singulier, *pottokak* au pluriel. Tu vois la force de la langue basque ! Par exemple, *lagun* veut dire ami, *laguna* l'ami, et *lagunak* les amis. »

Voyant le tour que prenait la conversation, Ambroise D. Gómez Pérez crut bon d'intervenir.

« N'assène pas un cours de langue basque à notre ami ! Il faut que je te dise, Leonardo... TxeTxe, prêtre catholique, apostolique et romain, est avant tout basque. Certains le critiquent pour son nationalisme un peu excessif.

— Fous-moi la paix, Dioclétien, ça pourrait mal finir ! »

Pour la première fois je vois Ambroise D. Gómez Pérez devenir rouge pivoine. Lorsque je lui avais demandé ce que signifiait ce D. entre son prénom et son nom patronymique, il m'avait répondu « secret d'Etat ». Ainsi donc j'avais la clé. Ce prénom d'empereur romain lui allait à merveille.

La vive réaction de son ami le curé porta ses fruits. Pendant le reste de l'entrevue Gómez Pérez se fit d'une discrétion exemplaire et, tout penaud, nous accompagna jusqu'à la vieille Land Rover d'Etchepare.

« Ma femme m'attend pour une tombola à sa paroisse... suprême vertu des bonnes œuvres de l'église... » laissa-t-il tomber laconique, avec une pointe d'ironie.

Etchepare qui n'avait pas remarqué l'air froissé de son ami le serra contre sa poitrine et lui donna deux baisers sonores sur les joues.

« Mes hommages à Jacinthe Madeleine. Si j'en avais deux comme elle dans ma paroisse, je remercierais le ciel... Allez, en route l'Argentin !

— Cubain, mon père, Cubain. »

Assis à côté du curé qui conduit, je retrouve avec bonheur ce paysage dont je ne me lasse pas. Palette de verts et de bruns, de roux et d'or des collines, camaïeu de bleus des rivières.

Depuis qu'il a pris le volant, Etchepare est plus volubile que jamais. Son extraordinaire énergie et son amour du verbe m'empêchent de contempler le paysage comme je voudrais.

« Quel chic type, ce Dioclétien ! S'il avait eu les couilles de retourner à la religion de ses ancêtres, quel admirable rabbin il aurait fait ! C'est drôle, vois-tu, je me sens l'âme œcuménique, de plus en plus. Je suis convaincu que les grandes religions monothéistes ont en commun le rayonnement du Dieu unique sur la terre ! Mais au lieu de réunir nos forces, on se tire dans les pattes et on laisse notre ennemi commun, le matérialisme et l'impérialisme conquérant des Américains, s'octroyer le monopole de la religion. Ce n'est pas Dieu qu'ils glorifient, ni l'homme, mais le dollar. Le dollar est leur dieu. Ils vont tous nous baiser. Je me suis baladé il n'y a pas si longtemps dans les ex-pays communistes, Prague, Berlin-Est, Budapest, Moscou... Et qu'est-ce que j'ai vu ? Partout, l'Antéchrist... McDonald's, Coca-Cola, American Express... Et si ça n'était que ça ! Mais le dollar a contaminé les têtes, les cerveaux et les cœurs. La misère morale et économique de ces pays est cauchemardesque... la misère... »

Il reprend son souffle et poursuit : « Au moins sous les régimes communistes les gens se dépassaient, moralement parlant, ils luttaient pour la liberté, ils rêvaient de démocratie. Mais aujourd'hui... comment lutter contre ce qu'on appelle le bien-être ? Rouler en voiture, en changer quand bon vous semble, bénéficier de la technologie de pointe, voyager... Des revendications légitimes, après tout. Mais pourquoi faudrait-il vendre son âme pour avoir droit à un minimum de confort et d'illusions ? »

Il part dans un grand rire et la voiture se met à tanguer, comme attirée par la volupté du vide.

« Tu as entendu tout à l'heure les allusions d'Ambroise sur mon soi-disant nationalisme ? Un soir, j'avais un petit coup dans le nez et j'ai eu le malheur de faire quelques blagues, suggérant que le prochain pape pourrait être basque, maintenant il en profite pour me charrier dès que l'occasion se présente. Alors pour me venger, je l'appelle par son deuxième prénom, un prénom qu'il déteste, va savoir pourquoi... chic type, tout de même, ce Dioclétien... Je n'ai rien contre le Vatican, je dirai même que j'admire notre Jean-Paul II. Aller narguer les Américains à Cuba, faire là-bas des déclarations contre l'embargo tout en rappelant à Castro quelques vérités... pas mal, non ? Je ne voudrais pas t'offenser, l'ami... mais ces prisons bourrées de prisonniers politiques, ces journalistes persécutés... franchement... Castro a bien libéré une centaine de bougres parce que le pape lui demandait, alors pourquoi ne pas libérer les autres ? »

Sa question reste en suspens, relayée par le silence des montagnes et des champs. Je mets un moment avant de lui répondre.

« Il faudrait poser cette question à d'autres. Aux Cubains sur place, par exemple, à ceux qui vivent dans l'île. Moi, j'ai choisi de ne plus y retourner. »

Ma réponse semble le réjouir, son visage s'illumine.

« Ah bon ? Et pour quelle raison, si ce n'est pas indiscret ? »

Je n'ai pas envie de lui raconter ma vie, je n'ai pas envie de me confesser à ce curé de campagne qui conduit sa Land Rover comme un tracteur. Je m'en sors par une pirouette qui ne m'engage à rien.

« Quelqu'un m'a raconté que dans les années 60 Jean-Paul Sartre conseillait aux jeunes Français de devenir cubains. En cette fin de siècle où toutes les boussoles semblent se détraquer, seriez-vous surpris qu'un Cubain vous dise "je veux devenir basque" ? »

TxeTxe, cramponné à son volant, part dans un grand rire. Tout le véhicule vibre, le moteur est pris d'une toux caverneuse. Je ne suis pas rassuré car la route est accidentée.

« Je ne serais pas étonné, non. Nous sommes mieux placés que personne pour comprendre, nous avons connu des exodes, la fièvre des nomades, le brassage des peuples. Les deux côtés de l'Europe ont, un jour ou l'autre, traversé les Pyrénées. On retrouve des Basques partout en Amérique du Nord et du Sud, aux Antilles... Ici chez nous, je connais pleins de jeunes attirés par Cuba. Et quand ils y vont, ils reviennent rarement les mains vides, si j'ose dire. Le mariage avec les Cubaines, noires ou métisses surtout, est devenu un phénomène courant. J'ai déjà baptisé plus d'une dizaine d'enfants. De beaux bébés aux yeux bleus et à la peau café au lait font déjà partie de notre paysage. En tant que directeur de conscience, confesseur ou ami des familles, j'ai aussi fait une drôle de constatation. Souvent des adolescents m'avouent que leur plus grande ambition est d'émigrer en Australie, un pays plein d'avenir, paraît-il. Il y a des périodes comme ça dans l'histoire de l'humanité. Pour une raison ou pour une autre, personne n'est content là où il est. »

TxeTxe Etchepare comme s'il n'attendait pas de réponse se met à murmurer quelque chose que je prends pour une prière. Il tapote rythmiquement son volant puis élève un peu la voix. Je me rends compte qu'il chantonne une chanson d'un groupe de rap français que j'ai entendue à la radio. Puis il rompt le silence.

« Ce long discours pour te dire... bienvenue chez nous, Leonardo ! »

La Land Rover quitte la route des crêtes pour s'engager sur une voie secondaire qui descend en lacet vers la plaine, découvrant un patchwork de champs bien labourés.

« Regarde-moi ce paysage », dit le curé, l'embrassant d'un geste large. Toi qui veux t'établir ici... regarde ces parcelles de terre travaillées avec amour entre deux montagnes hautes. A l'image de ce pays. Des montagnes éternelles. Mais à y regarder de plus près, on dirait que l'une nargue et se méfie de l'autre. Deux Basques, fiers d'être basques. En dehors de cette certitude, tout le reste est superflu. Nous sommes un peuple de montagnards, indivi-dualiste et têtu. Comment toi, du pays des palmiers, pourras-tu t'adapter au chêne pédonculé, l'emblème de chez nous ? Ça reste à voir... une expérience à suivre... »

La maison de Louis Altuna est une authentique maison basse navarraise. Murs épais blanchis à la chaux et panneaux de bois rouge sang de bœuf. Deux étages, des grandes fenêtres pour laisser entrer la lumière quand les journées sont belles. Le curé me fait remarquer la porte d'entrée, orientée comme il se doit vers le soleil levant.

« C'est une des traditions de ce pays que j'aime le plus. Certains de mes confrères en religion font la fine bouche. Trop de choses dans les us et coutumes de chez nous font référence à des vieilles croyances païennes. C'est tellement beau et symbolique, cette façon d'offrir sa façade au dieu soleil ! »

Un chemin goudronné mène jusqu'à la maison. Le ciel règle son compte à la terre. Des grosses gouttes fouettent le pays avec une violence rare. Eclairs et coups de tonnerre se succèdent. Le Cubain enlève ses lunettes trempées. Sa vision de myope se trouble, il ne distingue dans le cadre lointain de la porte qu'une silhouette d'homme massive et haute. Un vieil arbre tout noué et plein d'énergie. Les deux hommes courent sous la pluie. Malgré sa corpulence, le curé arrive le premier. Louis Altuna et TxeTxe Etchepare disparaissent à l'intérieur de la maison sans prendre la peine d'attendre leur invité.

Dans le vestibule, un énorme chien au poil d'ébène et aux yeux verts, solidement planté sur ses pattes, regarde fixement l'intrus. Leonardo Esteban hésite. Homme à chats, il déteste les chiens, il sait par expérience que ses mauvaises vibrations se transmettent à l'animal qui, à son tour, renvoie son agressivité à l'ennemi potentiel. L'homme et le chien s'observent un long moment, immobiles, sur le qui-vive. Les yeux de l'animal brillent dans la pénombre.

« Des yeux de cerbère, hein ! » marmonne Esteban pour mieux maîtriser son angoisse.

Dehors la pluie s'impatiente, rageuse, se laissant emporter par le vent pour mieux frapper les murs, la terre et les pierres.

Voix et rires lui parviennent d'une pièce à l'intérieur.

« Ces putains de Basques m'ont oublié ! »

Toute retraite se révélant impossible, il tente d'avancer malgré le chien qui lui barre le passage, poussant un méchant grognement.

« Toi, le cerbère, laisse-moi passer ! » dit-il d'un ton exaspéré.

Il entre dans une pièce qui pourrait être la salle à manger, à voir la table rustique qui trône au milieu, le buffet, le solide vaisselier avec sa batterie de cuivres et d'assiettes.

« Viens par ici Leonardo ! »

Le curé l'interpelle de la pièce voisine. Il entend un échange de mots en basque. Des rires fusent.

« La cuisine ! Nous sommes dans la cuisine ! »

Au passage, son regard s'arrête sur un coffre, une pièce du XVIIIᵉ sûrement, un de ces *kuxtas* dont lui a parlé Gómez Pérez, meuble précieux incrusté de croix à entrelacs. Dans un coin, un énorme poste de télévision est allumé, diffusant des images sans son.

La cuisine est éclairée par deux fenêtres. Une porte donne accès au potager derrière la maison. Etchepare est installé devant la table-huche avec ses tiroirs garde-manger. Sur la table, un pain, un fromage rond et trois bouteilles de vin. Des assiettes chargées de jambon, saucisson et chorizo s'offrent à la gourmandise des convives.

« Loulou nous attendait, comme tu vois. Il y a de quoi manger pour un régiment ! Loulou... voici le Cubain. Leonardo... voici Louis Altuna. »

Les deux hommes se serrent la main. Leonardo retient une grimace, la poigne de fer du vieux lui a broyé les doigts. Il prend place à table. La chienne s'approche de lui et pose sa mâchoire forte sur sa cuisse, lui adressant un regard humble.

« Hizkuntza ! Fous la paix à notre ami ! dit le vieux.

— Hizkuntza... répète le curé en se marrant, un verre à la main et portant de l'autre une fourchette de jambon de Bayonne à la bouche. Ce pauvre animal s'appelle Langue !

— Langue, oui... tout le temps en train de bouffer. »

Le paysan entame de bon cœur un gros morceau de fromage et découpe au canif une épaisse tranche de pain.

Réconforté par l'amitié de l'animal, Leonardo caresse la tête de Langue et lui refile une rondelle de saucisson. Le curé et le paysan ne font aucun cas de lui, ils mangent, boivent et discutent en basque sans prêter attention à leur hôte.

Ce n'est que bien plus tard, après avoir dévoré à lui tout seul un quart de pain, englouti deux assiettes de cochonnaille, fromage et piments d'Espelette, et vidé sans complexe une bouteille de vin que le curé semble se souvenir de la présence du Cubain. Il se penche vers lui et serre son bras à travers la table tandis que Louis est allé chercher quelque chose dehors dans la remise.

« C'est réglé ! Loulou va mettre à ta disposition la valise que son cousin Antonio lui a laissée avant de partir à Cuba. Mais ne le brusque pas. Louis est notre pic d'Anie, notre plus haute montagne. Il faut l'escalader petit à petit. En un mot, à toi de gagner sa confiance. Cette valise est un trésor. Elle contient des secrets de famille, il ne l'a jamais ouverte. Avant de te la confier, il veut savoir qui tu es. Quoi de plus naturel ? C'est pourquoi il m'a demandé si tu pouvais rester quelques jours. Tu as tout ce qu'il faut ? Brosse à dents ? Chaussettes de rechange ?

— J'ai pris mon baise-en-ville, comme on dit.

— Baise-en-ville ! Elle est bien bonne ! T'es à la campagne, mon gars, et, autant que je sache, Loulou n'est pas baisable ! »

Altuna revient avec une bouteille de Patxaran, boisson d'anis et de prunelle sauvage.

« Un verre pour la route ! » clame le curé d'une voix de stentor.

Avec sa Land Rover, la dose d'alcool qu'il a absorbée, la mauvaise visibilité et la route sinueuse, ce curé est cinglé ! se dit le Cubain, tout en caressant à rebrousse-poil la tête d'Hizkuntza et lui glissant à l'oreille :

« Il croit en Dieu, c'est peut-être pour ça qu'il ose tenter le Diable. »

De la patience, je suppose qu'il va me falloir une

bonne dose de patience pour communiquer avec ce paysan du Labourd profond.

Après le départ d'Etchepare, Louis Altuna me conduit dans ma chambre sans un mot. Nous montons au premier étage où quatre portes se suivent le long d'un couloir en forme de fer à cheval. Trois d'entre elles sont fermées par des cadenas, l'autre est ouverte, celle qui m'est destinée.

« J'ai condamné les autres chambres à la mort de ma femme », dit Altuna avec son accent bourru.

Il se précipite pour fermer les volets. La pièce a été aérée et dépoussiérée. Je l'entends jurer, un juron basque, magnifique, que j'enregistre. Plus tard, je lui demanderai de me le traduire. Ou plutôt je ne lui demanderai rien, par peur d'être déçu. Ça doit vouloir dire « merde ! », certainement. Avec une rapidité et une souplesse étonnantes pour un homme de son âge, Altuna se penche et essuie de son mouchoir la flaque de pluie sur le plancher. Puis il ressort comme il est entré.

L'endroit est plus modeste que mon pied-à-terre chez Gómez Pérez. Pas de motifs allégoriques et de dorures au plafond, ni de rideaux de velours. Mais je n'ai aucune raison de me plaindre non plus. Le lit est large et semble confortable. L'inévitable manka décoré de rosettes, de rouelles et d'éventails stylisés est accroché au mur. Un étage de tiroirs surmonte le coffre à abattants et le corps des portes. Le meuble attire par la beauté de son bois lustré et je ne peux m'empêcher de le caresser.

« Il est du début du XIXe siècle et appartenait à la mère de ma femme », dit Altuna, revenu me porter une bouteille d'eau minérale qu'il pose sur la table de nuit.

Puis il ressort sans me jeter un regard. Je retire

ma main du meuble avec l'impression d'avoir touché deux siècles enfermés dans la matière inerte.

Louis aura la gentillesse de me laisser faire une longue sieste sur ce matelas spartiate, parfait pour ma colonne vertébrale.

Plus tard, reposé, douché et détendu, je me laisse servir un repas dans la salle commune. Louis Altuna s'affaire à son fourneau.

Je propose de l'aider. « Vous êtes mon invité » dit-il.

Intimidé par le silence et l'austérité du paysan, je me lance comme un crétin dans un monologue que j'imagine spirituel, expliquant mon incapacité absolue à exécuter la moindre tâche ménagère ou à cuisiner le moindre plat.

« Frire un œuf... griller un steak, c'est à peu près tout ce que je sais faire... et encore... je préfère ouvrir une boîte, je suis champion pour ouvrir des boîtes ! »

D'habitude lorsque je fais cette boutade mes amis trouvent ça drôle. Altuna ne relève pas. Il va et vient, met le couvert pour nous deux, dépose le plat au milieu de la table, finit par s'asseoir en face de moi, se sert puis commence à manger, concentré sur son assiette, sans se soucier le moins du monde de ma présence.

Langue est de nouveau venue installer sa mâchoire sur ma cuisse. Puisque la chienne m'a adopté, à quoi bon chercher l'amitié du maître ? Le *bakalao* au pilpil est excellent, la morue baigne dans le piment, l'ail et l'huile d'olive, et je la mange avec un plaisir non dissimulé. Altuna lui aussi a l'air satisfait de sa préparation. Il semble approuver mon appétit, l'évalue à sa juste valeur, je le sais, nul besoin de commentaires.

Je commence à apprécier notre silence.

173

Une fois le repas terminé, Louis Altuna se lève pour faire la vaisselle, pas question de l'aider à desservir.

« Allez zapper, si ça vous amuse, dit-il en me tournant le dos.

— D'accord », dis-je.

Puisque Altuna m'a donné la marche à suivre, je vais dans la salle commune et me plante devant la télévision, talonné par Langue. Grâce à l'antenne satellite, je peux voir des chaînes de France, de Navarre et d'Espagne. Et je zappe comme un malade, sans que rien n'arrive à retenir mon attention. A mes pieds, Langue ronfle d'ennui.

Je suis sur le point de monter me coucher lorsque le vieux paysan entre avec un plateau, une bouteille de Paxtaran et deux verres. Sans la moindre hésitation, il met la chaîne Eskual Telebista qui diffuse de la musique et des danses du Pays Basque, et s'assoit sur le cicelú à côté de moi. Nous regardons défiler ces images folkloriques sans un mot.

Après avoir absorbé un troisième verre de Paxtaran, Altuna se lève et déclare :

« Il est temps d'aller se coucher. Demain on se lève tôt. »

Puis il ajoute « beau temps pour demain... » avant de disparaître avec son plateau.

Il est minuit passé. L'idée de me lever tôt me semble tout à fait indécente. Qu'entend-il par tôt ? Cinq heures, six heures du matin ?

Devant la porte de ma chambre Langue qui m'a suivi dans l'escalier s'assoit sur son postérieur et m'implore de son regard vert.

« Pas question de dormir dans ma chambre, encore moins sur mon lit, grosse bête ! » dis-je en passant ma main dans sa toison, et lui claquant la porte au museau.

La tête me tourne, je ressens cet état euphorique du deuxième ou du troisième degré de l'ivresse. Se saouler, me dis-je, c'est comme monter en ascenseur, un, cinq, dix étages... à un moment donné, l'ascenseur dégringole et c'est la chute.

Des coups frappés à la porte avec une énergie de printemps et une voix forte me tirent de mon sommeil comateux.

« Sept heures ! Le petit déjeuner attend à la cuisine ! »

Après un court instant de suspens, comme si le vieux s'était rendu compte qu'à cette heure matinale il serait plus poli de ménager son hôte, je l'entends dire doucement :

« *Kaixo, Leonardo, Kaixo !* »

Les épaisses tranches de jambon de Bayonne et le fromage de pays, sec et dense, me remettent l'estomac d'aplomb, et surtout, ce que je n'osais espérer, un café noir et serré que j'avale en fermant les yeux pour mieux le savourer.

« Bon, le café ? me demande Louis Altuna, comme un prévenu qui attend sa grâce ou sa condamnation.

— Un vrai café cubain. Comment le faites-vous ?

— C'est pas sorcier. J'ai du bon café italien et la cafetière qu'il faut. Un jour j'ai reçu ici deux jeunes photographes qui venaient faire un reportage sur mes pottokak. Je leur ai offert un café tellement dégueulasse qu'ils sont revenus le lendemain avec une cafetière italienne et quelques paquets de café moulu. Ce sont mes fournisseurs amicaux. Ils habitent Hendaye et ils n'ont qu'à traverser le pont pour aller faire leurs courses à Irun, la ville de tous les trafics. Pourquoi souriez-vous ? »

Je souriais parce que j'avais pris une tranche de ce jambon de premier choix et que je l'avais glissée discrètement dans la gueule de Langue qui l'avait engloutie en un clin d'œil, une façon de me faire pardonner de ne pas l'avoir laissée entrer dans ma chambre la veille au soir. Le matin, j'avais retrouvé la chienne couchée devant ma porte.

« Je vous imagine avec des photographes en train d'épier chacun de vos gestes et de vous mitrailler sans retenue !

— Et pourquoi pas ? » répond Louis Altuna.

Un fin sourire traverse son visage austère.

« Ils sont jeunes et très sympathiques. Tonio est napolitain, Angela est une petite Espagnole d'Estremadura toute mignonne. Ils font des photos et du bon café. Voyez-vous, j'ai mes faiblesses moi aussi... »

Pour la première fois je découvre la malice sous la sévérité du paysan. Et comme pour me signifier que j'ai monté dans son estime étant donné la passion que me témoigne Langue, il farfouille dans un tiroir et en extrait une photo qu'il me tend.

« Regardez. Je l'aime bien », dit-il.

C'est une photo de lui en noir et blanc, prise par ses amis. Elle frappe par sa simplicité. On peut y lire derrière le masque du vieillard l'expression de l'enfant, l'intelligence sensible. Jusque-là j'avais mis toute ma bonne volonté à déceler chez Louis Altuna une ressemblance avec mon parrain Antton, sans succès. A présent j'y lisais une évidente filiation.

Louis était aussi expert en météorologie. A la télévision, la veille au soir, le présentateur avait annoncé un temps maussade et pluvieux. Le paysan, lui, avait prévu du beau temps. Et le ciel était là, bleu et dégagé, avec un soleil qui semblait bien décidé à rester maître des lieux jusqu'à la tombée du jour.

Nous roulons dans sa vieille Jeep. Après une quinzaine de minutes de route de montagne, Louis gare son engin sur le bas-côté et nous prenons à pied le sentier qui monte vers le plateau. Je m'étonne de voir de drôles de tranchées armées de grilles et de piques en fer.

« Qu'est-ce que c'est ?

— Ah, ça ! soupire Altuna. Ce sont des passages à pottokak, ici on les appelle des "passages canadiens". Une voiture peut passer à l'aise mais le pottok, soit il s'arrête, soit il se prend les sabots dedans. Ça permet de délimiter leur territoire. »

Je marche derrière le paysan qui traverse la prairie à grandes enjambées jusqu'au bord du plateau d'où l'on a une vue magnifique sur la vallée et les montagnes.

« Les voilà ! Regardez, là-bas, en face ! Le troupeau de pottokak qui remonte la pente ! » s'exclame-t-il, pétri d'orgueil.

En bon dialecticien qu'il est, Louis Altuna va du général au particulier, il commence par me montrer le troupeau de loin, afin de me donner une vision d'ensemble, d'étudier le terrain sur lequel ils vivent et se déplacent.

Malgré mes lunettes, je n'ai pas l'œil de lynx d'Altuna. Et c'est en scrutant le flanc de la montagne que j'aperçois au loin une horde de poneys, de la taille de hamsters.

Nous restons côte à côte à suivre des yeux l'ascension du troupeau. Au grand air et sur les hauteurs, Louis est dans son élément. Métamorphosé, rayonnant. Il semble trouver sa vraie stature, à l'échelle du paysage, bien planté dans ses bottes de cuir au bord du précipice, le dos droit et puissant, le visage épanoui. Tout en lui respire.

« Le pottok est un petit cheval bien rustique malin à l'œil vif, à la crinière rebelle. C'est aussi un passionné d'espace et de liberté.

J'ai un ami Pavlovsky... Jacques Pavlovsky... il est éleveur, comme moi. Il a fait un livre sur le pottok, je vous le montrerai tout à l'heure. Ces animaux côtoient dolmens et cromlechs en suivant les mêmes pistes que nos ancêtres d'Isturits il y a mille ans. Je crois que le pottok, comme le Basque, est là depuis l'origine du monde. »

Louis tourne sur lui-même, comme pour s'assurer que le Pays Basque est toujours là, intact et inentamé.

« Voulez-vous voir mon élevage de près ?

— J'en serais très heureux. »

Nous remontons dans la Jeep. Langue grimpe sur la banquette arrière en jappant.

« Je n'ai pas de passages canadiens, dit Altuna, ça coûte trop cher. Une barrière fait l'affaire. Il faut tout de même encercler le troupeau pour qu'il ne se perde pas dans la nature. Mes quatorze hectares ne suffisent pas à leur soif d'indépendance.

— Quatorze hectares, ça vous semble étroit ? Imaginez-vous, Louis, qu'au triomphe de la Révolution on n'a laissé aux propriétaires terriens cubains que deux hectares de terre pour les besoins de leur famille ?

— Pourquoi ?

— Pour distribuer la terre à ceux qui n'en avaient pas, tout en poussant les uns et les autres à entrer dans des coopératives agricoles. »

Altuna conduit, les yeux fixés sur la route, absorbé dans ses pensées.

« Les coopératives... Ici, ça marche mais parce

qu'on a le choix. En toute liberté. Il faut laisser le paysan travailler sa terre comme il l'entend. Vous imaginez le pottok privé d'espace ? Ridicule ! Ça y est, nous y voilà ! dit-il, arrêtant brusquement la Jeep devant une barrière électrifiée.

— Au XVIIIe siècle, poursuit-il en ouvrant la barrière, la population locale a augmenté, le besoin en bétail et la superficie des cultures aussi. On a défriché des hectares de terre. Les conflits entre bergers et agriculteurs ont fait des ravages. Pour améliorer leurs pâturages, les bergers ont mis le feu aux landes. Le pottok, élevé en liberté, dévorait les jeunes pousses. La forêt basque a commencé à reculer, et les chevaux ont été repoussés toujours plus haut vers les sommets. Le pauvre pottok avait de plus en plus de mal à se nourrir. Ça n'est plus le cas aujourd'hui, regardez-les, comme ils sont beaux ! »

Les chevaux d'Altuna se déplacent en groupe et broutent l'herbe haute, indifférents à la présence de leur maître. Ils ont le poil lustré et l'air vigoureux. Me sentant obligé de faire un commentaire, je dis la première chose qui me passe par la tête.

« Beau poil !

— La robe, ça s'appelle la robe ! » reprend avec véhémence Altuna.

Puis il se fait un devoir de parfaire mes connaissances.

« La robe de l'alezan-gargorri est uniforme, jaune ou tirant vers le jaune. Celle du pie-pintto est à la base blanche. Le bai-gorri est rouge fauve. »

Tout en l'écoutant, je ne peux détacher mes yeux d'un petit cheval qui s'approche en trottinant et commence un étrange manège. C'est le seul qui semble nous avoir remarqués. Il avance, recule, hésite, fait un pas audacieux dans notre direction

179

puis s'immobilise à nouveau. Perdu dans ses explications techniques, Altuna n'a pas prêté attention à l'animal solitaire qui s'est détaché du groupe.

« Louis ! Regardez celui-là, comme il est drôle !

— Vous l'aimez bien, hein ? C'est Txirla, "Amande de mer", en français. Je trouve que ce nom lui va bien. C'est une toute jeune femelle. Regardez-la ! Elle vient me dire bonjour !

— Mais elle reste à distance.

— Normal, elle se méfie. Elle ne vous connaît pas. Le pottok a toutes les vertus du monde, mais il a été tellement maltraité qu'il a la méfiance dans les gènes. L'animal a participé à toutes les guerres depuis les Goths, les Celtes, les Romains, jusqu'aux campagnes napoléoniennes en Espagne. Au XIXe siècle, on lui a même fait tirer les wagons dans les mines. »

Sur ces paroles, Louis Altuna me plante là pour s'en aller rejoindre le troupeau un peu plus loin. Je me trouve idiot, les mains dans les poches au milieu du champ séparé par les doubles barrières, une en bois et l'autre électrique pour couper court à l'esprit libertaire des pottokak, j'imagine ! Me voilà donc en tête à tête avec Amande de mer, bien décidé à sonder le caractère de la petite femelle. Je tente une approche en décrivant des arcs de cercle autour d'elle, regardant ailleurs pour bien lui faire comprendre qu'elle ne m'intéresse pas du tout. Et pour me donner une contenance, je sifflote un air de Debussy.

L'animal se fige sur place et me nargue à son tour, choisissant çà et là une touffe d'herbe d'un air indifférent, puis elle me lance une œillade hautaine, comme pour me dire : « A quoi tu joues, à tourner comme ça autour de moi ? »

Je commence à fatiguer, il est presque deux heures

de l'après-midi, mon petit déjeuner est loin et l'estomac me tiraille. J'ai marché tête nue toute la matinée sous un soleil traître. Altuna m'a bien proposé un béret mais je n'en ai pas voulu, je me suis même vanté : « Pensez-vous, j'ai coupé la canne à sucre sous le soleil cubain, autrement plus méchant. »

Ce que je ne lui dis pas, c'est que j'avais un grand chapeau de paille, et une couche épaisse de crème solaire qu'un jeune Français romantique venu faire ses classes révolutionnaires m'avait laissée, avant de rentrer dans son pays tempéré.

Est-ce l'effet du soleil et de la faim, de l'air raréfié des hauteurs ? Je me surprends à parler au petit cheval...

« Tu as bien de la chance, Amande, tu es une vraie pie-baie. Ta robe est somptueuse, parsemée de taches blanches. Un jour, j'en suis sûr, un couturier de talent passera par ici et s'inspirera de toi pour créer un modèle qu'il baptisera "bai", tout simplement, ou encore Amande de mer... Tout est possible dans notre bas monde, comme dirait mon ami Ambroise Dioclétien Gómez Pérez que tu n'as pas le privilège de connaître. »

Txirla s'est arrêtée de brouter, elle lève la tête et nos yeux se rencontrent.

« Tu permets que je glisse ma main dans ta crinière fauve ? »

Constatant que le petit cheval ne s'effarouche pas, je m'exécute avec tact, procédant par étapes. Je lui flatte la crinière, la nuque, le toupet et le front.

« Ton vieux maître a raison. Ton regard est plein de douceur et d'intelligence. Permets-tu que je vérifie quelques détails de ton anatomie ? Voyons, voyons, il paraît que le pottok doit avoir un chanfrein droit et long, l'œil vif, les naseaux larges et bien ouverts, la bouche fine et bien fendue. L'attache de la tête à l'encolure doit être fine aussi. J'ai fait le tour ! Tu es assurément la plus belle créature pottok que Dieu ait jamais conçue, Amande, tu es parfaite ! »

La femelle ne bouge pas, elle se laisse cajoler, visiblement attendrie par le son de ma voix et mes compliments, ou serait-ce par les morceaux de sucre que j'ai glissés entre ses dents et qui ne la laissent pas indifférente ? J'ai toujours du sucre dans ma poche. Habitué à la pénurie cubaine, je ne laisse jamais traîner un morceau de sucre sur une table. Même en France, j'ai gardé cette manie. Souffrant du syndrome de « la période spéciale cubaine », j'en ai ramassé dans tous les cafés où je suis entré depuis mon arrivée ici. Résultat, j'ai les poches pleines de sucres joliment emballés, précaution inutile dans un pays qui ne connaît pas la carte de rationnement.

Quand Louis Altuna revient, il me trouve un bras autour du cou d'Amande, et l'autre flattant son front et ses oreilles.

« Vous avez conquis Txirla, l'ami ! Elle se laisse rarement approcher par un inconnu. J'ai des chevaux qui sont moins sauvages, que les badauds en promenade arrivent à amadouer par des gâteries et friandises, pas elle. Moi qui la croyais farouche... Qui sait ? vous feriez peut-être un bon éleveur ?

— Pourquoi pas ? Si je dois me recycler un jour, ce travail pourrait me plaire. »

Altuna et moi tombons d'accord pour prendre un repas sur le pouce, à la suite de quoi je monte dans ma chambre, laissant le vieux vaquer à ses occupations.

Couché sur le matelas, les yeux fixés aux poutres du plafond, je réfléchis à la situation. Pas une fois Altuna n'a fait allusion à son cousin Antonio, ni à la mystérieuse valise qu'il avait laissée là avant de s'exiler pour toujours. J'envisage avec angoisse la perspective d'une nouvelle soirée en tête à tête avec le vieux, entre télé et Patxaran. Je n'ai pas le choix, me dis-je, soit je me résigne et prends mon mal en patience, soit j'appelle Gómez Pérez à la rescousse. J'opte pour la seconde solution. Il faudra inventer une excuse pour ne pas vexer Louis et m'éclipser plus tôt que prévu, tant pis pour la valise, tout cela est au-dessus de mes forces.

Je me sens glisser dans le sommeil lorsqu'un grattement à la porte me fait sursauter, suivi de deux coups plus fermes. Je saute du lit, ouvre la porte. Louis entre avec la valise dans les bras, qu'il porte comme un enfant.

« C'est ce que vous êtes venu chercher, non ? Prenez ce qui vous intéresse et laissez le reste si ça vous arrange. »

Le vieil homme pose la valise sur le lit et sort. Langue en profite pour s'introduire dans la pièce et va se coucher sous la fenêtre dans un rectangle de soleil.

Il ne s'agit pas exactement d'une valise, mais d'un de ces gros sacs en cuir, long et large, avec des fermoirs en cuivre et des lanières, comme on en trouvait dans les années 30. Le cuir, taché d'humidité et cuit par la poussière, ressemble à une peau lépreuse. Les lanières sont en très mauvais état. Apparemment Louis n'y a jamais touché. S'attendait-il à voir un jour apparaître son cousin Antton, sinon pourquoi l'aurait-il conservée tout ce temps ?

« Si un jour tes pas te guident au Pays Basque, Leonardo, trouve la valise que j'ai laissée là-bas dans ma famille », m'avait dit mon parrain.

Je défais avec fébrilité les ceintures moisies, je m'acharne sur les fermoirs rouillés. Dans le sac, je trouve un paquet enveloppé d'une toile cirée ficelée que j'ouvre avec difficulté.

Des papiers, rien que des papiers. Des photos jaunies. Et des lettres. Des petits tas de lettres retenus par des rubans de différentes couleurs. Au dos de chaque photo, des noms de personnes, de lieux, des dates.

Un tas de photos des parents d'Antton. Il a hérité de la physionomie aride de son père, du regard de sa mère, une femme opulente au visage archaïque et souverain. Tous les deux ressemblent à un couple d'Espagnols de la fin du XIXe siècle. Sur un autre daguerréotype, on voit une petite dame assise avec un énorme chapeau sur la tête. L'homme, debout, se tient très droit à ses côtés, il est chauve, avec une barbe fournie et une moustache florissante. Ce sont les grands-parents, sans doute. Sur une autre photo, un enfant. En regardant ce portrait, les larmes me montent aux yeux. C'est Antton à huit ans. Il a de longs cheveux bouclés et porte un costume marin à large encolure qui lui tombe sur les épaules, et sur la tête un béret basque trop grand pour lui. Il respire la joie de vivre. Je reconnais avec émotion ses yeux pétillants.

Je remonte le fil du temps, en me plongeant dans la lecture de la correspondance, soigneusement triée.

Le père d'Antton, époux fidèle, écrit à sa femme, et l'on peut suivre à travers ses lettres le récit détaillé de ses voyages à travers le monde. Le père d'Antton importait du bois précieux et fabriquait des meubles qu'il réexportait ensuite.

Je trouve aussi une série de lettres de la mère d'Antton adressées à son fils alors qu'il est étudiant à Madrid, puis engagé volontaire dans les Brigades internationales aux côtés des troupes républicaines, et finalement réfugié en France. Elle parle de la vie quotidienne et retrace avec force détails les activités domestiques.

Les écritures sont lisibles et régulières, fastidieuses à force d'application. On sent aussi à travers ces confidences la forte présence de l'éducation religieuse. La mère d'Antton évoque le couvent où elle a été élevée, le père se souvient de ses classes à l'école primaire chez les curés.

Un paquet attire mon attention par son écriture différente, plus ample et chaotique. Dessus, on peut lire :

Cartas de tío Mathias Zumarraga
Cuba, 1896-1908

Des lettres de l'oncle Mathias Zumarraga, envoyées de Cuba à sa famille au Pays Basque, à l'aube du XXe siècle, lors de cette période charnière qui va de la guerre d'indépendance contre l'Espagne aux premières années de la République cubaine.

Il y a exactement vingt et une lettres. Le cœur tremblant, je parcours ces écrits qui remontent à un siècle.

Antton, je m'en souviens, m'avait vaguement parlé de cet oncle qui s'était engagé dans l'armée espagnole à l'âge de vingt ans, et avait embarqué après son instruction militaire sur un bateau pour Cuba. Pour la seconde fois de leur histoire, les Cubains prenaient les armes pour défendre la liberté. L'échec de la guerre de 1868-1878, longue et meurtrière, ne les avait pas découragés. Pour la seconde fois les « mambises », héroïques troupes cubaines, se lançaient dans la bataille. Et, comme Mathias Zumarraga beaucoup de jeunes Basques,

Catalans, Galiciens, Andalous... quittaient tout pour aller mourir dans une île lointaine.

Leonardo Esteban insiste pour montrer à Louis Altuna le contenu de la valise de son cousin Antton.

Après le dîner, ils étalent sur la table, d'un côté, les vieilles photos disposées par ordre d'ancienneté, de l'autre les paquets de lettres. Le paysan apporte une bouteille et deux verres, puis il prend le temps de regarder les photos l'une après l'autre.

« Je crois que ces documents doivent rester ici, Louis. Ils appartiennent à votre famille », dit Leonardo.

Altuna le dévisage, prend le temps de remplir leurs verres.

« J'ai quatre-vingts ans. A quoi bon conserver les traces du passé ? Tous ces gens sont morts et enterrés. Bientôt ce sera mon tour de mourir. Vous êtes venu de loin chercher ce sac. Antonio, mon cousin, vous l'a en quelque sorte légué. Respectez donc ses souhaits. Les photos... les lettres... tout est à vous. »

Comme si le prénom d'Antton servait de mot de passe, le vieux paysan se met soudain à parler de sa famille à la manière d'un homme qui retrouve par hasard les pièces d'un puzzle oublié depuis longtemps sur la table de son enfance.

« C'est une histoire comme une autre entre deux familles du Pays Basque. Mon père, né en Espagne, s'est établi dans le Labourd. Son frère Simon est resté à Saint-Sébastien où il a épousé Adela Zumarraga, la future mère d'Antton. Un été 1929, ma famille a décidé de rendre visite à leur famille de l'autre côté des Pyrénées. J'avais onze ans. Antton, né en 1906, était mon aîné de douze ans. Mon cousin était rentré chez lui pour les vacances. A l'époque, il étudiait au séminaire de Salamanque et il m'impressionnait parce qu'il portait en permanence des cahiers et des livres avec lui. J'aimais mon cousin parce qu'il me traitait en égal, d'homme à homme. Nous montions à pied les monts Urgull et Igueldo qui enserrent la baie de la Concha. Nous restions des heures à regarder la mer. Parfois Antton me lisait des livres. C'est au cours de cet été que j'ai entendu parler de ce Mathias Zumarraga qui s'était engagé dans les troupes espagnoles envoyées en renfort à Cuba pour combattre les rebelles. C'était à la fin du XIXe. »

Louis Altuna se penche sur les photos, les manipule avec délicatesse et en choisit une qu'il montre à Leonardo Esteban. Sur le cliché, on voit un groupe de sept soldats en tenue militaire. Le doigt noueux du paysan désigne un soldat en uniforme espagnol qui porte sur la tête le chapeau de paille des « mambises » de l'armée cubaine.

« Voilà Mathias. Dans notre famille il était vénéré. Lui et son curieux destin. Démobilisé après la guerre, il revient en Espagne. »

Mais le souvenir de Cuba le hante. Il quitte sa famille une seconde fois et repart s'installer dans l'île. En 1906, il est assassiné. Une histoire de jalousie, a-t-on dit. Le jour où la nouvelle de sa mort arrive, la famille reçoit une lettre que Mathias avait adressée à son neveu Antton qui venait de naître. Cette lettre doit être là, dans ce paquet... Mathias voulait que l'on fasse lire cette lettre à Antton le jour de ses quinze ans ! » Un mort écrivant à un nouveau-né...

Louis Altuna dépose la photo sur la table et remplit le verre vide de son hôte, avant de se resservir une bonne rasade.

« Je n'ai revu mon cousin que des années plus tard. Après ces vacances à Saint-Sébastien, je suis revenu au Labourd et Antton est retourné à Salamanque. Renonçant finalement à devenir curé, il est parti étudier le droit et la philosophie à Madrid. Quand la guerre civile espagnole a éclaté, Antton a pris les armes pour lutter contre les franquistes. Nous n'avions pas eu de nouvelles de lui depuis des mois quand un jour — c'était presque à la fin de la guerre — un ami de la famille est venu nous avertir qu'Antton avait passé clandestinement la frontière. Il avait reçu une balle dans la poitrine. Il est arrivé chez nous, le torse bandé, une lourde sacoche de cuir à l'épaule, un sac dont il n'avait pas voulu se séparer malgré les difficultés du passage des Pyrénées. Après sa convalescence à Cambo-les-Bains, Antton vint nous faire ses adieux et resta chez nous quelques jours. La veille de son départ, il est entré dans ma chambre et a posé son sac sur mon lit. "Je vais faire un long voyage, m'a-t-il dit. Je pars vers des pays inconnus. Est-ce que tu peux me garder ça ? Un jour, je reviendrai le chercher, ou j'enverrai quelqu'un." »

Louis Altuna fait une pause. Les deux hommes mangent et boivent pendant que la chienne ronfle sous la table.

« Vous avez pris soin de ce sac pendant soixante ans sans jamais chercher à savoir ce qu'il contenait, Louis ? N'avez-vous jamais été tenté de l'ouvrir ? » s'enquiert Leonardo.

Le vieux paysan découpe une tranche de pain puis essuie son couteau au revers de sa manche.

« J'attendais son retour. Ou la visite de quelqu'un qui viendrait de sa part. J'ai peu connu mon cousin

Antton, pourtant je me souviens de la force de son regard. Cette façon qu'il avait de lire en vous. J'étais sûr qu'il tiendrait parole. J'ai eu raison d'attendre, vous voyez, puisque vous êtes là, c'est Antton qui vous envoie. »

Leonardo Esteban surprend une lueur ironique dans le regard du paysan.

Te voilà bien perplexe, le Cubain... semble me dire le vieux Louis... Mathias qui écrit une lettre à son neveu Antton nouveau-né, une lettre testament qui devient objet de culte dans notre famille. Ce même Antton qui part à son tour vers Cuba, suivant les traces de son oncle disparu, laissant derrière lui une valise pleine de papiers. Et un demi-siècle plus tard, un étranger qui débarque, à la recherche d'un sac que personne n'a jamais ouvert...

J'étais perdu dans mes pensées lorsque Louis me demande :

« Dites-moi, vous qui l'avez bien connu, Antton était-il resté le même ? Est-ce que sa vie à Cuba l'avait beaucoup changé ? »

Louis ne connaissait rien de Cuba, ou si peu. La veille au soir, quand nous buvions du Patxaran devant la télévision, j'avais eu du mal à réprimer mon fou rire lorsqu'il avait déclaré :

« Ce président Castro... j'entends dire à la télévision que c'est un dictateur, mais en même temps je vois que des milliers d'Européens vont à Cuba et en reviennent enchantés. Ils épousent même des Cubaines. On dit qu'il y a là-bas beaucoup de prisonniers politiques, mais en même temps le pape se rend à Cuba, il dit une messe place de la Révolution. Bonne publicité pour ce dictateur qui reçoit aussi des ministres français, et le roi d'Espagne ! Essayez d'y comprendre quelque chose ! »

Pour répondre à sa question, je me sens obligé de parler à Louis de son cousin Antton.

Je lui parle de l'Imprimerie Altuna, rue Obispo, de l'excellence du travail de mon parrain, de sa renommée, du respect qu'ont pour lui ses clients et ses voisins... le coup d'Etat de Batista en 1952... l'attaque de Fidel Castro à la Moncada en 1953... le temps de la prison, son exil au Mexique... son retour à Cuba avec une poignée de camarades et la lutte dans la sierra... je lui raconte comment Antonio Altuna, le combattant antifranquiste, s'engage dans la lutte clandestine contre le dictateur Batista. Puis je lui parle de ma mère qui, par amour pour Antton, est devenue révolutionnaire, allant jusqu'à transporter, collés à son ventre, des matériaux pour fabriquer une bombe. Mais surtout, j'évoque un épisode de ma vie dont je n'ai jamais parlé à personne. Pas même à Berta Maria.

C'est au début de l'année 1958. Dans la sierra d'Oriente, les troupes de Batista ont subi de sérieux revers. A La Havane, le dictateur sème la terreur. Tous les jours, on trouve des cadavres d'hommes torturés et criblés de balles que les policiers laissent sur le macadam, « pour l'exemple ».

J'ai tout juste seize ans et je sillonne la ville en bicyclette pour livrer les commandes de l'imprimerie d'Antton : cartes de vœux, cartes de visite, cartons d'anniversaire, de noces et de baptême, thèses de doctorat et recueils de poèmes, collections de nouvelles et romans publiés à compte d'auteur... Mon parrain ne refuse jamais rien. Il m'arrive aussi de transporter, dissimulés sous les commandes, des paquets de tracts révolutionnaires.

J'adore mon travail de garçon de course et je suis fier de participer à la lutte clandestine. Je sais que, dans la sierra Maestra, des garçons de mon âge s'engagent dans les troupes rebelles de Fidel Castro. Je me lie d'amitié avec les étudiants et les lycéens, les ouvriers communistes des quartiers populaires, Luyano, La Ceiba, Marianao... je traverse le quartier huppé de Miramar, de l'autre côté du fleuve Almendares. Ces gens riches qui font vivre l'imprimerie, non seulement célèbrent à grand faste anniversaires et mariages, et reçoivent dans leurs propriétés avec piscine et courts de tennis, mais aussi conspirent contre Batista.

« Voilà pourquoi ce tortionnaire, ce voleur n'ira pas loin, mon fils, me dit Antton. Tous les honnêtes gens de ce pays, qu'ils soient riches ou pauvres, veulent sa peau. Paysans, ouvriers, employés, étudiants, médecins, avocats, et même les bourgeois ! Notre révolution sera nationale et humaniste, mon fils ! Batista n'en a plus pour longtemps ! »

Antton a une foi totale dans le triomphe de la Révolution, même en ce début de l'année 58, où la terreur règne.

Vers la fin du mois de janvier, je reviens d'une course au fond de Miramar. Trempé de sueur, je ne rêve que d'un verre de jus de canne sur de la glace pilée et d'une douche bien froide. Je viens de tourner le coin de la rue Obispo lorsque je me rends compte que la rue est bloquée par des cars de police et des hommes en armes. J'ai un mauvais pressentiment. Je jette ma bicyclette contre le mur de l'épicerie d'Assad, l'ami syrien d'Antton.

« Qu'est-ce qui se passe, dis-moi, Assad ?

— Je n'en sais trop rien.

— Une bombe, intervient quelqu'un dans la boutique.

— Il y a des morts, dit un autre. On a entendu une fusillade. Les flics ont bloqué la rue, c'est l'enfer du côté de l'imprimerie !

— J'y vais !

— Reste là, petit ! » hurle le Syrien, mais personne ne peut m'arrêter.

Je traverse la foule et franchis les cordons de police... une ambulance est parquée devant l'imprimerie... je me précipite vers la boutique lorsque deux mains me happent... un homme à la force herculéenne me bloque dans ses bras et me soulève du sol. Collant sa bouche à mon oreille, il me dit : « Bouge pas ! Ton parrain ne peut plus rien pour toi, c'est foutu ! Je suis un camarade d'Antton, viens avec moi ! » Déjà il m'entraîne à l'écart et nous disparaissons dans les rues adjacentes. Je veux crier, protester, me battre, mais je me rends compte que je suis sans voix, sans force... aucun son ne sort de ma bouche, je m'évanouis.

Il me faut une semaine pour retrouver mes esprits. Alberto, le Gros, le camarade d'Antton qui m'a enlevé devant l'imprimerie, donne les informations au compte-gouttes.

« Je venais de boire une bière avec Antton au bistrot et nous allions traverser la rue lorsque des cars de police et des voitures banalisées ont pris la rue Obispo d'assaut. Tout de suite, Antton a compris ce qui se passait. "Reste là, m'a-t-il dit, empêche Leonardo d'approcher quand il va revenir !" »

Cet Alberto le Gros appartenait au réseau du Parti communiste avec qui mon parrain était en contact. Il me raconta plus tard ce qui s'était passé au cours de la descente de police à l'Imprimerie Altuna.

« Voyant les flics entrer, un des ouvriers en pos-

session d'un pistolet a perdu son sang-froid et tiré.
Antton a tenté de le maîtriser. "Toute résistance est
inutile, rends ton arme !" criait Antton à son
employé. Mais quand ils ont vu qu'un des leurs était
blessé, les policiers et les flics en civil se sont
déchaînés. Ils n'ont pas fait la différence et se sont
mis à tabasser sauvagement Antton et son ouvrier.
C'est alors que ta mère est intervenue, Leonardo.
"Une vraie lionne", m'a dit un témoin. Tous ceux
qui étaient là l'ont attesté. Une lionne n'ayant pour
arme que ses griffes, ses crocs et son courage suicidaire. Les flics ont riposté avec bâtons et matraques,
ils se foutaient pas mal que ce soit une femme. A la
suite de quoi ils ont arrêté Antton qui a été torturé
et mis à l'isolement total. »

Ma mère... ma mère est morte à l'hôpital quelques
heures après, le crâne fracassé, le visage défiguré, les
reins éclatés. Les sbires de Batista se sont acharnés
sur elle. Des amis d'Antton sont allés chercher son
corps à la morgue et se sont occupés de son enterre-
ment. Je ne suis pas sorti de chez Alberto le Gros
pendant un mois entier. Ensuite, j'ai erré d'une maison à l'autre, soutenu par le réseau révolutionnaire
clandestin avec lequel Antton collaborait. C'est à
partir de ce moment que je me suis engagé corps
et âme dans la lutte contre la dictature. Il m'était
impossible de rendre visite à mon parrain en prison.
Alberto et ses amis m'assuraient que « le taureau »
était toujours vaillant, ce qui était un pieux mensonge.

Je n'ai revu Antton qu'au triomphe de la Révolution, au début de l'année 1959. Il traînait une jambe
devenue inerte à la suite des tortures infligées dans
les geôles de Batista. Son dos, jadis si droit, s'était
affaissé, il était d'une maigreur effrayante, mais surtout... il ne se remettait pas de la mort de ma mère.

193

« Ta mère... me dit-il, détestait la violence. La politique ne l'intéressait pas. Iraida est morte en essayant de me défendre. Son courage et sa loyauté n'avaient pas de limites, seme... Ta mère était taillée dans ce bois dont sont faites les saintes... »

Louis Altuna m'avait écouté, les coudes posés sur la table et le menton dans ses poings fermés, comme un enfant captivé par une histoire et qui attend la fin, une fin heureuse, si possible.

« J'ai répondu à votre question, Louis. Vous l'avez entendu, Antton est resté le jeune homme que vous avez rencontré à Saint-Sébastien en 1929, le combattant blessé que vous avez recueilli en 1939. Un homme de cœur et de convictions. »

SAINT-SÉBASTIEN

Novembre 1998

Pour leur dernière nuit à Saint-Sébastien, Leonardo Esteban a réservé une surprise à Berta Maria : il a prévu de dîner avec Imanol, le chanteur basque qui avait donné une série de concerts à La Havane, et qu'ils avaient rencontré à Cuba deux ans auparavant.

« Ce soir on dîne en ville, dit-il à sa maîtresse. Habille-toi, prends ton temps, je t'attends dans la voiture.

— Du temps, il va m'en falloir, pour dissimuler les ravages d'une après-midi d'amour chez une femme de quarante ans !

— Trente-huit !

— Quarante. Il faut se préparer peu à peu, à quarante-cinq ans, je songerai à la cinquantaine, et ainsi de suite.

— Jusqu'à l'éternité.

— A propos d'éternité... attends-moi en bas, quelques heures ou quelques jours, ou dans la voiture de location, mon amourrr. Ce soir, je me fais belle pour mes adieux à la ville de ton parrain. »

La veille, Leonardo Esteban avait téléphoné à Imanol et ils s'étaient mis d'accord pour dîner ensemble, avec un couple d'amis communs : Colette et Beñat Larraburu.

« Vous êtes mes invités, insista Imanol. Je ne sais pas si tu es au courant, mais à Donostia, la gastronomie est un art. Nous mangerons et boirons jusqu'à l'extase. »

Leonardo choisit d'attendre Berta Maria au bar. Bien calé dans un fauteuil, il pense à Cuba. Il se souvient d'un coup de fil qu'il reçut un matin à l'hôtel Riviera alors qu'il revenait, exténué, d'un voyage en Europe. C'était un dimanche, il avait décidé de profiter de la matinée pour dormir quand la sonnerie du téléphone l'avait réveillé. C'était Berta Maria, très volubile :

« C'est magnifique ! C'est superbe ! Grandiose, je te dis. Géant ! Monumental ! »

Au bout du fil, Berta Maria continuait d'énumérer les qualités du chanteur basque.

« Il a une voix puissante, intense et fraîche à la fois, et quelle inspiration !

— Il est sept heures, Berta, je souffre du décalage horaire, j'ai besoin de dormir. De quoi parles-tu ? De qui ? Tu ne crois pas que c'est un peu excessif ?

— Je n'ai pas assez de mots pour le décrire ! avait-elle répondu. Ce garçon est unique, sublime, sincère, chaleureux... bref, il est génial ! »

Suivit un long silence. Un instant Leonardo crut que sa maîtresse, fâchée par son accueil et son manque d'enthousiasme, avait raccroché, comme il lui arrivait de le faire, au beau milieu d'une conversation.

« Bert... tu es là ? demanda-t-il.

— Je suis là. Calme, sereine, contrôlée et contrôlable. Je voulais juste te dire que j'ai écouté ce Basque chanter, hier soir, un dénommé Imanol. »

Puis elle lui raconta la soirée passée en compagnie de quelques collègues, de son mari Adrian et de leurs enfants.

« Toi qui aimes la chanson, Leonardo, ne rate surtout pas son concert. Il écrit ses propres textes, il chante des poèmes de Lorca, des poètes basques et espagnols, il a même mis en musique un texte d'Alfonsina Storni ! »

Ils discutèrent de la stratégie à adopter pour rencontrer le Basque. Ce genre de sortie ensemble était toujours très compliqué, en raison de leur « situation particulière » qui leur imposait quelques sacrifices.

« Patience ! Leonardo, disait-elle à son amant lorsqu'il se plaignait de la clandestinité imposée à leur amour. Les jumeaux sont trop jeunes pour comprendre. S'ils étaient plus âgés, je pourrais leur expliquer, mais imagine qu'ils apprennent à l'école qu'on nous a vus ensemble... Après tout, nous n'avons pas besoin d'être en public pour nous aimer. Je dirais même que nous avons de la chance. Regarde autour de nous... tous ces couples qui divorcent, ou ceux qui, comme Adrian et moi, vivent sous le même toit, mais séparés. Certains restent ensemble uniquement à cause du manque de logements. Pour moi, c'est une question de principe. A la maison, je joue mon rôle de mère. Avec toi, je suis l'amante. La paradis, c'est notre chambre. »

Leonardo avait beaucoup souffert de cette contrainte, mais avec le temps, il se rendit compte qu'elle était le ciment de leur relation. Ils ne se voyaient que lorsque leurs activités ou leurs voyages respectifs le leur permettaient. Des rencontres hors du temps qui ressemblaient à un rituel. Une fête.

En revanche, Leonardo pouvait compter sur les doigts de la main leurs sorties communes — en dehors des cocktails d'ambassade ou des réunions du ministère où ils en étaient réduits à s'observer de loin, dans un état d'excitation qu'ils avaient du mal à dissimuler.

Ils décidèrent donc d'inviter Imanol, de passage à Cuba, chez une amie de Berta qui était en voyage, et lui avait laissé les clés de son appartement, dans un immeuble de la Rampa, près de l'hôtel Habana Libre.

« Je prépare à manger, toi tu t'occupes de la boisson, dit-elle à Leonardo. Le Basque boit bien. Je veux du rhum de qualité, du vin espagnol ou français.

— Je n'ai qu'à descendre dans ma cave...

— On en trouve dans les boutiques pour diplomates pour quelques dollars, ou au marché noir. Tout le monde le fait. Si j'étais catholique, j'irais me confesser. Mais comme je suis révolutionnaire, je chanterai L'Internationale pour que Marx, Lénine et le Parti me pardonnent.

— Le Che obligeait sa femme à vivre avec les tickets de rationnement, il refusait les privilèges.

— Oui, mais tu n'es pas le Che. Alors débrouille-toi avec ta conscience. Moi je vais m'arranger pour faire un bon dîner avec ce que mon amie nous a laissé dans son réfrigérateur. Elle ne refuse pas les privilèges, elle, tu peux me croire !

— Il est comment ? l'interrompit Leonardo.

— Quoi, comment ?

— Cet Imanol, à quoi il ressemble ? »

Berta Maria éclata de rire.

« Il est petit, borgne et bossu ?

198

— Un grand gaillard costaud. Un ours des Pyrénées. Des moustaches touffues, comme celles de ce chanteur français dont tu m'as offert un jour un disque.

— Georges Brassens.

— Son regard est doux, sa voix superbe. Unique. Différente !

— Arrête, tu m'écœures. Tu excites ma jalousie.

— Ne sois pas bête, Leonardo. Je n'aime que toi, mais j'aimerais qu'Imanol et toi deveniez amis. Et un jour, qui sait ? Peut-être irons-nous le voir à Saint-Sébastien ? »

Le maître d'hôtel les invite à traverser la grande salle du restaurant, un des meilleurs de la ville, et leur indique l'escalier qui mène au sous-sol, plus intime, où quelques tables sont disposées sous la voûte de pierre d'une ancienne cave à vin. Le mur du fond est couvert d'attelages où sont entreposées les bouteilles. Des jambons et des saucissons pendent du plafond. Quand il les aperçoit, Imanol, déjà installé devant une bouteille, se lève et vient à leur rencontre, les bras grands ouverts.

Berta Maria et Leonardo retrouvent la même complicité qu'à La Havane.

« Je n'oublierai jamais le dîner que Berta Maria et Leonardo m'ont offert ce soir-là, sur une terrasse, en haut d'un immeuble d'où l'on voyait la mer. Un succulent congri... explique Imanol aux amis Colette et Beñat.

— Congri, oui, c'est un plat typique de Cuba, renchérit Berta. Du riz, des haricots rouges, du rôti de porc et des ignames. Le mérite en revient à ma mère qui m'a transmis les secrets d'une vieille recette paysanne.

— Revue et corrigée par les traditions africaines, complète Leonardo.

— Paysanne... africaine... qu'importe ! poursuit Imanol. Quand on connaît les difficultés d'approvisionnement à Cuba, ce congri pantagruélique m'a épaté, je dois dire, mais ma gêne a disparu quand Berta Maria m'a dit... »

Il fait un geste de la main pour passer le relais à la mulâtresse.

« Mange à ta faim, frère basque, mange sans complexes. C'est le fiancé suisse de l'amie chez qui nous sommes, actuellement au Mexique, qui remplit son réfrigérateur. Ne t'inquiète pas. Mangeons et buvons à l'amitié entre les peuples !

— Croyez-moi, nous ne nous sommes pas privés ! A l'aube, nous étions encore en train de chanter. Ah ! comme c'était beau ! »

La soirée commence sous le signe de l'allégresse et de l'amitié. Les yeux de Berta brillent, son sourire me chavire. Je suis plus amoureux d'elle que jamais. Elle sympathise avec les amis du chanteur, Beñat et Colette, elle leur raconte sa vie : sa mère, révolutionnaire et santera, son frère le colonel, gardien dévoué de la Révolution... Elle trouve les mots justes pour évoquer cette famille qu'elle critique et qui l'énerve parfois, mais à laquelle elle reste si attachée. Et les enfants ? s'enquiert Colette. Je ne me souviens pas exactement à quel moment Berta se met à parler de ses enfants, car je suis en grande conversation avec Beñat et Imanol. « Mes enfants sont toute ma vie, dit-elle, mes enfants sont sacrés... » Quand j'entends Berta parler de ses enfants, tous mes nerfs se crispent. A-t-elle trop bu, se sent-elle en confiance avec ses nouveaux amis ? Perd-elle sa réserve de professionnelle du secret ? Je la vois fourrager dans son sac et en extraire une pochette avec les photos des jumeaux. Les photos passent de main en main. Quand Berta parle de ses enfants, je me sens exclu. Beñat et Colette nous invitent à passer quelques jours chez eux à Saint-Jean-de-Luz. Et avant même que je donne mon avis, Berta a déjà accepté.

Nous avions convenu tous deux de passer quelques jours à Saint-Sébastien. De là, je devais aller voir Gómez Pérez et Louis Altuna, avant de regagner Bordeaux. Elle savait que je biaisais, que j'essayais de la retenir quelques jours de plus auprès de moi, me laissant l'espoir que, peut-être, j'arriverais à la convaincre de rester en France pour toujours. J'avais besoin de temps pour lui parler, nous avions tant de choses à nous dire. Et voilà qu'euphorisée par cette nouvelle amitié, elle décide de rester... Pourtant, je le sens, le bonheur qui me submerge en cet instant risque d'être éphémère.

Imanol, en grande conversation, me raconte comment il a découvert les vers d'Alfonsina Storni à Buenos Aires. « On fêtait le centenaire de sa naissance. Je ne connaissais pas ses poèmes, mais quand je les ai lus, la musique est venue toute seule. » Je me tourne vers Berta et je la vois, une coupe à la main, le visage fermé, le regard sombre. Je suis le seul à me rendre compte de ce changement. Colette lui fait une autre suggestion : « Pourquoi ne pas faire venir les jumeaux, ils pourraient passer l'été chez nous, Berta, un de mes fils a leur âge, nous avons un grand jardin... ? »

J'essaie de changer de conversation. « Nous ne faisons jamais de projets pour l'été... d'ailleurs, chez nous, c'est toujours l'été... »

Et j'entends Berta qui répond : « Cuba est si loin... » Sa voix est devenue dure. J'ai maintenant la certitude que la soirée est gâchée. Imanol, intuitif, se met à chanter à mezza voce un villancico espagnol du XVIᵉ siècle. Tout le monde se tait pour l'écouter dans le recueillement. Il enchaîne avec d'autres chants traditionnels basques, puis un poème de Lorca, enfin il me dédie une chanson de la Storni. Berta écoute et boit. Elle vide son verre de vin et me le tend pour que je le remplisse à nouveau. Nos regards se croisent, et je lis dans ses yeux : « J'ai du chagrin, je suis triste, par ta faute. » Les tables autour sont vides, le restaurant ne va pas tarder à fermer. Je sais déjà que, pour moi, la nuit vient de commencer.

Dans la voiture qui nous ramène à notre hôtel, Berta somnole.

Nous saluons nos amis et traversons le hall comme deux automates. Nous prenons l'ascenseur sans échanger un mot. De marbre, les yeux ouverts mais le regard absent, elle se dirige vers notre chambre. Elle s'approche de la baie vitrée qu'elle fait coulisser et sort sur le balcon. En dessous, la falaise, la mer houleuse qui se cogne aux rochers. A l'idée qu'elle est ivre, je panique.

Leonardo Esteban avance et se plaque contre le dos de sa maîtresse, sans la toucher. Il faut qu'elle sente que ses bras sont là pour la retenir.

« Ne crains rien, dit-elle, je n'ai pas l'âme suicidaire.

— Tu m'attires comme un aimant. J'ai envie de toi, Bert.

— Pas ce soir.

— Qu'est-ce qui t'arrive ? Tout était si gai pendant ce dîner. Nous étions si... »

Elle l'interrompt.

« Heureux ! Oui, nous étions heureux. Je racontais des histoires, je sortais les photos des jumeaux...

202

Pourquoi me suis-je comportée comme si nous étions une famille normale, toi et moi et les enfants, faisant des projets de vacances à l'étranger ? Colette me parlait de ses fils, de sa maison de vacances, et moi, je m'imaginais à sa place, attendant, assise dans le jardin, que tu reviennes de ton travail. Puis j'ai entendu la voix de ma mère, ses reproches quand je lui parle de la vie que j'espérais mener avec toi. "En voulant changer ton destin, ma fille, tu t'attires le mauvais sort." Le mauvais sort ? Le mauvais choix, tu veux dire. Tu as fait le tien, Leonardo. Je suis venue te chercher en France en espérant te ramener avec moi à Cuba. J'ai eu tort. Ma mère a raison. On ne change pas son destin. Tu es ici pour de bon. Entièrement ici. De l'autre côté de la planète. Et moi... »

Elle serre ses mains sur le rebord métallique. On entend le ronflement syncopé du ressac.

« Toi, Bert ?

— Je ne sais plus où j'en suis. Je me sens divisée, déchirée. »

Le vent se lève et siffle, l'impatience de la mer redouble.

« Laisse-moi, Leonardo. Laisse-moi ! »

Elle se recroqueville dans le transat, bloque ses genoux dans ses coudes, pose son menton sur ses mains.

Plus loin en bas, les phares des voitures décrivent un arc de cercle scintillant le long de la baie, comme une procession de lucioles.

Leonardo rentre dans la chambre. Debout, les mains dans les poches de son pantalon, il se prend à rêver de miracle, lui qui s'est toujours proclamé agnostique, il voudrait, en un tour de main, pouvoir changer le cours des choses.

FUENTERRABIA

Novembre 1998

Le réveil à l'hôtel du Monte Igueldo est maussade, pour ne pas dire lugubre. La veille au soir, Leonardo, en prévision d'une journée qui s'annonce tendue, a pris un somnifère. Il a enchaîné cauchemar sur cauchemar.

En ouvrant l'œil le matin, il s'aperçoit que Berta Maria est déjà debout, une cigarette aux lèvres, les yeux dissimulés derrière les verres noirs de ses lunettes.

Le couple descend prendre son petit déjeuner dans la salle à manger du rez-de-chaussée. La serveuse les accueille et les conduit près de l'immense baie vitrée d'où l'on a une vue panoramique sur la plage de la Concha. Un voile de brume laiteuse noie l'horizon devenu improbable, laissant vaguement deviner l'île Sainte-Claire et les contours du mont Urgull. La jeune fille, d'ordinaire volubile, se rend compte que toute tentative de conversation serait vaine. Après s'être assurée que, ce matin encore, le couple de Cubains optera pour un café très serré, elle leur souhaite bon appétit et retourne à sa cuisine.

205

Leonardo Esteban gare la voiture dans un parking d'Hendaye, et propose à sa compagne de traverser la baie en bateau pour se rendre à Fuenterrabia.

« Il y en a un qui vient juste de partir, on aurait aussi vite fait d'y aller par la route, non ? proteste Berta Maria, toujours renfrognée.

— C'est plus romantique en bateau, il accoste au pied des marches de l'ancien fort », dit-il.

Au cours du petit déjeuner, Berta a rassuré Leonardo en lui disant qu'elle serait contente d'aller chez les Larraburu à Saint-Jean-de-Luz. Leonardo en a profité pour lui faire une proposition.

« Au passage, j'aimerais faire une halte à Fuenterrabia, une petite ville espagnole de la frontière, juste en face d'Hendaye, de l'autre côté de la baie. Je voudrais que tu lises les lettres de Mathias, l'oncle d'Antton. Si tu es convaincue, comme moi, de leur importance historique... »

Puis il s'est tu, se sentant dans la peau d'un homme au bord de l'abîme. Il voulait ajouter : « J'ai l'intention de déposer ces lettres à la Bibliothèque historique de La Havane », mais s'est repris. Tout cela appartenait au passé. Il fallait s'habituer à sa nouvelle vie, apprendre à penser autrement. Il avait franchi le pas, désormais, il était un exilé, un exilé volontaire.

Ne semblant pas remarquer le trouble de son amant, Berta Maria avale un cachet d'aspirine.

« Je ne suis pas sûre d'avoir la tête claire, ce matin, pour lire les lettres d'un soldat espagnol engagé dans la lutte contre les patriotes cubains. Mais enfin... comme tu voudras. Va pour Fuenterrabia ! »

En ce jour d'automne, la petite ville, pleine de

joyaux anciens, retrouve son vrai visage. Une foule décontractée envahit les rues, des couples flânent, les comptoirs et les terrasses des cafés sont déjà bondés, partout les clients au coude à coude parlent et s'animent devant des pintxos et des verres de tinto ou de clarette.

Leonardo et Berta déambulent au hasard des ruelles étroites, admirant ici et là les maisons aux fenêtres grillagées, les balcons couverts de géraniums et de bougainvilliers, puis ils s'arrêtent sur une place et s'assoient sur un banc à l'ombre des platanes.

« Tu n'as pas besoin de les lire toutes, Bert. J'ai choisi celles qui me paraissent les plus significatives, dit Leonardo, sortant les lettres de Mathias Zumarraga de son sac et déposant le paquet sur les genoux de sa maîtresse. Elle caresse les rubans sans les défaire, et reste songeuse.

— C'est curieux, dit-elle. J'éprouve une sorte de malaise à l'idée que ces lettres ont été écrites il y a un siècle.

— Bien sûr, ces lettres ont l'âge du siècle, mais, comme tu verras ce qu'elles relatent n'a pas tellement vieilli. »

Décembre 1895
Je vous écris du bateau qui m'emmène vers Cuba. Vous comprendrez mieux pourquoi mon écriture navigue sur la page, la houle est forte et le vent souffle comme un diable. Voilà deux jours que je suis dans cette cale de bateau, avec des compatriotes venus de toutes les régions d'Espagne. J'ai déjà repéré quelques

Basques. Au début du voyage, on se tournait plus volontiers vers ceux de sa région, à présent on se mélange et on se parle, quel que soit l'endroit d'où l'on vient. Chacun de nous a sa vérité, son idée sur les événements. Les Castillans, par exemple, soutiennent que Cuba est une province d'Espagne et qu'ils ne l'abandonneront pas. Les Galiciens, les Catalans et surtout nous, les Basques, nous éprouvons une certaine admiration pour les patriotes de cette île qui ont déjà lutté dix ans, de 1868 à 1878, contre le pouvoir central. Ça laisse rêveur, m'a dit Nestor, un ami catalan. Nous ferons notre devoir, bien entendu, mais en tant que soldat, ne vaut-il pas mieux chercher à connaître ses ennemis ?

Mars 1896
Quelque part dans la province d'Oriente. Il fait une chaleur écrasante et humide. Nous sommes dans une plaine plate entourée de montagnes verdoyantes. Nos vêtements sont constamment trempés de sueur, et nous sommes dévorés par les moustiques. Dès que nous pouvons, nous nous gavons de fruits, qui sont la grande richesse de ce pays.

Sachez que les combats sont durs, mais mon moral est bon. Les Cubains utilisent la tactique de la guêpe, comme disent nos chefs, ils piquent ici, s'envolent, piquent là, disparaissent. Quant à nos supérieurs, ils ne nous tiennent informés de rien, leur tactique à eux. On dit que les Cubains disposent de 3 000 à 4 000 soldats en armes. Le général Martinez Campos, le gouverneur de Cuba, a fait venir un contingent de l'armée espagnole de 8 000 hommes en renfort, dont le modeste serviteur que je suis. Il paraît que d'autres vont arriver encore. Ce qui veut dire que les rebelles cubains se battent contre le double ou le triple de leurs forces — si je comprends bien, nous devrions gagner haut la main. Pourtant... quelques mois avant notre venue ici, l'écrivain et poète José Marti, chef de la rébellion, est tombé dans une embuscade — le 19 mai précisément. On a cru que sa mort sonnerait le glas des troupes cubaines. Ça n'a pas l'air de se confirmer. On parle beaucoup de deux généraux, un dénommé Maximo Gomez, et un autre, un combattant noir, Antonio Maceo, que tous ici surnomment le Titan de Bronze. Un vrai Cid Campeador. Et si j'en crois ce que je vois et ce que j'entends, chers miens qui me manquez, l'avenir ne s'annonce pas aussi rose que nos chefs voudraient nous le faire croire.

Août 1896
Le général Valeriano Weyler, nommé gouverneur de Cuba le 10 février, est un homme sanguinaire. Il purge la campagne cubaine de tous ceux qui pourraient être soupçonnés de cacher ou de porter secours aux rebelles. Il a fait enfermer, dit-on, femmes, vieillards et enfants dans des

campements surveillés par nos troupes. Cette opération s'appelle « la reconcen- tration ». Dans ces camps isolés et som- maires, tout manque. L'eau est rare, les médicaments et la nourriture aussi. Ces pauvres gens tombent comme des mou- ches. Et si les civils cubains sont mal- traités, je vous avouerai que nous, soldats espagnols sous les ordres de Weyler, nous le sommes aussi. Nous dormons peu, nous mangeons mal, la chaleur est insuppor- table et les combats font rage. L'île brûle par les deux bouts. La région d'Oriente est en feu. En Occident, du côté de Pinar del Rio, le général Maceo tient tête avec une vaillance suicidaire à des troupes deux fois plus nombreuses et mieux armées que les siennes. Comment tout cela va-t-il finir ? je n'en sais rien. Ce que je sais, c'est que vous me manquez terriblement.

Février 1897
Antonio Maceo est mort au cours d'un combat le 7 décembre 1896. On nous annonce la fin prochaine de cette guerre : si le Cid Campeador meurt, les troupes rebelles vont se démoraliser, nous explique notre capitaine. Mais ce que nous consta- tons, c'est que les Cubains se battent avec plus de détermination que jamais...

Décembre 1897
Bien des choses se sont passées depuis ma dernière lettre. J'ai été promu au

grade de sergent pour acte de bravoure, pour avoir porté secours à mon ami Nestor, blessé au combat, et l'avoir transporté sur mes épaules sous une pluie de balles. Je n'ai pourtant fait que mon devoir. Me voici donc sergent... Le général Weyler a été relevé de ses fonctions, et le nouveau gouverneur de Cuba, le général Ramon Blanco a donné par décret royal un statut d'autonomie à Puerto Rico et Cuba. Est-ce la solution à ce terrible conflit ? On vient de nous informer que Madrid avait officiellement reconnu la mort de 13 000 soldats espagnols décimés par la fièvre jaune. 4 000 autres sont morts de maladies. 2 000 sont tombés au combat et il y a eu 9 000 blessés. Faites le compte, et vous comprendrez ce que nous coûte en vies espagnoles, et en vies humaines tout court, cette guerre affreuse.

Mi-avril 1898
Chers tous, je suis en bonne santé, mais le moral est au plus bas.
Le décret sur l'autonomie est arrivé trop tard, et les choses se compliquent. Vous avez entendu parler, certainement, de l'explosion du navire Le Maine dans le port de La Havane. Les Etats-Unis ont envoyé ce croiseur pour mettre en garde l'Espagne, « un avertissement », ai-je lu dans une dépêche. A les entendre, ils ne veulent pas de désordre à Cuba. Mais de quoi se mêlent-ils ? Même si cette guerre peut

paraître absurde, c'est une affaire entre les Espagnols et les Cubains. Castro, mon ami galicien, m'a passé un journal de là-bas. Le 11 avril, le président américain McKinley a demandé au Congrès qu'on l'autorise à intervenir pour en finir avec les hostilités entre l'Espagne et le peuple cubain. Si ça n'est pas une déclaration de guerre, je ne m'appelle plus le sergent Zumarraga !

Août 1898
Ces derniers mois ont été un cauchemar, voilà pourquoi je ne vous ai pas écrit. La guerre tant redoutée entre l'Espagne et les Etats-Unis a bel et bien éclaté. Vous souvenez-vous de mon soulagement lorsque le 30 mars de cette sombre année 1898 le général Blanco a donné ordre de cesser la sauvage reconcentration des paysans cubains instaurée par Weyler, son prédécesseur ? En décidant la suspension des combats pour préparer et faciliter les pourparlers de paix, Blanco nous avait fait espérer des jours meilleurs. Mais il y a eu cette explosion du croiseur Le Maine, comme par hasard. La rumeur court que ce sont les Américains eux-mêmes qui ont fait exploser le bateau pour mieux créer la confusion et s'approprier ce qui reste de l'Empire espagnol... Le 1er juillet, les forces cubaines et l'armée américaine ont pris les positions avancées d'El Caney et de San Juan, et la flotte de l'amiral Cevera a été détruite par les navires de guerre

américains dans la rade de Santiago de Cuba. Le 16 juillet, la ville s'est rendue aux forces alliées. Et pour parachever le tout, le 11 août dernier, l'Espagne et les Etats-Unis ont signé un protocole préliminaire en vue de mettre fin aux hostilités. On parle de l'évacuation prochaine des troupes espagnoles. Quel immense gâchis ! La seule chose qui me console, c'est l'idée de vous revoir bientôt ! Mais je garde l'espoir de revenir un jour sur cette île à laquelle je me suis attaché.

Leonardo Esteban a passé son bras autour de l'épaule de sa maîtresse.

Il relit avec elle les lettres de Mathias, puis lui raconte ce qu'il est advenu du sergent, entre cette dernière lettre et celle que Berta s'apprête à lire, d'après le récit que lui en a fait Louis :

« Le sergent Mathias Zumarraga rentre au pays en 1898, et finit par quitter l'armée. Suivant l'exemple de son père, il travaille dans le commerce de bois précieux et exporte du mobilier, mais il éprouve une grande nostalgie pour "son île lointaine". Grâce à ses économies, il entreprend deux voyages à Cuba avant de s'y installer définitivement en 1905, dans la province d'Orient, qu'il qualifie dans une de ses lettres de "paradis retrouvé". Durant cette période il écrit peu, tout entier absorbé par sa rage de vivre, sa revanche de bonheur. »

Décembre 1905. Baracoa, Cuba
Que dire d'un peuple qui accueille un ancien ennemi le cœur ouvert et le sourire aux lèvres ? Vous avez lutté loyalement contre nous en défendant vos couleurs, maintenant vous venez nous aider à reconstruire notre pays ! Voilà ce que me disent la plupart des Cubains. Un seul nuage dans ce ciel idyllique, la manie qu'ils ont d'appeler gallego *tout Espagnol d'où qu'il soit. J'ai beau leur expliquer que je suis basque, que la Galice se trouve sur la côte atlantique de l'Espagne ! Mon ami Castro, le Galicien, s'en amuse beaucoup. « Je suis* gallego *et fier de l'être », claironne-t-il à qui veut l'entendre. Pour l'instant, lui et moi et d'autres anciens soldats essayons de nous faire une place au soleil.*
Le 20 mai 1902, pour la première fois, le drapeau cubain a été hissé sur le palais du Gouverneur. Et pour la première fois, un président cubain a été démocratiquement élu. En 1901, la Constitution a été approuvée, mais les Etats-Unis ont obtenu d'installer une base militaire à Guantanamo, imposant que soit ajoutée à la Constitution cubaine la loi dite « amendement Platt », du nom du sénateur Orville Platt. Je suis très ami d'un Américain qui fait commerce de sucre. Il m'a expliqué la vraie nature de cet amendement Platt : nous sommes dans ce pays pour mieux défendre les intérêts des Etats-Unis. Cuba est trop proche de nos côtes. Sais-tu, Mathias, me dit-il, que par temps clair on

peut voir Cuba du bout de la péninsule de Floride ? Ce John est persuadé que le destin de l'île est de devenir un territoire américain, s'il ne l'est pas déjà, de fait... Qu'il cause, je me sens, moi, de plus en plus proche de ce peuple que nous avons asservi pendant des siècles. J'ai insisté pour que Johnny m'explique l'amendement Platt dans le détail. Il a noté pour moi sur un papier : les U.S.A. peuvent intervenir et envoyer leurs marines à tout moment sous prétexte de sauvegarder l'indépendance de l'île. Le gouvernement ne peut signer aucun traité sans leur accord. L'article numéro cinq est assez éloquent : il exige que le gouvernement cubain protège la population des maladies endémiques et infectieuses. Cette mesure vise surtout à favoriser le commerce entre le peuple cubain et les villes du sud des Etats-Unis.

Enfin, j'ai compris que j'avais intérêt, en tant qu'Espagnol, à travailler dur, tout en jouissant au maximum des douceurs de l'île. A propos, un message à ma mère qui s'inquiète à l'idée de me voir épouser une Cubaine : je ne risque pas, maman, et pour cause, je suis amoureux de toutes les Cubaines, absolument toutes...

— Et maintenant... fin juillet 1906, le testament spirituel que Mathias Zumarraga a envoyé, de Cuba, à son neveu Antton Altuna qui venait de naître, explique Leonardo en dépliant la dernière lettre.

Quand tu auras quinze ans, mon lutin, je te ferai venir ici. Il faudrait être poète pour te décrire les beautés de cette île. Je ne parle pas seulement de la mère nature dont l'amiral Christophe Colomb nous a laissé d'enthousiastes descriptions, mais des femmes de ce pays, Antton. Sans vouloir offenser celles de chez nous, ma mère, nos sœurs que je porte dans mon cœur plus que toutes autres, je te dis que les Cubaines, Antton, ont une beauté particulière et enivrante. C'est cette palette épicée, ce mélange de l'Afrique et de l'Europe, de l'Afrique et de la Chine, ce métissage, ce brassage des races, des cultures et du sang qui leur donne tant d'attraits. Quand tu auras quinze ans, Antton, je te ferai découvrir les saveurs de cette île. Ton oncle qui t'aime.

Et Leonardo ajoute :

« Quelques jours après, Mathias Zumarraga a été assassiné. Le meurtrier présumé voulait défendre l'honneur de sa famille. Crime passionnel, a déclaré la police en refermant le dossier.

— Ton parrain a-t-il lu ce message le jour de ses quinze ans, ou avant ? demande Berta Maria.

— Le jour de ses quinze ans. Sa mère a voulu respecter les vœux du mort. Ainsi Antton a pris connaissance de la lettre de son oncle quand celui-ci était déjà mort. Il m'a raconté, à l'époque : "Je fêtais mon anniversaire, Leonardo, et voici que j'apprends que celui que toute ma famille vénère, celui qui a traversé la guerre cubano-espagnole sans une égratignure, est mort en pleine force de l'âge... trentedeux, trente-trois ans... un mari jaloux ou un père vindicatif, on n'a jamais très bien su... le criminel l'a achevé de quinze coups de poignard." Antton ne m'en dit pas plus, mais je crois qu'il voyait un lien mystérieux entre ces quinze coups de poignard et le regard tourné vers l'avenir du Mathias qui écrivait pour célébrer sa naissance. Tu vois, Berta, ces documents sont historiques. »

Berta Maria a rassemblé toutes les lettres et referme le paquet. Elle tourne la tête vers son amant et le regarde droit dans les yeux.

« Historiques... peut-être... mais nous, où en sommes-nous de notre histoire ? Je sais que tu as choisi de rester en France. Mais tu ne m'as pas dit pourquoi. C'est le moment d'en parler. Ici et maintenant. Il y a Cuba. Il y a toi et moi. Ta décision m'entraîne dans une sorte de... cataclysme. Alors, explique-moi, Leonardo, je veux comprendre. »

Tôt ou tard, je le savais, il me faudrait faire face à la situation. Et je pensais que, le moment venu, je n'hésiterais pas à lui répondre. Mais voilà que je suis troublé, j'ai du mal à exprimer le fond de ma pensée. Je n'ai pas prévu cet état de panique. Je veux parler à celle que j'aime, mais cette femme est aussi une professionnelle du renseignement capable de lire les nuances dans un silence ou un regard qu'on s'efforce de maintenir fixe pour cacher les ombres qui pourraient vous trahir. Un état de confusion. « Avec toi, m'a-t-elle dit un jour, je suis en confiance, parce que je suis la femme qui t'aime, mais avec les autres, je suis toujours sur le qui-vive, en alerte. Parfois, un collègue du ministère, ou une amie qui ne connaît pas mon appartenance aux services secrets, commence à me raconter ses problèmes. Il ou elle se plaint de ne plus pouvoir supporter les difficultés quotidiennes, ou me fait part de son désir de partir... Sais-tu ce que je fais dans ces cas-là, Leonardo ? Je coupe net leurs épanchements. Leur désir d'évasion, leur espoir d'une vie meilleure, je les comprends. Mais mon second métier m'oblige à ne pas trop en savoir sur ceux ou celles pour qui j'ai de l'amitié... » voilà ce que m'a dit Berta. A présent ses paroles prennent tout leur sens. Ne pas trop en savoir pour ne pas être obligée de dénoncer. Maintenant, parce que c'est notre amour qui est en jeu, je suis obligé de tout lui dire.

« Laisse-moi revenir sur le passé, Bert. Sur mon passé. Parce que je suis persuadé que tout n'est que mélange et transmission sur cette terre, que les vivants font vivre en eux les morts, ceux qu'ils ont aimés ; que le passé et le présent cohabitent. Alors, comment t'expliquer ? Tout a commencé il y a long-temps, sans que je m'en rende bien compte. Il y a eu des temps forts, des événements qui ont marqué mon existence. Ma dernière rencontre avec Antton, par exemple.

« C'était la fin de l'année 1971. J'avais vingt-neuf ans, un diplôme en poche, l'avenir radieux me sou-riait au ministère du Commerce extérieur. Je venais aussi de faire mon premier voyage à l'étranger. Pas n'importe où. A Moscou. Suivi de Prague, Varsovie, Berlin-Est... la tournée des pays frères ! J'avais de quoi être heureux. La Révolution et moi, nous marchions main dans la main, en conquérants.

Je n'avais pas vu mon parrain depuis longtemps. Je lui téléphonais de temps à autre, je lui envoyais des petits mots qui se voulaient spirituels, je lui rapportais de mes voyages quelques cadeaux, lames de rasoir, dentifrice, déodorant, ce genre de choses utiles introuvables chez nous. Toujours pressé, débordé de travail, je commis l'indélicatesse de lui faire porter ces cadeaux par le garçon de course du ministère... une façon minable de m'arranger avec ma mauvaise conscience... L'ex-garçon de course faisait envoyer un colis par coursier à son ancien patron et parrain.

Après avoir donné à la Révolution son imprimerie et son appartement, Antton avait trouvé refuge dans un petit logement du quartier de Marianao, loin du vieux centre de La Havane qu'il aimait tant. Je ne lui avais pas encore rendu visite à sa nouvelle adresse lorsqu'un matin, vers la fin de cette année 1971, le gros Alberto, celui chez qui j'avais trouvé refuge le jour de la descente de police à l'imprimerie, m'invita à dîner chez lui avec Antton.

Alberto savait que je venais d'entrer au ministère du Commerce extérieur. Lui avait fait du chemin. Ancien communiste du Parti socialiste populaire, il était devenu plus fidéliste que Fidel. Sous l'œil attentif de celui-ci, il avait gravi patiemment les échelons du nouveau Parti communiste cubain, composé de tendances diverses mais dirigé de main ferme par le Lider Máximo. Entre autres fonctions, il était chargé d'organiser le séjour des personnalités étrangères de passage à Cuba et s'occupait de leur garde rapprochée. Il avait une maison de fonction et plusieurs voitures à sa disposition.

J'étais déjà venu chez lui. Il habitait une de ces

villas de Miramar ayant appartenu à de riches Cubains exilés à Miami. Une belle maison avec loggia, piscine, court de tennis, et deux garages. Alberto avait encore pris du poids, il était devenu bouffi et gonflé, ce qui ne l'avait pas empêché de plaquer la mère de ses trois enfants, une brave paysanne, pour une jeune étudiante boursière de la Révolution.

Quand je suis arrivé, Antton était déjà là, et j'eus un choc en le voyant. Il semblait plus petit qu'autrefois, fragile. Son visage amaigri n'était pas celui d'un homme qui va bientôt mourir, mais d'un homme déjà mort, le spectre de lui-même. Une étrange douceur remplaçait son indomptable fierté.

J'aurais voulu m'isoler avec lui, retrouver, si cela était encore possible, la belle complicité de mon enfance. Mais non. Alberto tenait à nous faire visiter les lieux, sa maison, à nous montrer ses voitures, son réfrigérateur de deux mètres de haut, à nous présenter sa nouvelle femme, qui s'ajoutait naturellement à la liste de ce qu'il possédait. Il insista aussi pour que nous voyions sa collection de peintures. Des tableaux de peintres cubains provenant de diverses collections de Cubains exilés et dont la véritable vocation aurait été d'être exposés dans des musées.

« Je reçois ici des ambassadeurs étrangers, des journalistes, des personnalités de toutes sortes. Ma maison sert de vitrine à la Révolution, il est normal qu'elle soit accueillante, non ? Regardez... ces tableaux. Amelia Pélaez... Ponce de Leon... j'ai aussi deux très beaux Portocarrero et de belles toiles de Servando Cabrera. C'est Wilfredo Lam, le Chinois, qui m'en a fait cadeau. Superbe, non ? »

J'ai vu Antton blêmir, lui lancer un regard dur. J'ai cru qu'il allait intervenir, l'injurier, mais il s'est résigné et son visage est devenu immensément triste.

En partant, Alberto a insisté pour nous faire reconduire par son chauffeur noir dans sa luxueuse Mercedes. En chemin, Antton m'a proposé de boire un café chez lui et a donné l'adresse au chauffeur.

Je me doutais, connaissant Antton, qu'il habitait un logement modeste. Mais c'était bien au-delà de ce que j'imaginais. Ce logement où il finirait sans doute ses jours ne lui ressemblait pas, lui qui n'avait cessé de me vanter les beautés architecturales au parfum de Vieille Europe du centre de La Havane, voilà qu'il habitait un lugubre deux-pièces au second étage d'un vieux bâtiment sans grâce, au croisement de deux avenues. L'unique balconnet ouvrait sur la laideur de cette banlieue sans âme.

« Je ne comprendrai jamais pourquoi tu as laissé l'appartement de la rue Obispo, dis-je, sans pouvoir me retenir.

— Pour mieux oublier ta mère », répondit-il.

J'aurais voulu lui raconter comment ma mère et moi, à l'époque où nous cherchions un logement, avions arpenté ce quartier de Marianao, l'angoisse au ventre, et combien nous l'avions haï, mais je me résignai. Des murs vides. Une table, deux chaises. Un minable réfrigérateur à moitié vide, bien sûr.

« Je peux te faire un café, dit-il.

— Non merci, répondis-je, je dois avoir un début d'ulcère, je ne supporte pas plus d'une tasse de café par jour.

— Dans ce cas tu aurais dû refuser celui d'Alberto », enchaîna-t-il, et je reconnus là son humour. J'avais en effet bu trois tasses de l'excellent café d'Alberto.

Prenant le taureau par les cornes, je désignai le carnet de rationnement posé sur la table.

« Bien sûr, ce n'est pas avec ça que tu peux inviter des copains, lâchai-je.

221

— Quand j'ai débarqué la première fois à Cuba, petit, je me suis juré de vivre comme le peuple cubain. Tu vois, je n'ai pas dérogé à la règle. Avant la Révolution, après la Révolution, même combat. »

Et sans tenir compte de mon refus, il se mit à préparer le café.

« Où en es-tu ? » me demanda-t-il à sa façon directe.

Je me suis alors livré sans équivoque, je lui ai parlé de tout ce dont je n'osais jamais parler à personne, par peur ou par précaution.

« Je reviens d'un tour dans les pays de l'Est... »

Je lui fis part de mon enthousiasme à l'idée de ces voyages, avec quelle énergie et quelle ferveur je les avais préparés, étudiant à fond mes dossiers, révisant les contrats... je lui expliquai comment, vu de là-bas Cuba, la petite sœur, était toujours en demande et dépendait du bon vouloir des pays frères...

« Les discussions avec nos partenaires de l'Est sont souvent très vives, leurs reproches humiliants. Là-bas, on me laisse entendre que Cuba exige trop et ne donne pas assez. L'échec de la Zafra, programmée pour 1970, les fait rigoler. "Dix millions de tonnes de sucre, votre Fidel Castro se prend pour Merlin l'Enchanteur !" me suis-je entendu dire. Bien sûr, je peux comprendre que ces Allemands de l'Est et ces Polonais se conduisent en bureaucrates, parrain, mais ce qui m'enrage le plus c'est leur cynisme, leur manque d'idéalisme. Les jeunes lorgnent vers l'Ouest, les vieux se tournent vers le passé, et la génération des quarante-cinquante ans ne pense qu'à se cramponner à ses privilèges, à se maintenir dans la Nomenklatura. En les écoutant je me disais, voilà ce qui nous attend à Cuba, d'ici trente ou quarante ans, tout le monde parlera du socialisme et personne ne croira plus à rien. Moi-même échappe-rai-je à ce destin ? Qui me dit qu'à cinquante ans je ne serai pas un apparatchik peureux et cynique ? »

Antton m'écoutait avec attention, je retrouvais son regard lucide et cette intelligence pleine d'huma-nité que j'avais tant admirée chez lui. Il sourit.

« Quand j'étais jeune et que je débutais ma vie de militant à Madrid, j'ai lu deux écrivains populistes russes du siècle dernier : Vissarion Belinski, l'émi-nent critique, et Tchernychevski dont le roman *Que faire ?*, écrit au fond d'une geôle sibérienne en 1863, eut un grand retentissement. Les théories de Marx et d'Engels n'étaient pas encore connues des intellec-tuels russes. La slavophilie, l'idéalisme faisaient des ravages. J'avais abandonné mes études de théologie et les thèses défendues par ces écrivains m'enchan-taient. Dans cette Espagne en lutte contre le fran-quisme, il était réconfortant de lire que l'homme est par essence bon et généreux, que c'est la société qui le pervertit. Plus tard je suis tombé par hasard sur *Un homme ridicule* de Dostoïevski, un texte qui se moquait avec une ironie corrosive du livre de Tcher-nychevski. Aujourd'hui, seme, je crois que le génie de Dostoïevski et sa vision apocalyptique de l'être humain sont plus proches de la réalité que les naïves théories de Belinski et Tchernychevski. Mais que fai-re ? comme dirait l'autre. La seule chose dont je sois à peu près sûr, c'est qu'en tout authentique révolu-tionnaire et en tout idéaliste vibre un homme ridi-cule. Ce sont les mêmes, de Berlin à Moscou, de Varsovie à La Havane qui se taisent et se résignent. En attendant, les apparatchiks comme le gros Alberto, les hommes de terrain sans scrupules sont prêts à toutes les compromissions, ils s'imposent, occupent le terrain et tirent avantage de la Révolu-tion. Que pouvons-nous faire, mon fils ? Déserter ?

Continuer à nous battre, mais comment ? Renier le passé et aller voir ailleurs ? A Miami peut-être ? Rêver d'une vie plus douce où la poursuite du bonheur personnel serait le seul enjeu ? Je n'y peux rien, seme, je ne peux pas changer, ni quitter ce pays. J'ai été, je suis et je resterai un homme ridicule qui continue de penser que la bonté existe, que les combats ne sont pas vains, un homme ridicule qui ne veut rien renier, même s'il se sent parfois profondément humilié. »

Je l'écoutais et je le voyais, assis au fond de son fauteuil en similicuir au dossier éventré... un homme usé, fatigué, malmené par la vie. J'eus envie de le serrer dans mes bras, de le bercer comme un enfant.

Antton insista pour m'accompagner à l'arrêt de l'autobus. Il était heureux de constater que le jeune cadre du ministère du Commerce extérieur que j'étais ne roulait pas dans une voiture de fonction et préférait attendre ces *gouagouas* cubains dont on sait qu'ils sont, aujourd'hui encore, le transport le plus religieux du monde : ils arrivent quand Dieu le veut.

Antton passa son bras sous le mien, comme à l'époque de nos promenades, avant la chute de Batista.

« C'est idiot, Leonardo, mais je pense souvent à deux choses dont on parle à tort et à travers. La justice... la liberté... Si je regarde ce qu'était Cuba avant la Révolution, ou la Russie tsariste, j'ai comme l'impression qu'il s'agit toujours de choisir entre justice et liberté. Et jusqu'à la fin de ma vie, je serai du côté de la justice, seme... Plus je vieillis, moins je supporte la souffrance et la misère qui règnent dans le monde. »

Le lendemain matin, je reprenais l'avion pour une nouvelle mission à l'étranger. Quelques semaines plus tard, à Prague, je reçus un télégramme m'annonçant la mort d'Antonio Altuna. Un tapis de neige recouvrait la ville. De la fenêtre de mon hôtel je voyais au loin la place Wenceslas, où un jeune étudiant s'était brûlé vif en s'aspergeant d'essence. Jan Palach. Il protestait contre l'entrée des chars soviétiques en Tchécoslovaquie. La ville de Prague m'a toujours rendu cafardeux. Je restais pensif, devant la fenêtre ouverte, me rappelant ma dernière rencontre avec mon parrain à La Havane. Les réflexions d'Antton sur le difficile choix entre justice et liberté. L'image de cette place où un jeune idéaliste s'était donné la mort fit resurgir dans ma mémoire des paroles qu'Hilda Reyes m'a dites un jour.

« Ah bon, parce que la Reyes est capable de réfléchir ? Première nouvelle... »

Berta Maria se rapproche de moi, s'appuie à mon épaule. Dans le ciel de Fuenterrabia, les nuages s'amoncellent.

A peine ai-je prononcé le nom de mon ex-femme que déjà je le regrette. Chaque fois, j'éprouve la même sensation. Je tombe dans un puits sans fond, je me noie. Au seul nom d'Hilda Reyes, je ressens encore, après toutes ces années, le choc de sa trahison. Si je pouvais... me lever de ce banc, quitter cette place... si je pouvais... devenir invisible, m'évanouir... être amnésique, une fois pour toutes. Hilda Reyes ? Qui est-ce, de quoi me parlez-vous ? Mais Berta est là, elle attend que je m'exprime, onze ans qu'elle attend que je lui parle de ma vie avec mon ex-femme. Chaque fois qu'Hilda s'est interposée entre Berta et moi et qu'elle a voulu en savoir plus, j'ai balbutié : « La terre brûlée de mon passé, un marécage... danger d'asphyxie, danger de mort, ne pas se retourner. » Berta se vante qu'elle n'a rien à cacher, qu'elle peut tout me raconter, les hommes qu'elle a aimés, ou ceux qu'elle a cru aimer... Et je lui dis : « Oublie-la, laisse mon passé en paix, rien ne sert de le remuer, un jour peut-être je t'en parlerai... »

Ce moment est venu. Je me retourne vers elle, et je m'entends lui dire...

« Un soir, à La Havane, nous étions allés à une fête chez Vicente Revuelta qu'Hilda, généralement avare en louanges, considérait comme un grand artiste, un metteur en scène, un acteur de génie. Il y avait chez lui un mélange éclectique d'acteurs, de danseurs, d'artistes et d'amis en tout genre. Au fur et à mesure que la nuit avançait, le bruit, la musique et les voix survoltées laissaient le champ à un climat plus pondéré, empreint de nostalgie. Une discussion s'engagea sur la nécessité ou non de faire passer une audition à un acteur, le côté arbitraire et gratuit du choix, et je commençais à m'ennuyer ferme lorsque Hilda éleva la voix pour mieux défendre son point de vue. "Prenons un exemple concret, dit-elle. Partout dans le monde, tous les grands acteurs se confrontent un jour ou l'autre à l'inévitable Hamlet, étalon-or de la scène internationale. Comme toute ballerine qui se respecte se doit de danser un jour ou l'autre *Giselle* ou *La Mort du cygne*. A propos de *Hamlet*, si nous comparons les deux films que nous avons eu le bonheur de voir à Cuba, celui de sir Laurence Olivier et celui de Grigori Kozintsev, poursuivit-elle, je dirai qu'entre l'acteur britannique et le Russe, c'est le jour et la nuit. Chaque interprète joue Hamlet avec sa personnalité, le style de jeu et les goûts du moment dans l'endroit où il se trouve. Et quand il choisit un acteur pour ce rôle, le metteur en scène a déjà une idée du personnage, et de ce qu'est ou doit être, à ses yeux, l'art de l'acteur. Ce n'est pas la même chose pour un danseur. Un danseur a l'équilibre ou ne l'a pas. C'est absolu, essentiel, simple. On ne triche pas avec. Ensuite seulement peut-on parler de sensibilité, d'intelligence, d'interprétation, de grâce particulière, mais l'équilibre décide tout, on saute et on retombe sur ses pattes, point."

Hilda qui avait enlevé ses chaussures selon son habitude, pour laisser respirer ses orteils martyrisés, en fit la démonstration. Elle monta sur la pointe du pied gauche, leva la jambe droite pliée devant elle, les bras en amphore au-dessus de la tête. Malgré les nombreux daïquiris qu'elle avait bus, elle tint cette position aussi longtemps qu'elle put. Lorsqu'elle retomba sur ses pattes, elle fut accueillie par un tonnerre de vivats et d'applaudissements comme elle n'en avait jamais reçus.

— Tu en conviendras, Leonardo, Hilda Reyes a reçu très peu d'ovations dans sa courte carrière à La Havane. Ça ne l'a pas empêchée d'obtenir un juteux contrat à l'étranger après avoir trahi sa patrie, son père, le Parti, son mari, ses amis, les professeurs qui avaient mis leurs espoirs en elle — je pense à Alicia Alonso sur qui la Reyes a tant médit après avoir tout appris d'elle et l'avoir adulée. Et j'en conclus que l'opportunisme est encore plus utile à un danseur que l'équilibre.

— Il ne s'agit pas de juger Hilda, Bert. Ce dont je voulais te parler, c'est de ce danseur en équilibre sur la pointe des pieds pendant quelques fractions de seconde. Mille fois je me suis remémoré ma dernière conversation avec Antton. Longtemps j'ai cru, comme lui, que la recherche d'une plus grande justice sociale pouvait justifier parfois certaines entorses aux libertés fondamentales : la liberté de conscience, la liberté d'expression, la liberté tout court. J'ai avalé bien des couleuvres, nous tous, nous avons avalé trop de couleuvres au nom de ce sacro-saint principe. "Avec la Révolution, tout ! Contre la Révolution, rien !" Nous avons dansé sur ce slogan jusqu'à épuisement... on embrasse Brejnev sur la bouche un jour, on s'agenouille devant le pape le suivant, on invite le roi d'Espagne à boire des daï-quiris... La liberté est fragile, comme cette danseuse en équilibre. Qu'elle tremble, qu'elle tombe, et tout est fini ! Quand les Français me parlent du fameux talent pour la musique et pour la danse des Cubains, j'ai envie de leur répondre : oui, nous dansons, un peuple entier danse pour trouver son équilibre, il tourne sur lui-même jusqu'au vertige, s'enivre pour ne pas avoir à penser. Je suis pris dans ce vertige collectif, Berta. Pourtant, comme Antton, je me sens un homme ridicule qui continue de rêver de justice et cherche avec la force du désespoir son équilibre dans cette grande *salsa*. Ce carburant euphorique, cette "sauce" collective suffira-t-elle à nous libérer de ce que font peser sur nous le manque d'avenir, les démissions, les magouilles et l'acceptation silen-cieuse ? Voilà pourquoi j'ai décidé de m'éloigner. Je ne suis pas un héros, je n'ai de certitudes à offrir à personne. Je deviens un homme infréquentable, car les certitudes des uns et des autres me semblent sus-pectes, mais je n'ai rien à y opposer, je ne peux pas leur dire les sentiments qui m'habitent, et de ce fait je deviens suspect à mon tour. Je ne m'exile pas, Bert, je choisis d'être un étranger sur la terre. Autre-ment dit un être étrange. En France, un type comme moi se fond dans la masse. Même s'il crie à tous les vents les propos les plus bizarres, on le laisse mani-fester son étrange personnalité. C'est ce que je veux, pouvoir exprimer le malaise que je sens, le crier à tous vents, même si personne ne m'écoute. Cette possibilité n'a pas de prix. »

Leonardo Esteban soutient le regard intense de sa maîtresse. Et ce qu'il lit dans ses yeux le bouleverse : une succession de sentiments contradictoires ; la colère faisant place au chagrin, la déception à l'humiliation, la révolte à la panique.

« Mes pensées sont si confuses, dit-elle. Vois-tu, Leonardo, j'ai du mal à savoir où je suis, ce que je veux. J'imagine ce qu'aurait dit Alvaro s'il était encore vivant, en apprenant ta décision de rester en Europe. Il aurait souri... il t'aimait comme un frère... et il aurait murmuré de sa belle voix cuivrée, "c'est tout Leonardo, l'homme qui court derrière son ombre, qui ne trouve sa place nulle part". Mais aux autres, ceux qui ne sont pas très enclins à sourire, que devrai-je leur dire ? Que le camarade Esteban joue à la chandelle, en équilibre sur un pied, du haut d'une falaise du Pays Basque, en regardant la mer ? »

Sa question reste en suspens. Un frisson parcourt le corps de la mulâtresse qui, la gorge serrée, répète :

« Dis-moi, hein, qu'est-ce que je vais leur dire ?

— Rien... ce que tu veux. Je ne te demande pas de leur dire quoi que ce soit. Je veux que tu restes avec moi. »

SAINT-JEAN-DE-LUZ

Novembre 1998

Le bateau à moteur quitte Fuenterrabia pour traverser la baie jusqu'à Hendaye. Un vent frais vient de se lever. Des nuages bas défilent dans le ciel. Leonardo Esteban et Berta Maria sont assis l'un contre l'autre sur la banquette en bois. Leonardo a enfoncé ses mains dans ses poches pour lutter contre l'envie de prendre sa compagne et de la serrer contre son corps.

« Nous sommes à mi-chemin de l'Espagne et de la France », lâche-t-il laconiquement.

Les bras croisés, Berta Maria regarde vers l'Espagne, puis se retourne vers les côtes de France, en face. Depuis qu'elle est montée sur ce bateau, elle semble se complaire dans son mutisme.

Quand Leonardo, à Fuenterrabia, lui a avoué qu'il ne désirait rien d'autre que de la voir rester avec lui en France, Berta Maria n'a rien dit. Ce n'est qu'une fois arrivés à Hendaye en descendant du bateau qu'elle déclare, sur le ton de quelqu'un continuant une conversation à peine interrompue :

« Laisse-moi le temps d'y réfléchir ! »

Y réfléchir... ! C'est tout Berta ! Passant d'un extrême à l'autre, capable de réagir avec véhémence quand quelque chose la blesse, mais aussi de faire appel à la discipline pour contenir son caractère explosif. Ma demande l'a bouleversée, je le sais. Je pensais qu'elle allait se rebiffer, m'injurier peut-être. Elle espère toujours me ramener avec elle à Cuba, elle n'a jamais envisagé de tout quitter pour me suivre. J'admire sa capacité à ne pas céder à son tempérament fougueux quand les enchères sont importantes. Comme lorsque, au début de notre liaison, sentant sur elle et sur moi le poids de la culpabilité, j'avais voulu la convaincre de demander le divorce. « Parles-en à ton mari. Il est temps qu'il voie la réalité en face », avais-je dit. Elle était en train d'allumer une cigarette. Elle arrêta net son geste. Je suivais, fasciné, le bâtonnet de bois se réduire et la flamme se rapprocher dangereusement de ses doigts. Une colère sourde s'était emparée de moi. Que prétendait-elle ? Me prouver qu'elle ne craignait pas la douleur, ou qu'elle préférait celle-ci à une réponse qu'elle était dans l'incapacité de me donner ? La flamme s'éteignit au contact de ses doigts, avec une odeur de roussi. C'était insupportable. Il avait ensuite fallu attendre deux semaines avant de remettre le sujet sur le tapis.

Nous étions dans ma chambre au Havana Riviera. Nous avions fait l'amour toute l'après-midi. Berta venait de prendre une douche. En kimono et pieds nus, elle peignait ses cheveux mouillés. C'est le moment qu'elle choisit pour soulever à nouveau cette question de divorce.

« Adrian refuse. Pour le bien des jumeaux. Il demande que nous soyons discrets, c'est tout. Il veut que nos enfants aient un père et une mère à la maison, ils sont encore petits. On verra après, dit-il.

— Qu'est-ce que tu en penses ?

— Je suis d'accord avec lui. J'ai eu une enfance difficile, Leonardo, je sais combien des enfants peuvent souffrir de l'absence de leurs parents. Mon père travaillait dur pour gagner sa vie et n'était jamais à la maison. Ma mère passait son temps libre aux réunions de quartier, pour accomplir son devoir de révolutionnaire. Deux de mes frères sont morts en défendant la Révolution, et le troisième s'est voué corps et âme à elle. On pensait que j'étais une enfant heureuse parce que je m'activais toute la journée, que j'étais toujours gaie. Je m'étourdissais, pour ne pas penser à ma solitude. Quelquefois, je m'enfermais dans la grande armoire de la chambre de ma mère, et je restais assise là, dans le noir, pendant des heures. Ma mère mettait des fleurs d'oranger pour parfumer les vêtements, j'aimais cette odeur. Et je me disais... quand je serai grande, j'aurai des enfants et je serai la meilleure des mères. Pas comme la mienne, partagée entre la mort de son époux, ses amants de passage, ses devoirs révolutionnaires, le culte à ses fils disparus, son métier de sage-femme, et ses rituels de santería. J'ai choisi Adrian parce que je savais qu'il serait un père exemplaire, au point d'accepter ma liaison avec toi pour préserver un semblant de foyer pour ses fils... C'est qu'Adrian a eu une enfance pire que la mienne. Ses parents ont divorcé quand il avait deux ans. Fils unique, il a passé son enfance bringuebalé entre sa mère et son père, tous les deux remariés. Chacun de son côté a fait d'autres enfants. On expédiait souvent le gosse chez ses grand-mères maternelles respectives, deux harpies qui n'avaient de cesse de monter les familles l'une contre l'autre. Je ne veux pas imposer aux

233

jumeaux ni à Adrian ce calvaire. Tu es mon amant, mon amour, Leonardo, mais tu ne seras jamais un père pour mes enfants. Tu me veux pour toi tout seul. Je ne rêve qu'à ce moment où je serai libre de t'appartenir entièrement, mais il faut attendre que mes fils aient grandi. Les enfants poussent vite, attends encore un peu... Je sais, c'est une demande insolite, mais ne vivons-nous pas dans un pays révolutionnaire où tout est possible ? »

Onze ans plus tard sur un banc, à Fuenterrabia à deux pas de la France, je lui demande de prendre une décision capitale pour nos vies et de tout quitter pour me suivre. Cette fois-ci, elle ne laisse pas l'allumette lui brûler le bout des doigts. Elle me demande un temps de réflexion, et je pense, prends ton temps Berta, tout le temps que tu veux, pourvu que tu restes...

A présent je n'ai qu'une idée en tête, la retenir le plus longtemps possible auprès de moi. Chaque minute compte, chaque heure qui passe est déjà une bataille de gagnée. Nous apprenons à vivre ensemble à l'étranger, jour après jour, ce qui ne nous est jamais arrivé. Le fait qu'elle ait accepté l'invitation de nos amis à Saint-Jean-de-Luz me rend plein d'espoir. Mais je sais aussi que Saint-Jean-de-Luz n'est pas pour elle un endroit anonyme, Saint-Jean-de-Luz lui rappelle une histoire de sa mère, restée dans les annales de sa famille.

Un jour la Santera, feuilletant une revue espagnole chez la coiffeuse qui lui lissait les cheveux, poussa un mugissement de plaisir.

« Regarde, Mamalú, regarde cette photo ! Cette

plage, ces maisons, ces façades de poutres croisées, ces pontons de bois qui s'avancent dans la mer ! Que c'est beau ! Imagine-toi, dit ensuite la Santera à sa coiffeuse, imagine-toi que c'est un Russe, un dénommé Pavlovsky, qui a construit ces merveilles ! Je vais dire à mon fils, le colonel, de persuader Fidel d'inviter cet architecte. Il pourrait construire à Santiago, Pinar del Rio ou Cienfuegos des maisons s'inspirant du style de chez nous. Des bohios modernes et chics, des cases d'Indiens Tainos et Siboneyes réinterprétées par un architecte soviétique, ami du peuple cubain ! Quelle belle revanche ce serait pour les Indiens Cubains ! »

A la suite de quoi la mère de Berta Maria avait encadré les photos du magazine et les avait accrochées au mur de la salle à manger. Puis elle avait invité son fils, le colonel Diaz.

« Amène Fidel, j'ai une proposition à lui faire. »

Tout colonel en poste au ministère de l'Intérieur qu'il était, le fils ne refusait jamais rien à cette mère dont il avait toujours admiré le courage et la dignité. Il faisait tout son possible pour la rendre heureuse.

Quelques jours plus tard, le colonel Diaz pria sa mère de rester en *stand-by*, c'est-à-dire pour les Cubains : « Reste où tu es et ne bouge pas, ça peut durer quelques heures ou toute la nuit ».

La Santera avait pris ses précautions. Elle connaissait par ouï-dire les habitudes et les manies du Comandante. Elle prit un bain avec une décoction de basilic pour éloigner les mauvais esprits, prépara à manger pour douze personnes, négociant avec un voisin pêcheur une douzaine d'huîtres dont le Comandante raffolait. Le repas préparé, elle disposa quelques fruits et des friandises en offrande aux dieux. Elle pria ses *orishas* en fumant le cigare rituel et, les conditions une fois réunies, se coucha tout habillée coiffée du fichu de coton blanc des initiées. A minuit le réveil sonna. Fraîche comme une jeune fille, elle s'installa dans son rocking-chair placé en face du plus profond et solide fauteuil de la maison — le Comandante était un grand gaillard —, elle alluma la radio et attendit, en stand-by, la venue de Fidel.

La porte de la maison était grande ouverte. Le rez-de-chaussée donnant de plain-pied sur le trottoir, quelques voisins noctambules n'hésitèrent pas à entrer, et à demander ce qui se passait.

Entièrement vêtue de blanc, un éventail de feuilles de bananier tressées à la main car la chaleur était intense, la Santera répondit d'une seule phrase à toutes les questions : j'attends Fidel. A une heure du matin, tout le quartier était au courant de la visite du Comandante.

Vers trois heures du matin, on assista devant la maison à un ballet de voitures et de phares. Des hommes armés jusqu'aux dents prirent position d'un bout à l'autre de la rue.

Fidel fit son entrée, accompagné du colonel Diaz, de plusieurs militaires haut gradés et de quelques membres de sa garde. Ce petit monde s'assit autour de la table de la salle à manger. Berta Maria fit la jeune fille de la maison. Fidel prit place dans le fauteuil qui lui était destiné, en face de la Santera. Il but quelques gorgées de vin blanc et s'enfila une douzaine d'huîtres.

Après quoi le Comandante déclara qu'il appréciait beaucoup les photos des maisons de Saint-Jean-de-Luz, que c'était une bonne idée, qu'il était d'accord avec la Santera, cet architecte soviétique talentueux pourrait s'inspirer de l'architecture domestique locale pour créer un ensemble dans le même esprit du côté de Santiago. Il sortit de la poche de sa vareuse un petit cahier Clairefontaine offert par une amie française, et un stylo d'une autre poche.

« Comment dis-tu que s'appelle cet architecte ? demanda-t-il à la vieille Noire.

— Pavlovsky, André, comme Andrés, sans le *s* à la fin, expliqua-t-elle, toute fière d'avoir retenu son nom et de l'avoir épelé d'un ton ferme.

— Tu auras de mes nouvelles bientôt, promit le Comandante. Puis, sans transition, il se mit à lui expliquer son plan de développement pour l'industrie laitière, l'informant qu'un cheptel de vaches normandes importées de France arriverait bientôt à Cuba. Il parla sans interruption jusqu'à cinq heures du matin. Puis soudain il se tut, la tête baissée dans sa barbe, qui lui faisait comme un plastron.

— Ça y est, pensa la Santera, le voilà qui pique un roupillon. »

Mais non, le Comandante était en train d'observer avec intérêt un énorme cafard, gros et repu, qui courait sur le plancher.

Puis d'un seul coup, il se leva, serra la femme contre lui, promit à nouveau qu'il s'occuperait de faire venir l'architecte et donna ordre à sa suite de battre en retraite.

C'était l'époque où le *compay Brechnieff* dirigeait l'Union soviétique et veillait à entretenir avec Cuba les meilleures relations, l'époque où Fidel n'avait qu'à décrocher son téléphone pour lui parler.

Quelques jours plus tard, le colonel Diaz passa en coup de vent chez sa mère.

« Tu as fait une gaffe, maman, dit-il. La prochaine fois renseigne-toi avant de déranger Fidel.

— Qu'est-ce que j'ai fait encore, petit pou (elle l'appelait ainsi depuis l'âge de cinq ans où il avait attrapé des poux à l'école publique).

— Ton architecte, il est mort depuis belle lurette. En plus, c'était le fils d'un Russe nihiliste réfugié en France *avant* la révolution bolchevique.

— Tout le monde peut se tromper. Mais j'apprécie que Fidel n'ait pas oublié sa promesse.

— Difficile d'oublier avec le grigri contre le mauvais œil que tu as réussi à lui refiler ! Chaque fois qu'il met la main dans la poche de sa vareuse, il se souvient de toi.

— C'est la seule chose qui compte, que mes poupées rituelles, mes orishas le protègent ! Je me fous du reste.

— Tiens... Fidel t'envoie ces deux jerricans de D.D.T. pour lutter contre les cafards. »

La Santera décrocha les photos du mur et les mit dans un endroit plus discret de la maison.

« Je me fous pas mal que ce type soit un Russe exilé. Veux-tu que je te dise, Berta ? Eh bien, vois-tu, je me suis promenée sur cette plage dans une autre vie », dit-elle à sa fille.

Saint-Jean-de-Luz, le temps d'y réfléchir... ainsi l'a voulu Berta.

Saint-Jean-de-Luz... étranges journées. Par moments je sens que tous les espoirs sont permis. L'instant d'après, je suis assailli par le doute et des idées sombres. Nous faisons mine de vivre comme un couple sans histoires profitant de quelques jours de vacances dans une paisible ville du Sud-Ouest français. Même le temps s'est mis au diapason de mes états d'âme, passant comme une table tournante d'un soleil éclatant et brûlant à un vent léger, enchaînant nos destins à ce mouvement aléatoire.

Nous marchons le long de la jetée. Derrière nous,

les maisons de l'architecte qu'avait tant aimées la mère de Berta Maria. Nous marchons dans un passé de photos de magazine, le galop des rêves déferlant sur la crête des vagues, rumeur du désespoir et tentation de vie, l'un à côté de l'autre, comme un couple uni et certain qu'il vieillira ensemble.

« Parle-moi d'Hilda Reyes », me dit Berta.

C'est la première fois que je l'entends prononcer le nom de mon ex-femme sans la moindre ironie.

Ce fantôme qui nous a poursuivi tout au long de notre relation continue de la hanter, je le sais. Parce que j'ai toujours refusé d'évoquer ma vie avec Hilda, Berta en est devenue jalouse. La seule évocation de ce prénom la trouble. Mais je le sens, si je veux la retenir aujourd'hui, il faut que je lui parle de ce chapitre de ma vie.

« Imagine, Berta, un homme de trente-cinq ans qui a toujours évité de s'engager dans une relation stable avec une femme pour se consacrer exclusivement à son travail... », dis-je, me surprenant à parler de moi à la troisième personne, comme pour prendre de la distance avec mon passé.

Un jour, il se rend à l'hôtel Habana Libre pour rencontrer un collègue étranger. La troupe du Ballet national se trouve là par hasard. Les danseurs sont venus accueillir une compagnie anglaise. Le hall est bourré de monde. Comment cet homme qui se croyait à l'abri des sentiments se trouve-t-il soudain foudroyé d'amour pour une petite danseuse ? Je ne saurai jamais... En voyant sortir de l'ascenseur l'étranger qu'il est venu chercher, cet homme se cache pour mieux observer celle par qui le malheur arrivera. La jeune fille a tout juste dix-sept ans. Elle ne ressemble en rien aux femmes avec qui il a eu des aventures. Il n'est pas sûr de la trouver jolie. Trop maigre, des cheveux fins tombant sur les épaules. Sa pâleur l'impressionne. Il ne peut détacher ses yeux d'elle, subjugué par ses gestes, son port de tête, la grâce de ses mouvements lorsqu'elle se retourne vers un interlocuteur. Une image exquise et passagère. Demain je l'oublierai, je l'ai déjà oubliée d'ailleurs, pense-t-il, alors que son collègue hongrois vient à sa rencontre.

Second épisode...

J'ai continué à utiliser la troisième personne pour mieux soutenir le regard de Berta, un regard qui pourtant m'encourage et semble me dire : « Vas-y ! Je t'écoute ! Il y a longtemps, idiot, que tu aurais pu m'en parler simplement. » J'ai honte de ma lâcheté.

Second épisode donc... Alvaro Pérez me supplie de le remplacer, il s'agit d'escorter une délégation canadienne à une représentation du Ballet national. Alvaro vit une passion tumultueuse avec un jeune boxeur cent pour cent révolutionnaire qui n'a jamais fréquenté d'homosexuels. C'est très nouveau, très exaltant pour Alvaro, ça l'occupe à temps plein ! Je n'ai pas envie d'y aller, je refuse. Cette fois-ci les romances de mon ami ne m'amusent pas du tout. Mais je finis par céder. J'ai beaucoup d'admiration pour Alicia Alonso, son art, son courage. Cette ballerine qui a dansé une partie de sa carrière en étant presque aveugle mérite le respect, mais l'obstination avec laquelle elle continue à se produire à soixante ans passés m'agace au plus haut point.

J'accompagne donc la présidente de la délégation canadienne, une dame d'un certain âge qui me fait part de son éblouissement lorsqu'elle a vu danser Alicia Alonso pour la première fois à New York dans *Pillars of Fire*, avec l'American Ballet Theater. Je m'ennuie, j'ai chaud, les mimiques de cette Canadienne à la voix stridente m'exaspèrent. Au moment où je m'apprête à sortir sans donner d'explication, les lumières s'éteignent dans la salle. La première partie du programme présente le célèbre *Pas de quatre*, sur une musique de Cesare Pugni. Et là, oh, miracle ! je reconnais soudain la jeune fille croisée quelques jours auparavant dans le hall du Habana Libre. Sa silhouette d'ange, sa maigreur d'enfant, ses déliés graciles. Sur des pointes, en tutu et justaucorps, les cheveux tirés dans un chignon strict. Le thème veut que chacune des quatre danseuses exécute un solo à tour de rôle, rivalisant de grâce. Bien que ma voisine canadienne soutienne que les trois autres sont supérieures, je ne vois qu'elle, et je comprends à cet instant que j'ai eu le coup de foudre la première fois que je l'ai vue. Un coup de foudre, ça ne s'explique pas... c'est une maladie qui vous tombe du ciel !

A la fin du spectacle je propose à la présidente d'aller saluer Alicia Alonso dans sa loge. L'étoile nationale cubaine vient de danser sa version de *Carmen*, et la Canadienne s'est levée pour crier « bravo ! » les larmes aux yeux, au bord de l'hystérie.

« You're the best ! » s'exclame-t-elle en entrant dans la loge et tombant à genoux devant l'étoile. Je m'amuse de voir avec quel énigmatique sourire Alicia Alonso accepte sa ridicule génuflexion. J'en profite pour les laisser seules et aller féliciter la jeune Hilda Reyes qui partage une loge avec ses partenaires du *Pas de quatre*. Les trois autres filles sont entourées d'admirateurs, elles ont les bras chargés de bouquets de fleurs. Hilda est seule devant son miroir.

Je suis son unique admirateur. Pas étonnant qu'elle accepte mon invitation au Coppélia, le seul endroit de La Havane où l'on peut à l'époque manger une coupe glacée digne de ce nom.

Brève rencontre, entrecoupée de longs silences. Hilda semble mortifiée par le succès de ses amies. Je la reconduis chez ses parents qui habitent le quartier chic de Miramar.

Troisième acte. La passion d'Alvarito tourne mal. Il s'est fait tabasser par son amant boxeur. Pour lui changer les idées, je lui parle d'Hilda Reyes.

« Reyes, la fille du médecin ?

— Tu la connais ?

— J'ai eu un fiancé danseur, ne l'oublie pas.

— Parle-moi d'elle.

— Famille de la haute bourgeoisie. Son père était un gynécologue très en vogue avant la Révolution. Les mauvaises langues disent que quantité de jeunes filles bien nées et de dames mariées sont passées entre ses mains pour de discrètes opérations. Sa fortune viendrait de là. Au moment de la Révolution, tout le monde a pensé que le docteur Reyes s'envolerait à Miami. Mais non. Le docteur Reyes était un ami d'enfance du président Dorticos. C'est pourquoi, se sentant protégé, il a pu rester à Cuba.

— La fille, Alvarito, parle-moi de la fille. »

Je connaissais Alvarito, quand il tournait autour du pot, c'était plutôt mauvais signe.

« La fille... que te dire de la fille ? Elle est douée, mais pas autant qu'elle imagine. Elle a réussi, dit-on, à entrer à l'école du ballet, convoitée par des milliers d'enfants du peuple, grâce à un piston du président de la République, et plus tard elle aurait accédé au statut de ballerine du Ballet national de la même façon. D'après les mauvaises langues, toujours, on dit que si Hilda Reyes n'a pas le feu sacré de la danseuse étoile, elle a le feu au cul. On dit aussi qu'à l'âge de quinze ans elle aurait eu affaire aux talents de son père pour envoyer au ciel le guignol qui commençait à s'agiter dans son ventre. »

Quatrième acte. Sans tenir compte de ces renseignements, cinq mois plus tard, j'épouse la jeune Hilda Reyes. Suit une période de bonheur absolu. Le Lys, comme je l'appelle, se montre d'une docilité et d'une inventivité merveilleuses dans les jeux érotiques, d'une insatiable soif d'amour. Surpris et ravi d'être le bénéficiaire exclusif de ce feu d'artifice sensuel, aveuglé, naïf, idiot... comment décrire l'homme que je suis alors ? Moi qui n'ai pas de mots assez sévères pour accuser ceux qui profitent de leur mission à l'étranger et reviennent les valises pleines de cadeaux pour leur famille, voilà que je fais pareil. Plus grave encore, je demande une maison à Miramar, car mon Lys veut habiter près de la demeure familiale. J'obtiens une voiture de fonction, pour qu'elle puisse rendre visite à ses amies, se promener, et rencontrer ses amants, je ne l'apprendrais que plus tard.

Cinquième et dernier acte. Hilda change, elle s'éloigne de moi, sans que je comprenne bien pourquoi. Je compte sur les doigts nos étreintes amoureuses. Je surprends dans mon entourage des sourires malveillants, des propos aigres-doux. Mais ce qui me touche le plus, c'est qu'Alvaro Perez semble fuir mon regard. Un soir, je l'invite à dîner, je le fais boire, j'insiste pour qu'il me dise ce qu'il a sur le cœur.

« Tu veux savoir la vérité, Leo ? me dit-il. Tu es cocu. Et comme dans tout vaudeville, tu es le seul à ne pas le savoir. »

Alvarito a raison. Moi qui me croyais dans une tragédie en cinq actes, j'étais en train de vivre un minable vaudeville, vieux comme le monde. Le soir même, je prends une chambre au Havana Riviera.

Une fois le divorce obtenu, Hilda Reyes épouse un fonctionnaire cubain, profite d'un voyage à l'étranger, divorce de son second époux, et s'exile aux Etats-Unis.

Voilà l'histoire, Berta.

Nous sommes arrivés au bout de la jetée. Nous regardons la baie de Saint-Jean, Berta Maria se blottit contre moi. Elle n'a pas interrompu mon récit.

« Je ne voulais pas te parler d'Hilda ni de mon mariage parce que je ressentais une sorte de blessure, comme une brûlure physique. Je ne voulais pas remuer cette histoire qui m'avait fait mal, ni même entendre prononcer son nom parce que, au fond, je la haïssais. D'une haine qui me faisait peur... »

Je sens le corps de Berta se crisper. Un bruit monte dans sa gorge, un instant je pense qu'elle est prise d'un accès de toux. Puis je me rends compte qu'elle se retient de rire, un rire qui finit par jaillir et se libérer. « Onze ans ! dit-elle en reprenant son souffle. Onze ans, Leonardo Esteban, que je t'embête pour que tu me parles de cette Hilda Reyes ! Tragédie ? Vaudeville ? Disons plutôt une comédie, avec ses quiproquos ! Moi qui croyais que ton refus d'évoquer ton ex-femme venait d'un trop-plein d'amour, que tu continuais à l'aimer malgré tout, que je n'étais que la femme secondaire, celle qui sert à panser les plaies encore ouvertes. Un mot aurait suffi, un seul ! Le mot que tu viens de dire. Haïr.

J'ai attendu onze ans pour t'entendre le prononcer ! »

Berta passe son bras autour de mon cou. Une fine pluie tombe sur la jetée. Nous sommes seuls. Nous aurions pu nous embrasser jusqu'à l'aube. Je me libère de son étreinte et lui demande :

« J'ai besoin de ta réponse, Bert. Vas-tu rester avec moi, maintenant que tu sais que je n'aime que toi ?

— Attends encore, laisse-moi le temps, encore un peu de temps. »

Les jours passent et je sais de moins en moins à quoi m'en tenir. Hier il a fait très beau, un air doux, un ciel bleu roi, et un crépuscule admirable. Berta Maria se repose dans le jardin où jouent les enfants de Colette et de Beñat. Je suis à l'étage avec les parents. Par la fenêtre ouverte me parviennent leurs cris et leurs rires. Tous, nous nageons dans le bonheur. Je descends chercher Bert au jardin. Je la trouve assise sur le petit fauteuil en fer forgé. Ses deux bras, inertes, reposent sur ses genoux, son corps entier semble détendu, le visage relevé, toute son attention se porte au loin, au-delà des toits avoisinants. Elle ne remarque pas ma présence. Je reste confus, ne sachant que dire, quoi faire. Berta pleure. Les larmes inondent son visage. Elle est ailleurs. Loin de moi.

J'essaie de mettre toutes les chances de mon côté. Je veux que Berta Maria rencontre mes autres amis basques. Nous commencerons par le couple Gómez Pérez.

Ambroise Dioclétien et Jacinthe Madeleine nous reçoivent avec leur gentillesse habituelle. Chez eux l'amitié prend tout son sens, se renforce et s'épanouit devant un déjeuner somptueux, un déjeuner qui dure des heures. Je suis comblé de voir Berta rire des blagues juives d'Ambroise, mais aussi de la dispute qu'elles suscitent avec sa femme.

« C'est un comble, proteste Ambroise, Jacinthe est choquée par mes blagues juives qui sont racistes, soi-disant, mais elle ne comprend pas que l'autodérision est la vertu majeure de l'humour juif, et des bonnes blagues en général ! J'ai beau lui expliquer que c'est en Belgique que j'ai entendu les blagues belges les plus terribles, elle ne supporte pas. Sache, ma chère femme, que seuls les intégristes sont incapables de se moquer d'eux-mêmes. Dieu nous libère de tous les intégrismes ! »

Après le déjeuner, Berta Maria et Jacinthe s'installent au salon pour échanger des recettes basques et afro-cubaines.

« Vous les hommes, laissez-nous tranquilles. Berta et moi allons travailler au développement des relations culturelles entre nos deux pays, annonce Jacinthe Madeleine en déposant sur la table crayons et feuilles de papier. Qu'en pensez-vous, Berta ?

— Allez ouste, dehors ! dit-elle en riant.

— Echanger des recettes, c'est le hobby de Jacinthe, commente Ambroise, passant un bras sur mon épaule et m'invitant à le suivre à l'étage. Jacinthe n'a jamais mis les pieds à Cuba, elle n'imagine pas la situation. Quelquefois lorsqu'elle voit un reportage sur Cuba où l'on montre les gens faisant la queue devant les magasins, où l'on parle de pénurie et de coupures d'électricité, elle n'en croit pas ses yeux ni ses oreilles et me demande "c'est vrai ce qu'ils racontent ?" et je lui réponds lâchement, "pas tout à fait, ils exagèrent toujours à la télévision, tu sais bien". A quoi bon lui faire un long discours ? Jacinthe est née dans un château en Touraine. De là, toute jeune, elle est venue dans cette maison que j'ai fait construire pour nous. Elle n'a jamais manqué de rien, et ne conçoit pas que des gens puissent ne pas avoir l'essentiel. Mais c'est une nature généreuse. Elle participe en tant que bénévole à un nombre incalculable d'associations : protection de l'enfance, des vieillards, des handicapés, des animaux en voie de disparition... la politique n'est pas son fort. Si je lui parle d'embargo américain, ça ne lui dira rien. Mais si Berta Maria lui explique que, pour trouver à Cuba de quoi cuisiner une soupe de ttoro ou un thon piperade, la ménagère cubaine doit commencer par se procurer des dollars, alors ça devient pour elle beaucoup plus concret. Echanger des recettes est, pour mon épouse, un excellent exercice d'éducation politique ! »

Ce qu'Ambroise Dioclétien appelle la « salle d'étude » est une grande pièce aux murs couverts de tapisseries. Sur l'imposant bureau sont empilés livres et dossiers. Deux fauteuils et un canapé de cuir constituent le reste de l'ameublement. Une austérité qui n'est qu'apparente, puisque je vois mon ami ouvrir un placard d'où il sort des bouteilles à faire damner saint Antoine.

« Mon minibar... Qu'est-ce que tu bois ? me demande-t-il en sortant deux verres. Je te conseille ce vieil armagnac, ou cet excellent cognac. »

Les femmes sont à leur cuisine, et voilà une heure que nous sommes installés dans ces confortables fauteuils invitant plus à la sieste qu'à la réflexion. Tout en sirotant un alcool de poire « qui a l'âge de la région » et fumant un de ces Montecristo en provenance directe de Cuba, Ambroise me parle de ses nouveaux projets.

« Nous vivons dans un monde complexe et contradictoire, Leonardo. Misère ici, richesse là-bas. Les marchés financiers très puissants qui gouvernent le monde peuvent s'écrouler du jour au lendemain comme un château de cartes. Ce qu'on appelle l'économie mondiale. Un climat surréaliste s'empare parfois de la scène politique. Te souviens-tu ? La stupéfaction provoquée par la messe que le pape a donnée place de la Révolution à La Havane, avec un crucifix gigantesque d'un côté de l'autel et le portrait du Che de l'autre ? Le Vatican communiant avec le dernier bastion communiste ! Nous savons aujourd'hui que si les marchés financiers de Hong Kong ou de Shanghai s'enrhument, Wall Street peut attraper une fièvre fatale. Le monde est une vaste toile d'araignée dans laquelle nous sommes tous pris. Et chacun de nous contribue à la tisser, mais qui sait quelle Veuve Noire va un jour nous dévorer, plongeant la planète dans le chaos ? Ce qui m'inquiète le plus, vois-tu, c'est que la corruption et la tricherie s'installent sur une grande échelle. Quand des sommes vertigineuses sont en jeu, qui peut résister à la tentation de s'octroyer une part du gâteau ? La soif d'argent guide nos faits et gestes, nous possède. Regarde autour de nous, les sportifs dopés, les politiciens corrompus, les vins trafiqués... C'est dans ce contexte que s'inscrit mon projet. »

Il fait une pause pour rallumer son Montecristo, puis enchaîne :

« Tout poison a son antidote. Ce climat d'escroquerie généralisée a fait naître ou renaître, à la demande de gouvernements, d'associations de consommateurs ou d'organismes de santé publique, des laboratoires destinés à tester la qualité de toutes sortes de produits. On a vu, par exemple, une société française réaliser pour une cantine scolaire américaine une étude sur la qualité des aliments qui étaient distribués aux enfants. L'étude a démontré que les pots de vanille mentionnant cent pour cent naturelle ne contenaient que de la vanille synthétique, deux cents fois moins chère ! L'Angleterre a fait appel à la même société pour tester une marque de jus d'orange. Le "pur jus" qu'annonçait l'étiquette était en fait allongé de sucre. Et la liste est longue... C'est devenu un véritable problème de société. Je viens de racheter un de ces laboratoires. En lui fournissant les technologies dont elle a besoin, nous pourrons vérifier, par exemple, que ce Montecristo est vraiment roulé dans des feuilles de tabac cubain. En un mot, avec un solide investissement, cette affaire pourrait se révéler très lucrative. »

Le jour décline. Ambroise Dioclétien a eu la bonne idée de ne pas allumer de lampe. Je vois le bout de son cigare rougeoyer dans la pénombre chaque fois qu'il tire dessus. Une fumée âcre flotte dans la pièce. Je me demande par quelle perversité de la nature, je dois être le seul Cubain à ne pas supporter l'arôme lourd du cigare.

« Encore une fois, Leonardo, il faut faire face à ses propres contradictions. Le côté chevaleresque de l'entreprise m'enchante. Démasquer les falsificateurs ! Mais il faut aussi s'assurer que ce genre de projet est rentable. Ce type de société de défense du consommateur est déjà bien coté en bourse. En France, le marché reste ouvert. La Communauté européenne nous offre de nouvelles perspectives. Pour cela, il me faut un gestionnaire solide. Tu es l'homme de la situation. Je t'ai vu à l'œuvre pour défendre les intérêts de ton gouvernement. Je voudrais t'associer à cette nouvelle affaire. »

Il aspire goulûment sur son cigare et laisse retomber son bras sur l'accoudoir du fauteuil.

249

« Mais avant... une question personnelle, si tu permets. Où en es-tu avec Berta ? Va-t-elle, comme je le souhaite, rester en France avec toi ?

— Je n'en sais rien. Elle m'a demandé un temps de réflexion. Je sais aussi qu'elle doit appeler à La Havane. Elle a là-bas une mère, des enfants, un frère, un travail qu'elle aime, des amies, des activités de militante qui lui tiennent à cœur. Sans compter son mari qui attend qu'elle réintègre le foyer. Il faut mettre tout ça dans la balance. Qui sait ce que je pèse ? »

J'avale une longue rasade de cognac, pour me donner du courage.

« Je vis au jour le jour, Ambroise. La journée que nous avons passée ici et votre accueil sont un bonheur pour Berta, j'en suis certain. Elle a aussi accepté de rencontrer Louis Altuna. Ça ressemble un peu à ton histoire de jus d'orange allongé avec du sucre. Chaque jour que Berta passe avec moi l'éloigne un peu plus de Cuba. Me réveiller le matin et la sentir à mes côtés est déjà un miracle. »

L'heure de vérité. Tout le long de la route qui nous rapproche, Berta Maria et moi, de la ferme de Louis Altuna, je ne cesse de me dire que « c'est l'heure de vérité ».

J'ai longuement décrit à Berta le vieux Louis, sa chienne Langue qui m'a adoptée sans que j'ai eu à faire beaucoup d'efforts, je lui ai parlé du troupeau de petits chevaux qui est sa seule famille.

Il s'agit maintenant de mettre tous les atouts de mon côté, de préparer le terrain. Je veux lui faire partager ma fascination pour le Labourd, qu'elle comprenne pourquoi ce Pays Basque que je connais à peine m'est devenu si nécessaire. En chemin, nous décidons de faire une halte à Ciboure, pour visiter la maison de Ravel.

« Ciboure, c'est là qu'est né Maurice Ravel. Une pièce de mon puzzle personnel, Berta. Quand ma mère et moi nous sommes installés dans l'appartement d'Antton, mon parrain prit l'habitude de nous convier à ce qu'il appelait cérémonieusement "nos soirées musicales". Il avait acheté chez un antiquaire un phonographe RCA Victor et une collection de 78 tours, parmi lesquels figuraient bon nombre d'œuvres de Ravel. Ma mère protestait, parce qu'après avoir écouté Carlos Gardel, les boléros cubains du trio Matamoros et des enregistrements d'Enrico Caruso, Antton nous imposait *Le Boléro*, *La Valse*, ou *Le concerto en fa pour la main gauche* de son compositeur préféré. "J'aime Ravel, disait-il, parce que c'est un grand compositeur, mais aussi parce qu'il est basque", ce qui donnait à ma mère l'occasion de se moquer de son nationalisme. Elle exigeait même qu'il laisse tomber son béret pour sortir avec elle. Il lui répondait : "Je suis né chauve, Iraida, et avec un os de plus à la colonne vertébrale, comme ceux de ma race." Puis il nous faisait tâter dans sa nuque la fameuse cervicale qui nous fait défaut. »

J'essaie de faire rire Berta, ou au moins de la faire sourire. Il y a maintenant entre nous de longues plages de silence qui me rendent anxieux, irritable même. Je finis par allumer la radio.

D'ordinaire Berta est plutôt d'une nature expansive et bavarde. Elle aime parler et j'aime l'écouter. Au cours de nos onze années de liaison, à chacune de nos brèves rencontres, je me suis fait une joie de l'entendre me décrire ses journées et ses nuits loin de moi. Aujourd'hui la situation s'est inversée, c'est moi qui raconte et Berta qui se tait. Elle m'écoute, certes, elle sourit quand il faut sourire, mais je vois, le temps d'un éclair, une ombre passer sur son visage, une angoisse qui me fait peur. Alors je regarde ailleurs, je déblatère sur le paysage.

Après le pèlerinage à la maison de Ravel et la promenade à Ciboure, nous nous rendons à Saint-Jean-de-Luz où j'invite Berta à dîner. Sans nous en rendre compte, nous adoptons le comportement du couple d'Anglais assis à une table voisine. Avec une dignité très britannique, ils chuchotent à mi-voix dans le restaurant quasiment vide.

Berta apprécie le vin, la côte d'agneau grillée aux herbes, mais le cœur n'est pas à la fête. Les trois fines bougies du chandelier en argent illuminent son visage. J'ai envie de lui dire que je la trouve plus belle que jamais. Nos regards se croisent, et je lis l'angoisse qui s'abat sur elle une nouvelle fois. Je lève ma coupe dans un toast silencieux.

Nous retournons sur la jetée pour admirer une dernière fois les maisons et leurs pontons de bois sur la plage.

Le fond de l'air est frais. Berta frissonne et je l'enlace. Puis nous nous asseyons sur le banc face à la mer. Nous sommes seuls à profiter du murmure des vagues, hormis quelques passants solitaires qui promènent leurs chiens.

« Regarde, Bert, dis-je, la lune a eu la bonne idée de se placer à l'aplomb du phare de Pavlovsky, l'architecte que ta mère voulait faire venir à Cuba... »

Et déjà je m'en veux d'avoir évoqué sa mère. Mais le visage de Berta est calme, elle a fermé les yeux comme pour accueillir les rayons de la lune. Elle prend ma main dans la sienne et la caresse.

« Arrête le temps, Leonardo, empêche la terre de tourner... »

Nous restons enlacés jusqu'à ce qu'une petite pluie fine vienne nous chasser.

LE LABOURD

Novembre 1998

Nous sommes chez Louis Altuna depuis trois jours. Le premier jour a été difficile, pour ne pas dire insupportable. Louis s'est montré d'une politesse extrême, entourant Berta de tout le confort possible. Il a insisté pour nous installer dans la chambre de sa femme, restée fermée depuis sa mort. De notre fenêtre, nous apercevons la montagne Artzaim, dite « montagne de l'ours », que d'autres appellent la « montagne du berger ». Noyé dans la brume matinale, elle prend des allures d'aquarelle chinoise.

La présence de Berta Maria paralyse le vieux paysan qui, malgré sa gentillesse, se réfugie dans le silence. Toute notre complicité semble s'être évanouie. Ce n'est pas faute d'efforts de notre côté. Berta Maria est allée jusqu'à caresser la tête de Langue, elle qui n'aime que les chats. Au dîner d'ailleurs, se croyant en terrain conquis, Langue est venue poser sa tête sur la cuisse de Berta, ce qui lui a valu une bonne claque sur le museau. La chienne s'est éloignée en glapissant.

« Langue a voulu te manifester son amitié, lui dis-je, elle a compris que je t'aimais. »

Réflexion qui me vaut un regard assassin.

« Elle est intéressée par le morceau de jambon qui est dans mon assiette, tu veux dire ! Les chiens sont des animaux serviles et goinfres. Qu'elle pose encore sa mâchoire baveuse sur ma cuisse, et je lui arrache le museau ! »

Le rire de Louis nous fait sursauter tous les deux. A force de se déplacer comme une ombre du fourneau à la table, nous l'avions oublié !

C'est la première fois que j'entends le vieux rire franchement. Un rire qui se transforme en toux caverneuse. Il boit son verre cul sec.

« Une bonne leçon ! Je l'ai trop gâtée, cette chienne, et Leonardo aussi. Regardez-la maintenant ! »

Vexée, la chienne est allée s'aplatir sous une chaise, à l'autre bout de la cuisine.

« Ne buvez pas ça, j'ai un autre vin pour... madame, dit le paysan, retirant la bouteille de la table.

— Berta Maria... Louis », dis-je.

Il s'éloigne en marmonnant un timide « Berta Maria », s'absente un quart d'heure et revient, les bras chargés de bouteilles.

« Les meilleurs crus de ma cave. »

Quatre bouteilles qu'il ouvre l'une après l'autre, pour les laisser respirer, comme il dit. Il se verse un fond de verre, le hume, le goûte, puis nous remplit les nôtres, attendant notre verdict.

Les yeux fermés, je suis en train de savourer une première gorgée de vin quand j'entends Berta Maria s'exclamer :

« C'est le meilleur vin que j'aie jamais bu de ma vie, Louis ! »

Le visage d'Altuna resplendit d'un sourire qui me rappelle celui de son cousin Antton quand, il y a bien des années de cela, il avait demandé à ma mère de s'installer chez lui avec moi, et qu'elle avait accepté.

Tout cela me semble de très bon augure.

« J'attendais l'occasion d'ouvrir ces bouteilles, dit Louis. Un peu plus, je les emportais dans la tombe ! »

Et il rit de nouveau.

« A Berta Maria ! dit-il haut et fort, à Leonardo ! »

Nous élevons nos verres et trinquons.

« A Louis Altuna ! »

A mesure que la nuit avance et que nous buvons, Altuna se fait plus loquace. Il nous raconte ses longues fiançailles et son mariage heureux, comment son élevage de pottokak a été pour lui une bouée de sauvetage à la mort de sa femme.

Les yeux de Berta brillent, elle écoute Louis d'un air d'enfant passionnée, elle se réconcilie avec Langue grâce à une bonne tranche de jambon de Bayonne dont la chienne est friande, Langue qui a délaissé ma cuisse pour la sienne.

Je retrouve la Berta que j'aime, souriante et vivante, celle de nos rendez-vous d'amour à La Havane, devenus dans ma mythologie personnelle les moments les plus heureux de ma vie, les seuls où je me suis vraiment senti vivre. Cette nuit sera longue, me dis-je. Cette nuit, Berta...

Le lendemain, je me réveille au milieu de l'après-midi avec une migraine à se cogner la tête contre les murs. En descendant à tâtons l'escalier, je suis frappé par les rires harmonieux de Louis et de Berta en bas. Sans compter les aboiements primesautiers de Langue. Elle aussi se met à fêter la présence de celle par qui le bonheur arrive, Berta, la femme capable de vous taper sur le museau et de se faire aimer malgré tout.

Louis a passé à Berta les clés de son royaume, il la laisse préparer ce congri cubain dont elle lui a vanté les mérites.

Ils se tutoient tandis que le vieux paysan continue de me vouvoyer.

J'emmène Berta en voiture faire un tour dans la montagne, à la rencontre du troupeau de petits chevaux. Quand je lui présente Amande de mer, elle jure que si la réincarnation existe, elle voudrait bien revenir sur terre sous les traits de la petite femelle.

Le troisième jour, Berta me demande de la conduire à la poste la plus proche pour appeler La Havane.

« Je ne veux pas téléphoner de chez lui, dit-elle. Louis est trop généreux. Et puis, je ne veux pas que mon frère sache où je suis. Les services de renseignement cubains sont parmi les plus efficaces du monde. Au moins de ce point de vue, pouvons-nous rivaliser avec les plus grands services de la planète. »

Je la conduis à la ville d'Anglet pour lui montrer la mairie de style néo-espagnol avec ses azulejos et ses grilles en fer forgé, morceau d'Andalousie au cœur du Pays Basque.

La communication avec La Havane est longue. Par courtoisie, j'attends Berta dehors, devant la poste. Je sens l'inquiétude monter. Quand elle sort, Berta ne semble ni bouleversée ni inquiète.

« J'ai parlé à ma mère, dit-elle. Je lui ai raconté notre visite à Saint-Jean-de-Luz. Mon frère n'est pas à La Havane. »

Nous reprenons la route vers la ferme d'Altuna.

D'un ton que je veux le plus neutre possible, je lui demande :

« Et les jumeaux ?

— Tout va bien. Ils s'entraînent pour leur match de base-ball. Ils étaient très pressés.

— Et Adrian ? »

Je conduis, le regard obstinément fixé sur la route, évitant de regarder Berta.

« Il découche. Compte tenu du décalage horaire, il est huit heures du matin à La Havane. Les jumeaux m'ont dit "papa ne dort pas souvent à la maison". Une maîtresse, peut-être, ou son incontournable dévotion à la Révolution cubaine, va savoir ? Si quelqu'un manque à la milice de son centre de travail, Adrian est toujours le premier à se porter volontaire... »

Et, passant du coq à l'âne, elle ajoute :

« Qu'est-ce qu'on fait maintenant ? »

D'émotion, je manque de rater un virage. Berta a appelé La Havane et Berta ne parle pas de retour, elle se comporte comme si nous avions le temps, tout notre temps...

« Que dirais-tu de dîner dans une auberge du coin ? dis-je. Ensuite, je te dépose chez Louis et j'enchaîne sur Bayonne. Gómez Pérez insiste pour me présenter des chercheurs du laboratoire qu'il vient de racheter.

— Tu rentreras vers quelle heure ?

— Le plus tôt possible. Mais pas avant dix, onze heures du soir. Avec Ambroise Dioclétien, une réunion d'affaires se termine toujours par un repas pantagruélique auquel il est impossible d'échapper. Pour lui, les meilleures affaires se font autour d'une table bien remplie. »

Ambroise D. Gómez Pérez ne s'est pas trompé :

les chercheurs du laboratoire récemment acquis sont jeunes, compétents et désireux de mettre leurs connaissances, comme dit l'un d'eux sans hésiter, « au service de l'humanité ». Sachant que je viens à Bayonne pour les voir, ce biologiste de profession arbore avec fierté sur son t-shirt un portrait du Che Guevara au sourire ironique. Sa déclaration de principe perd de sa naïveté quand il m'explique à quoi vont servir les appareils sur lesquels, grâce à l'investissement de Gómez Pérez, ils vont pouvoir développer leurs recherches.

« Le champ est vaste, nous avons besoin d'une technologie sophistiquée, de beaucoup de patience et de courage pour affronter nos ennemis. Car il s'agit bien de guerre, monsieur Esteban. Nous sommes allés voir en Amérique latine et en Afrique. Certaines entreprises européennes ou américaines ne se gênent pas pour envoyer des stocks de produits périmés, sous des emballages neufs, dans ces régions défavorisées. Des produits pour la plupart destinés aux hôpitaux ou aux écoles. Le scandale dure depuis des années. Il est temps d'y mettre un terme. »

Au cours de cet interminable dîner où encore une fois Gómez Pérez, grand seigneur, nous comble de sa magnificence, je me rends compte que ces scientifiques, s'ils sont idéalistes, ont aussi les pieds sur terre. Comme Gómez Pérez, ils sont bien conscients que, pour pouvoir servir et défendre les intérêts de populations qu'on s'est résigné à considérer comme des bateaux à la dérive ou en train de sombrer, l'entreprise doit devenir une « affaire saine et rentable ».

Je veille à ne boire que de l'eau pendant que les autres dégustent les vins et alcools de première qualité offerts par Gómez Pérez. Il me tarde de retrouver la maison d'Altuna, le vaste lit matrimonial où Berta, je l'espère, m'attend malgré l'heure tardive.

La maison est plongée dans l'obscurité. Seul le carré jaune de la fenêtre de la cuisine flotte dans le noir, ce qui m'étonne car le vieux laisse généralement le vestibule et le rez-de-chaussée éclairés jusqu'au moment de monter se coucher.

J'entends Langue aboyer derrière la porte. Quand je pousse la porte, elle se jette sur moi frénétiquement, accrochant ses pattes à mon épaule et me léchant le visage. Son excessive démonstration d'affection m'agace et je la repousse avec fermeté. Accueil chaleureux qui contraste avec l'attitude morne régnant dans la cuisine. Louis Altuna est assis tout seul, raide comme un piquet, les avant-bras posés sur la table et les deux poings fermés comme un boxeur prêt à monter sur le ring. Une bouteille de Patxaran et deux verres sont posés devant lui. L'un est vide, l'autre à moitié plein. Une enveloppe de Manille où est écrit en grosses lettres « pour Leonardo » attire mon attention. Je reconnais l'écriture de Berta. A côté se trouve un petit magnétophone.

Un magnétophone... une histoire qui remonte au début de notre liaison, un code que nous avions établi entre nous. Quand Berta partait en mission pour représenter le commerce extérieur cubain à l'étranger — nous appelions ce genre de voyages « les corvées » — je savais où elle était et je pouvais, le plus souvent, lui téléphoner à l'hôtel où elle descendait. Il arrivait aussi qu'elle parte en mission secrète sans que je sache où ni pour combien de temps, c'étaient « les imprévus ». Quelquefois, elle s'arrangeait pour me prévenir avant son départ, « j'ai un imprévu », disait-elle. Je n'avais plus qu'à me ronger d'inquiétude et attendre.

Son dernier voyage à l'étranger avait duré deux longues semaines. J'étais dans ma chambre au

Havana Riviera en train de compulser des dossiers lorsque Berta avait frappé à ma porte de façon tout à fait inattendue.

« Personne ne sait que je suis rentrée. Je devrais plutôt courir embrasser les jumeaux. Mais je suis là, tu vois... urgence d'amour... Je suis en manque ! »

Elle s'était jetée sur moi, avait arraché ma chemise et m'avait poussé vers le lit. Le lit où, d'ailleurs, nous n'étions pas arrivés... nous avions fait l'amour par terre, elle n'avait pas eu le temps d'enlever sa robe. Urgence oblige.

Après quoi, détendue et rassasiée, elle s'était mise à fourrager dans son sac pour chercher son briquet.

« Tu n'as pas une putain de boîte d'allumettes dans cette chambre ?

— Je ne fume pas, tu sais bien.

— Moi oui.

— Ce briquet que tu appelles ton sixième doigt, où est-il passé ?

— Oublié dans un taxi. »

Elle avait vidé le contenu de son sac sur le lit. Un tube de rouge à lèvres, un poudrier, deux paquets de cigarettes américaines, une boîte de kleenex, des pastilles pour la gorge, ses deux stylos, divers jeux de clés, tout un fatras... il y avait aussi le portefeuille où elle gardait une photo de sa mère, des jumeaux, de son frère et de son mari... et dans une poche à double fond qui lui servait à dissimuler des microfilms si nécessaires, je savais qu'elle gardait une photo de moi, et une petite gravure représentant Santa Barbara, son orisha personnelle.

Au milieu de ce bazar étalé sur le lit je remarquai un appareil de photo miniature et un petit magnétophone de la taille d'un jouet d'enfant.

« Qu'est-ce que c'est ?

— L'attirail de la parfaite espionne. »

Elle respirait d'avoir enfin trouvé son briquet et de pouvoir griller *sa petite cigarette d'après l'amour*... en français s'il vous plaît...

Sur la table de cuisine d'Altuna, ce modèle d'appareil ultrasophistiqué me paraît contenir toute la puissance de destruction du monde.

Je ne bouge pas. Je reste debout, caressant la tête de Langue d'une main, les clés de la maison d'Altuna dans l'autre. Le vieux paysan se racle la gorge, j'ai l'impression qu'il va dire quelque chose, mais il se ravise. Pas un son, pas un mot. Puis il fait une seconde tentative, ajoutant le geste à la parole, déplie son poing fermé, relève lourdement le bras droit qui retombe sur la table en direction de l'enveloppe et du magnétophone.

« Elle m'a demandé de la conduire à Biarritz. »

Je suis accablé. Je ne cille pas. Rien à dire. Une heure, un siècle, peu importe. Tous les deux, nous nous fichons du temps.

« Elle a pris l'avion. Elle a laissé ça pour vous... »

Je ne touche pas à la lettre. Nous attendons je ne sais pas quoi. Louis, Langue et moi. La planète vient de s'arrêter de tourner, personne ne le sait encore. Tous les trois, dans un silence épais...

« L'avion de Madrid, j'ai attendu qu'il décolle. »

... pétrifiés de douleur dans une ferme isolée du Labourd, un vieil homme, un homme plus tout à fait jeune, et une chienne appelée Langue.

Louis répète « Madrid » plusieurs fois, comme si ce nom était chargé de toutes les turpitudes et de toutes les misères du monde.

Je suis allongé sur le lit, dans cette chambre qu'Altuna m'a destinée. « Votre chambre à vie », a-t-il tenu à préciser.

J'ai fait une entorse à la discipline et j'ai laissé Langue entrer. Elle est couchée sur le tapis au pied de mon lit. Lorsqu'elle m'a vu monter les escaliers avec la bouteille de Patxaran, un verre, le petit magnétophone, l'enveloppe de Manille et les clés de la maison, elle m'a suivi d'un air inquiet. Je n'ai pas eu le cœur de lui fermer la porte au nez.

Je débouche la bouteille, me sers un verre que j'avale d'un trait. Cul sec. Il faut bien cette coulée de feu dans ma gorge pour me donner du courage. J'ouvre l'enveloppe et déplie les feuillets. Huit pages photocopiées, de format standard A4, couvertes d'une écriture serrée et minuscule mais parfaitement lisible. Je n'aurai aucune difficulté à lire le rapport de la camarade Berta Maria Diaz à son frère le colonel. Je parcours ces huit pages écrites par « l'autre Berta ». Rien de surprenant, rien que je ne sache. « Le camarade Leonardo Esteban a décidé de s'établir en France... » Suivent des faits précis, objectifs, décrits sèchement, pas le moindre trait d'humour, rien n'affleure de ses sentiments.

J'éteins la lumière, je me cale la tête contre les oreillers, je ferme les yeux, je place les minuscules écouteurs dans mes oreilles et je mets en marche l'appareil. La voix de Berta m'arrive comme si elle me parlait à l'oreille.

Ce matin, Leonardo, je t'ai menti. Je n'ai pas eu ma mère au téléphone. Elle était partie à Santiago de Cuba voir une prêtresse haïtienne, dans cette secte vaudou qui œuvre dans la région depuis le début du XIXe siècle.

Voici à peu près ce que m'a dit mon frère : « Notre mère devient folle, Berta. Rappelle-toi cette histoire dont elle nous a rebattu les oreilles toute notre enfance et qui continue de la hanter ? 1933. C'était le jour de la chute du dictateur Machado. Dans les rues de La Havane, une foule en liesse fêtait la fin de la tyrannie. Notre mère et sa voisine, accoudées à leur balcon, regardaient le spectacle quand tout à coup passa une voiture qui traînait derrière elle le corps d'un homme attaché par les pieds. Le corps sautait comme une poupée disloquée sur le macadam et laissait à son passage une traînée de sang. "Honte à lui ! criait la foule. Un policier de Machado ! Un sbire ! Un assassin !" Cette vision fit une grande impression sur notre mère, mais ce qui l'horrifia le plus, c'est la joie sadique avec laquelle la foule applaudissait et riait devant ce spectacle atroce. Souviens-toi, Berta, de son angoisse il y a quelques mois encore lorsque la rumeur a couru dans La Havane que Fidel avait été hospitalisé et qu'il était mourant. Elle m'appelait dix fois par jour, j'essayais de la calmer : "C'est vrai, maman, il a été hospitalisé, mais c'est fini, il est sorti, tout va bien." Il a fallu que Fidel apparaisse à la télévision pour l'en convaincre. Et sais-tu ce qui l'effrayait tellement ? Elle était obsédée à l'idée que la scène qu'elle avait vue en 1933 puisse se reproduire. "Peu importe que tu sois un saint ou un héros, pour l'homme de la rue, mon fils, tu es et tu seras un policier qu'on n'hésitera pas à traîner dans les rues derrière une voiture." »

A peine es-tu partie que maman a recommencé à me harceler, me téléphonant à tout propos : Berta est partie rejoindre Leonardo Esteban en France. C'est un signe ! C'est à cause de toi, Berta, qu'elle s'est rendue à Santiago. Elle est persuadée que le Vaudou haïtien est plus puissant que la Santería cubaine. Elle est allée déposer des offrandes, pour que Fidel vive encore vingt ans, pour que tu nous reviennes, pour qu'on ne traîne pas mon corps dans les rues de La Havane. Que veux-tu... si le Vaudou l'apaise...

Ensuite, Leonardo, j'ai demandé à mon frère : « Et moi ? Est-ce que je suis folle aussi, dis-moi ? Est-ce pour cela que tu m'as envoyée en France ? Pour me calmer ? »

Il n'a pas répondu tout de suite. Un instant, j'ai cru que la ligne était coupée. Mais non.

« Parlons d'Esteban, Berta, m'a-t-il dit, revisitons le passé. Avant qu'il entre dans ta vie, je m'étais déjà penché sur son cas. Hilda Reyes venait de s'exiler et Leonardo Esteban, son ex-mari, se mit à boire. Un jour son ami Alvaro Pérez est allé le repêcher à Regla, de l'autre côté de la baie. Des enfants l'avaient ramené ivre mort, et la police ne savait pas quoi faire de cet homme dans un coma éthylique, membre de la milice, portant sur lui sa carte du Parti et ses papiers du COMEX. Pour nos services, Leonardo Esteban devenait embarrassant. Nous avons demandé au COMEX de suspendre pour un temps ses missions à l'étranger. Puis Leonardo est sorti peu à peu de cette crise et s'est remis au travail. Nous avons cru bon alors de lever son interdiction de voyage. J'ai fini par l'oublier lorsqu'un jour j'ai appris que tu étais sa maîtresse. Je n'ai pas voulu me mêler de tes affaires. Après tout si ton mari acceptait la situation, je n'avais rien à dire. Le temps semblait te donner raison, Berta. Les enfants grandissaient et Adrian, Leonardo Esteban et toi étiez considérés et respectés de vos collègues. Seule notre mère voyait cette liaison d'un mauvais œil. Elle m'a avoué un jour avoir prié Santa Barbara pour éloigner de toi Leonardo Esteban. Et il faut croire que la sainte l'a entendue puisque Esteban a déserté. Mais ça n'a rien résolu. Quand tu es venue me supplier de t'envoyer en France, ni moi ni mon département ne savions quelles mesures prendre contre lui. S'il s'exilait en France sans prendre position contre le gouvernement comme nous pensions qu'il le ferait, nous pouvions refermer le dossier. Restait une autre possibilité : t'envoyer le chercher. Dans ce cas, il y avait un risque, celui que tu décides de rester là-bas avec lui. J'ai choisi de courir le risque. Si tu désertes, Berta, à mon tour je n'ai plus qu'à donner ma démission, puisque j'ai pris la responsabilité de t'envoyer en France. »

Mon frère a ensuite fait une longue pause, je sentais sa présence à l'autre bout de la ligne, j'entendais sa respiration, les battements de son cœur, Leonardo, et je lui ai demandé :

« Pourquoi m'as-tu laissée partir ? Quand tu m'as demandé, avant de m'envoyer en France, jusqu'à quel point j'aimais Leonardo Esteban, je t'ai répondu que je l'aimais plus que ma vie. Et pourtant toi, le professionnel incorruptible, tu m'as laissée partir, pourquoi ? »

Mon frère s'est mis à rire.

« Parce que je suis un peu fou moi aussi, dit-il. Je commence à voir des signes partout, comme notre mère. Les signes de la débâcle. Mon métier me fait soupçonner tout le monde. Le seul moyen de démasquer à temps une trahison possible. Mais il n'est rien de plus exténuant et pénible que de soupçonner ses proches. Avec toi, Berta, je me suis habitué depuis toujours à penser à voix haute, à ne rien te cacher. J'aurais pu t'empêcher de partir. Mais après ? Si Esteban restait en France, qu'allais-tu faire ? Je te connais. Rien n'aurait empêché ton départ. J'ai pris un risque, je le sais, je saurai y faire face, si tu ne reviens pas... Mais tu dois être bien consciente de ce qui t'attend. Les histoires d'amour peuvent se compliquer, tu le sais, quand il s'agit de deux fonctionnaires cubains en mission à l'étranger, qui plus est, Berta, une membre du service de contre-espionnage cubain dont le frère est colonel... tu as certainement envisagé cet aspect de la situation ? »

Et mon frère a ajouté d'une voix fatiguée (il était huit heures et demie du matin à La Havane et il n'avait pas quitté son bureau de la nuit) :

« Pour une fois, Berta, je voudrais croire aux dieux vaudou. Croire que Fidel en a encore pour vingt ans, croire que tu vas rentrer, seule ou avec Esteban, croire qu'arrivant à l'âge de la retraite, je vais pouvoir enfin quitter l'uniforme et m'installer sur une plage où il n'y aura pas un seul touriste pour me dire que les Cubaines sont belles, et notre peuple musicien... et, à supposer que j'en rencontre un, croire que je pourrai le laisser parler sans le soupçonner d'être un agent étranger. Ne soupçonner personne. C'est la seule chose que je demande à la vie aujourd'hui. Eh oui, ma chère sœur... la seule chose que je demande à la vie. »

Il a soupiré, il m'a dit « adieu » puis il a raccroché.

Mon second coup de fil était destiné à mes enfants. Je voulais les rassurer, leur dire que je n'allais pas tarder à rentrer, ou que je m'arrangerais avec leur père pour qu'ils puissent venir passer quelques jours ici avec moi — je le croyais sincèrement, Leonardo. Un des jumeaux a pris l'écouteur — je ne sais pas lequel c'était, ils ont tous les deux la même voix — mais je n'ai pas eu le temps de lui demander que déjà Adrian lui avait pris le combiné. Notre conversation fut très brève. Pour la première fois depuis le début de notre mariage, mon mari Adrian m'a parlé d'une voix glaciale. Son message ne pouvait être plus clair : soit je rentre à Cuba, soit je ne revois plus jamais mes fils.

Avant de te retrouver à la sortie du bureau de poste

où tu m'attendais, Leonardo, je me suis efforcée de calmer les battements de mon cœur.

A l'heure qu'il était, dans cette ville au si joli nom, l'Anglet, j'avais décidé de rester avec toi, Leonardo... En sortant de la poste, j'ai réussi à me composer un visage souriant, et j'ai menti pour ne pas t'inquiéter, j'ai même déjeuné de bon appétit. Je pensais t'attendre sur notre grand lit nuptial, t'aimer et me faire aimer, jusqu'à épuisement, pour oublier la politique, Cuba, les soupçons, les voyages sans retour, les regrets, les remords. Mais tu m'as laissée seule, tu devais te rendre à Bayonne, et je t'ai laissé partir, et je me suis dit, voilà ce que sera ma vie ici avec lui. Il aura son travail : il m'aura enfin pour lui tout seul.

J'ai salué Altuna et je suis montée. Son regard a croisé le mien, je crois qu'il avait tout compris. Il n'a rien dit, il a empêché Langue de me suivre.

Je me suis enfermée dans la chambre. J'ai poussé les rideaux pour faire le noir, je me suis couchée tout habillée. Et j'ai pensé à notre vie. Pendant onze ans, j'ai essayé de te faire oublier la trahison d'Hilda Reyes, de te prouver ma loyauté, Leonardo. Je me souviens de l'époque où tu insistais pour que je divorce. Et je m'étonne aujourd'hui que jamais tu ne m'aies dit si, une fois divorcée, je vivrais avec toi et les enfants. Jamais. Comme il ne fut plus question de divorce, j'ai fini par oublier qu'à aucun moment tu n'as vraiment manifesté d'intérêt pour mes enfants. Cette obsession de me posséder, de m'avoir pour toi tout seul me flattait, certes, me rassurait... Et puis il y a eu ce dernier voyage en France. Cette fois-ci j'ai compris qu'il fallait trancher. Seule sur ce lit qui avait accueilli les amours heureux de Louis Altuna et de sa femme, j'ai senti que je pouvais tout quitter pour toi, sauf mes fils. La voix d'Adrian, la conversation avec mon frère, m'ont ramenée à la réalité.

Pendant onze ans, je t'ai prouvé mon amour, tu sais que j'aurais voulu partager ma vie avec toi et te rendre heureux. Mais ces enfants, Leonardo, c'est moi qui les ai voulus. Les enfants existent et ils sont à Cuba. Je ne pourrai pas vivre sans les voir. Je sais que si l'on me coupe d'eux, un jour, je te haïrai.

J'ai donc décidé de partir. Je ne t'ai pas attendu. C'eût été trop douloureux. J'ai fait mes valises, vite, je suis descendue, j'ai dit à Louis : « Il faut que je parte.

— Je prendrai soin de lui, Berta, comme un fils, nous le tiendrons en vie jusqu'à ce que... »

Louis a levé les bras comme pour signifier « jusqu'à ce que tu reviennes ici ou qu'il rentre là-bas... »

« Nous. Il a dit nous. Pas moi. Mais nous : la maison, la ferme, la chienne, les pottokak, le Pays Basque. Il a dit nous pour bien me montrer que tu ne serais pas seul.

Je te laisse cette cassette, Leonardo. Si un jour tu décides de m'oublier, jette-la à la mer. Si un jour tu décides de me rejoindre, nous la réécouterons ensemble. Et nous nous saoulerons. Et nous rirons.

Sinon...

Nous vivrons d'amour et d'exil... »

Sa voix se brise dans un sanglot. La bande s'arrête.

Leonardo Esteban est assis sur le rebord du lit, le magnétophone miniature entre les mains.

LA HAVANE

Hiver 1999

Berta Maria Diaz rentre tard de sa journée de travail. Depuis que son mari a été nommé à un poste à Holguin, de l'autre côté de l'île, elle vit seule avec ses enfants. Elle est entrée dans la chambre de ses fils pour s'assurer qu'ils dorment. Les jumeaux ont pris l'habitude de se coucher tard, elle a le plus grand mal à les faire décrocher de la console de jeux électroniques que leur père leur a achetée dans une boutique destinée aux touristes étrangers et aux Cubains qui paient en dollars.

Ce soir tout est en ordre. Ses enfants dorment. Demain, il faudra se lever tôt pour le travail volontaire à la campagne, comme à chaque fin de semaine.

Berta Maria Diaz prend un long bain chaud puis se sert un vin de rioja, cadeau d'un collègue du ministère. Elle a les nerfs à fleur de peau. La réunion au ministère s'est transformée en marathon. Depuis qu'elle a demandé qu'on ne lui donne plus de missions à l'étranger, elle ne fait que traiter des dossiers, toute une paperasse bureaucratique, qui augmente avec les demandes croissantes des investisseurs étrangers désireux de s'établir à Cuba.

Pour passer son énervement, la jeune femme décide de ranger sa chambre.

« Un vrai bordel ! » dit-elle en français.

Elle en est à son troisième verre et n'a rien mangé d'autre qu'un morceau de fromage.

Elle se met à trier des papiers. En renversant par terre le contenu d'un tiroir, elle tombe sur un paquet qu'elle avait caché là il y a plus de trois mois. Un pyjama dans une pochette en cellophane, un pyjama de soie verte.

Vert. La couleur de l'espoir... s'était-elle dit en l'achetant dans la zone hors taxes de l'aéroport de Roissy, alors qu'elle quittait la France pour toujours.

Berta Maria est assise au bord de son lit, le pyjama sur les genoux. Un verre de vin à la main. De l'autre, elle caresse la pochette, hésitant à l'ouvrir.

« Vert comme l'espoir, murmure-t-elle. Si je ne l'ouvre pas... il reviendra. »

SAINT-SÉBASTIEN

Hiver 1999

Leonardo Esteban se trouve au sommet du mont Urgull, sur la terrasse au grand crucifix de pierre dominant la mer Cantabrique, là où Berta et lui avaient jeté une pièce dans le « puits des miracles ».

Le gardien s'est habitué à ce rendez-vous. Tous les 22 de chaque mois, depuis quelque temps déjà, il a droit à la visite du Cubain. Leonardo arrive tôt le matin, s'assoit sur le muret qui domine la mer. Il écoute une bande sur un petit magnétophone, et reste là toute la journée.

« Musique ? a demandé le gardien.

— Non... enfin... oui, presque. C'est une voix... ma musique à moi. »

Et le vieil homme qui adore les poèmes romantiques de renchérir :

« Ah ! la voix de votre bien-aimée ! »

Le Cubain s'est contenté de sourire.

Une fois dans la confidence, il entoure Leonardo d'attention et veille à ce que les touristes ne viennent pas le déranger.

« Ce monsieur fait un travail important, explique-t-il. Il consulte la mer. »

Qu'il pleuve ou qu'il vente, le vieil homme sait qu'il peut compter sur ce compagnon recueilli passant là des heures entières, avec des fruits et du jambon dans un panier d'osier. Les écouteurs dans les oreilles.

Quand arrive l'heure de la fermeture, il prend soin d'avertir le Cubain. Alors, Leonardo se lève, tourne le dos au puits et jette une pièce de dix francs par-dessus son épaule gauche. Pas une fois, il n'a manqué le trou. Tous ses vœux seront exaucés.

En saluant le vieil homme, Leonardo glisse un pourboire dans sa main. Et chaque fois le gardien s'insurge :

« Non, monsieur, non, il n'y a pas de raison, je ne fais que mon métier ! Va pour quelques pesetas, mais ce billet, monsieur, c'est beaucoup trop, je ne peux pas accepter ! »

L'homme a fini par prendre Esteban en sympathie. Il faut être poète ou cubain pour passer une journée entière à écouter la voix de sa bien-aimée, se dit-il. Cuba. Il ne connaît cette île lointaine que par ouï-dire. Les journaux et la télévision en parlent régulièrement.

Et il ne peut s'empêcher de penser... Cuba, l'île de l'amour...

Un soir, il récite à Leonardo son poème préféré :

> *El alma en pena, yo voy, mi amor*
> *esperando la muerte*
> *o esperando la suerte*
> *de calmar mi dolor.*

Leonardo Esteban quittera le mont Urgull pour refaire le parcours qu'il a réalisé avec Berta, trois mois auparavant, il s'arrêtera à mi-chemin sur un banc, descendra vers le port, s'enfoncera dans la vieille ville.

« Je pense à toi, Berta », dira-t-il à chaque pas.

« Je pense à toi. »

TABLE

Cet ouvrage a été réalisé par la
SOCIÉTÉ NOUVELLE FIRMIN-DIDOT
Mesnil-sur-l'Estrée
pour le compte des Éditions Grasset
en mars 1999

Imprimé en France
Première édition, dépôt légal : février 1999
Nouveau tirage, dépôt légal : mars 1999
N° d'édition : 11117 - N° d'impression : 46317
ISBN : 2-246-55211-7